イラストで見る

世界の食材文化誌百科

ジャン=リュック・トゥラ=ブレイス　土居佳代子 訳
Jean-Luc Toula-Breysse　Kayoko Doi

Les nouilles coréennes se coupent aux ciseaux

Miscellanées gourmandes et voyageuses

原書房

De gustibus non est disputandum.
味覚を議論してはいけない。

「君が何を食べているか言いたまえ、君がどんな人間かを言いあててみせよう」
アンテルム・ブリア＝サヴァラン

多数の食物が入り混じった混乱、いわば食物のバベル化が起こるのに、グローバリゼーションの時代を待つことはなかった。古代のギリシア人もペルシア人もアラブ人もスペイン人もポルトガル人も、時の流れに沿って、また異国同士を結ぶ道に沿って、料理法の変動に寄与している。美味しいものの密貿易は、味覚の国境を越え、そのたびに不信感と熱狂、かけひきと商機、愛着と行きすぎとをひき起こしつづけてきた。

この本では、マルメロやカブ、ルタバガ［スウェーデンカブ］、キクイモや最近になって野菜売り場に戻ってきた灰色の皮の根菜、パースニップ［アメリカボウフウ、根をシチューやスープに使う］は扱っていないし、ウサギやカエルやウマ、イヌ、クジラの肉についても言及していない。したがって主観的で、もちろん完璧とはいえない食物庫ではあるが、地球上の食材のいくつかについて、その苦難に満ちた遍歴をたどっていただけたらと思う。

綿々と続く食事が、われわれの人生を作り、われわれの世界の見方を形成する。ふたまたの無骨な道具から４本歯の使いやすいフォークへ、手から箸へ、生から火をとおすことへ。

文化と生活様式の継承の土台としての食事は、信じていることや望むことによって育まれるというきわめて重要な性質をもっている。

イラストで見る
世界の食材文化誌百科
◆目次◆

ア

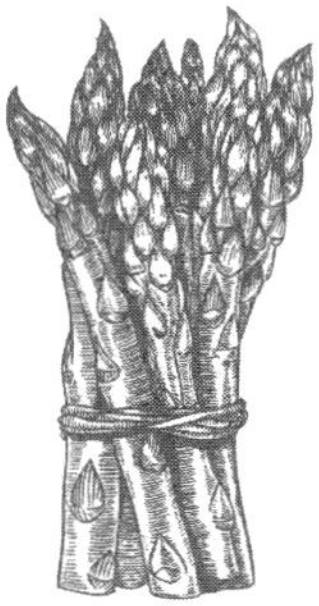

アスパラガス

Asperge（アスペルジュ）

突きをするための愛情の先端

ドイツ語Spargel（シュパーゲル）、
英語asparagus（アスパラガス）、
イタリア語asparago（アスパーラゴ）、
スペイン語espárrago（エスパラゴ）、
ギリシア語sparagi（スパラギ）

静物画のモデルとして

オランダ絵画の黄金時代にフランドルの画家たちによって、アドリアーン・コールテ（1665-1707）の静物画に似せて、オランデーズソースで食べられ、いやオランダ風に描かれ、エデュアール・マネ（1832-1883）によって、美術評論家で収集家のシャルル・エフリュシの依頼に応じる形で、２度もモデルに選ばれて賛美された象牙色の美味しいアスパラガスは、マルセル・プルースト（1871-1922）にもインスピレーションをあたえた。

愛の賛歌

ほっそりしたのも、丸々と太ったのも、「不格好に伸びた」アスパラガスは、それとは違った欲望も刺激する。この肉づきのよい茎は、ギリシアの植物学者で哲学者だったテオフラストス（前372生まれ）の『植物誌』に、性欲を刺激すると考えられる特性をもつ植物としてすでに言及されている。「油のなかでつぶしたアスパラガスをぬった人はミツバチに刺されない、といわれる」とローマ人の博物学者大プリニウスも、その著書『博物誌』のなかで報告しているが、同じ人物が、やはりこの茎野菜を「すぐれた食材」であるうえに「性欲もうながす」と考えていた。長いあいだアスパラガスにつきまとっている評判である。アンリ３世がその寵臣（ミニョン）たちのテーブルによく供したのは、その理由によるのだろうか？　ルイ14世もアスパラガスをよく食べた。この結構な植物を愛するあまり、宮廷の果実園と菜園の監督であるジャン＝バティスト・カンティニに12月から食べられるようにとむりを言ったため、農学者はガラスのおおいのなかでの栽培を実践した。こうして太陽王はマントノン侯爵夫人の情熱を満足させることができた。夫人は、その若芽を「愛への誘いのはじまり」としてうっとりと見つめたことだろう。

学名：*Asparagus officinalis* ユリ科

アジア生まれの有望株

小アジアの原産であるこの野菜は、古代から医薬効果があることで知られていた。エジプトでは、ファラオである絶対的信仰のイクナートン［またはアクナトン、アメンホテプ4世の呼び名］とその妻ネフェルティティ王妃は、神への捧げ物とした。ギリシア人も、地中海沿岸地帯に野生の状態で生育していたアスパラガスを高く評価していた。帝国時代のローマ人はとくにラヴェンナ近郊で栽培し、生産量が十分でないときは近東から船で輸入していた。ユリウス・カエサルは少し固めのアル・デンテにゆでたものを、シンプルな溶かしバターで楽しんだ。ガロ・ロマン人［ローマ化したガリア人］はアスパラガスを料理にとりいれていたのだが、中世のフランスでは、薬草として修道院の閉鎖的な場所に閉じこめられて、台所からは遠かった。アラビア人たちはアンダルシアの野菜畑でその栽培法を十分にきわめた。ルネサンス期になると、カトリーヌ・ド・メディシスがフランス人の味覚にさまざまな美味を教え、王や王族の食卓に幸福をもたらしたが、そのなかには、とりわけこのアスパラガスがあった。

アルジャントゥイユの娘

19世紀、パリの北西近郊アルジャントゥイユの野菜栽培業者が、それまで富裕層の美食家だけのものだったこの繊細な植物を、砂地で大切に育てることで大衆化した。この耕作者たちは、自分たちの村をアスパラガスの首都の地位に引き上げたが、都市化の影響のもと、オーベルヴィリエ、ブゾン、エピネーと同様、地元の生産は過去のものとなってしまった。今日、アスパラガスはおもに、ロワール流域、大南西部、ローヌ・メディテラネ［ブルゴーニュからアルプ、コートダジュールなどをふくむ広い南東部］、北東部で作られている。

イタリアのアスパーラゴ

リグーリア州のサンレモとジェノヴァのあいだに位置するアルベンガの、すみれ色のアスパラガスは、ヨードをふくんだデリケートな味わいの特別な野菜として存在感がある。2012年から、生産地呼称保護（IGP）を受けている。

➠アドバイス

水分を失わないように、日光から守らなければならない。理想的なのは、冷たい湿った布に包んで、保存は２日以内にすること。古くなると酸化するからである。この美人は若いうちがいい。低カロリーで、ビタミンA、B、Cに富むアスパラガスは、その92%が水分でできているが、旨味があり、繊細で、微妙でいてしっかりした香りのする魅力的な野菜だ。

アスパラガスにかんする隠語

パリの女衒の隠語では「アスパラガスへ行く」は「売春をする」を意味する。

食いしん坊のヨーロッパで

フランスがアスパラガスを独占しているわけではない。ドイツ、オランダ、イタリアそしてスペインも、負けじと食欲を示している。アスパラガスは傷つきやすいので、つねにそっと手摘みしなければならないため、高価である。折れやすい茎が割れたり、汚れたりしていないで、蕾が固く閉じていて、ホワイトアスパラガスなら表面が真珠色、グリーンアスパラガスなら艶があるのが新鮮な証拠だ。

レシピ

ローマの古いレシピ

「ふつうならとりのぞくアスパラガスの端の部分をすり鉢に入れ、すりつぶして、ワインをそそぎ、濾し器でこす。コショウ、ラベージ［セリ科の薬草］、コリアンダー［パクチー］、セイボリー［シソ科、キダチハッカ］、タマネギ、ワイン、ガルム［塩漬けにした魚から作った調味料］、油を混ぜてすりつぶす。これを油を引いた鍋に移し入れ、好みで溶き卵をくわえて火にかけ、とろみをつける。コショウをふる」

アピキウス［紀元1世紀のローマの食通］『料理法』

「わたしはウルトラマリンとピンクにひたされたアスパラガスを前にうっとりしてしまった。その穂先は薄紫と青空の色で緻密に、念入りに描かれ、その色が根もとのほうへ向かってほとんどわからないほど、まだ畑の土の汚れを身につけていながらも、地上のものではない虹色の輝きでだんだんにぼかされている。この天上的な色あいが、えもいわれぬ被造物が冗談で野菜に変身しているのだということをわたしに明かしていた。そして食用になるしっかりした果肉に変身しながら、夜明けの光が生まれるときの色、この虹のほのかな兆し、この夕方の青が消えていく様で、このうえなく貴重な本質を悟らせていた。それをわたしはアスパラガスを食べた食事のあとに続く夜のあいだ中ずっと感じつづけたのだが、それらはシェークスピアの妖精のように、詩的で下品な悪戯でわたしの溲瓶を香水の壺に変えてたわむれるのだった」

マルセル・プルースト『スワン家の方へ』

アーティチョーク（チョウセンアザミ）

Artichaut（アーティショー）

奇妙な植物

「アーティチョーク、見事なアーティチョーク、体も尻も温めてくれる」

苦さの徳

この地中海周辺の太ったアザミは、北アフリカ（カルタゴ）からシチリア島を通ってトスカーナを征服し、ついで15世紀にイタリア全土だけでなくスペイン（コルドバ）も征服した。フランスでは、アーティチョークは、食べすぎて消化不良を起こすほど好きだったカトリーヌ・ド・メディシスのおかげで、すでに栽培はプロヴァンス地方で行なわれていたとはいえ、公に名をなすことになる。

最初は薬として処方されたアーティチョークは、強力な催淫剤と考えられていたため、品行方正な女性には長いあいだ禁じられていた。大規模な定期市や通常の市場で、売り手は客によびかけ、周囲によく聞こえるように言い放ったものだ。「アーティショー、立派なアーティショー、体も尻も熱く（ショー）する」あるいは「アーティショー！　見事なアーティショー！　ご婦人にも殿方にも。体も心も温める、ついでにあそこも熱くする！」とはいえこれで恋する男や女のアーティチョークの心［浮気心］は防げない。

学名：*Cynara scolymus* キク科

ドイツ語Artischocke（アーティショケ）、英語artichoke（アーティチョーク）、スペイン語alcachofa（アルカチョファ）、イタリア語carciofo（カルチョーフォ）。アラビア語のal-kharshuf（アル・ハルショフ）に由来する。

イタリアのアーティチョーク入りフレーバード・ワイン

チナールは、アーティチョークの葉とハーブと植物をベースとしたほろ苦いベルモットで、アペリティフの時間に供される。イタリア半島では、これほどにアーティチョークが愛されている。

世界のアーティチョーク生産	
イタリア	37%
スペイン	23%

レシピ

アーティチョークのイタリア風

「3個のアーティチョークを大きさをそろえて6切れに切る。繊毛を除き、葉をとってから洗う。鍋に少量のバターとともに入れて、レモン汁、白ワイン1カップ、ブイヨン1/2カップをふりかける。火を通したら、水分をきって盛りつけ、イタリア風のホワイトソースをかける」
アレクサンドル・デュマ

アーモンド

Amande（アマンド）

こんなに払わされた！

［罰金amendeも同じ発音］

学名：*Amygdalus communis* バラ科

ドイツ語Mandel（マンデル）、
英語almond（アーモンド）、
スペイン語almendra（アルメンドラ）、
イタリア語mandorla（マンドルラ）

語源：ラテン語のamandulaから

カリフォルニアのアーモンド

18世紀に中頃、スペインのフランシスコ会の神父たちが、カリフォルニアの土地に、はじめてのアーモンドの木を植えた。海岸地方の湿って涼しい気候のせいで、何度もみじめな結果を重ねたあげく、新世界の開拓者たちは、その木を内陸部へ移動させた。以後、生産性が高く、霜に強いカリフォルニアのアーモンドは世界を制覇する。今日、世界の生産量の70%以上がカリフォルニア産である。

ポルトガルの伝説

国がムーア人に占領されていた時代に、ひとりのアラビア人の王子がスカンディナヴィアの王女と結婚した。美しい北欧の王女は、子ども時代をすごした故国がすぐに恋しくなってしまう。妃を喜ばせるために、白い花が一面に咲く早春の景色を見せようと、彼女の愛する夫は丘にアーモンドの木を何千本も植えさせた。季節がくると、王女はそれを雪景色だと錯覚した。

バビロニアの果樹園で

アーモンドは小アジアに起源をもつが、果樹のなかで花が咲く時期がもっとも早い。伝説のバビロンの空中庭園にあったというアーモンドは、聖書のなかでもしばしば言及されている。繊細で見事な花を咲かせ、1本の木におよそ3万個の花をつけることもある。その果実は地中海沿岸部の風景と切り離すことができない。ローマ人はアーモンドを豊饒の果実と考えた。アラビア人はこれをスペインや南フランスに伝播させた。中世には、まだ非常にめずらしく貴重だったこの種子は、聖母マリアの処女性を意味した。そこから砂糖菓子職人が作り出した、アーモンドを砂糖でコーティングした菓子ドラジェは、今日でも洗礼式や聖体拝領や結婚式などの祝い事につきものである。こうして幸福感のシンボルとなったアーモンドだが、伝統的には殻のなかに秘められた核心、秘密を表すものでもある。

スウェーデンの幸運をもたらすお守り

クリスマスに、アーモンドをしのばせたシナモンの香りのケーキを食べるのが、スウェーデンの伝統である。それを見つけた人は一年中の幸せを保証される。

「アルジェに住んでいたころ、わたしは冬のあいだいつも待っていた。ある夜、2月の寒くて透きとおった一夜のうちに、コンシュルの谷のアーモンドの木が、白い花で包まれるのを知っていたからだ。そしてこの壊れやすい雪がすべての雨や海からの風に耐えるのを、驚きをもって見守ったものだ。それでも毎年、その雪は果実をつけるのに必要なだけもちこたえるのだった」
アルベール・カミュ『夏』

ギリシア神話では

若く美しいフリギアの羊飼いアッティスは、アーモンドを胸に抱いたことによって懐胎したナーナという処女から生まれたといわれる。彼は恋人のキュベレーに殺されるが、生き返って松の木になる。ジャン・シュヴァリエ『世界シンボル大事典』には、「アーモンドのしぼり汁は、創造の力としてのゼウスの男根からの射精にたとえられた。パウサニアス［2世紀のギリシアの旅行家で『ギリシア記』を著した］が語るところによると、ゼウスが夢を見ているあいだに精液がもれ、それは地面に落ちた。そこから両性具有のアグディスティスが生まれたが、ディオニュソスが男根を切り落とさせる。地面に落ちたその性器からアーモンドの木が生えた」とある。［ナーナが抱いたのはその実である］

心臓によい

アーモンドにはさまざまな薬効がある。タンパク質に富み、ミネラル分が凝縮し、繊維の含有量が高く、ビタミンEの供給もできることで、栄養的に無視できない。脂肪分豊かなこの油性果実は非常にエネルギーの高い食品として、心臓血管疾患の危険を減少させるため、心臓にもよい。

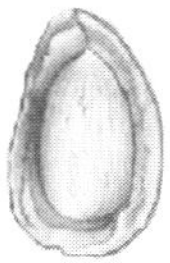

プリンセス、スルタン、ラングドックの貴婦人、ラシェル

甘く、苦く、乾燥させてもさせなくても、湯むきにしても皮つきでも、みじん切りや粉状でも、細切りでも、焼いても、どんな形でもその繊細な味覚を失わない。軟らかい殻をとると、緑色でビロードのような衣の下の果実は繊細で、半透明のクリーム色をした秘密を見せてくれる。プリンセス、スルタン、ラングドックの貴婦人、あるいはラシェルといった美しい名前でよばれる。ケーキや砂糖菓子のなくてはならない材料となり（エクス＝アン＝プロヴァンスのカリソン［アーモンドと果物の砂糖漬け］、ヌガー［アーモンドやクルミ、ハチミツ入りのソフトキャンディー］、フランジパーヌ［アーモンドクリーム］、クロワッサンなど）、数多くの料理（マスや鶏の料理、フィリピンのパスティリャス、レバノンのタブレ、トルコのピラフなど）に使われるようになった。こうして広まる前、アーモンドはかつて、とくに極東と地中海のあいだのシルクロードを通る遊牧民の代替食料だった。

アンズ Abricot（アブリコ）

欲望の果実

学名：*Prunus armeniaca* バラ科

ロシア語Abrikos（アブリコース）、英語apricot（アプリコット）、ドイツ語Aprikose（アプリコーゼ）、イタリア語albicocca（アルビコッカ）は、ラテン語で「日あたりのよい場所」を意味するapricumから。

語源：カタルーニャ語のabercocと、アラビア語のal barquaから借用されたスペイン語のalbaricoque（アルバリコケ）から。フランス語のアンズabricotのラテン語根はpraecoquumで、「早なりの」という意味のギリシア語のpraikokkionから来ている。アンズの木は果樹園のなかで花をつけるのがもっとも早いことが多いからだ。フランス語にこの言葉が入ったのは、16世紀である。

アルメニアのプラム？

アンズは紙と同様にアルメニアに起源があるといわれていて、そのため学名がアルメニアのプラムという。だが、それはまったく本当ではないのだ。この思い違いは古代にさかのぼり、南ヨーロッパで植えられるようになる前は非常な高値で売られていたこの果物を、ローマ人がアルメニアから輸入したときにはじまる。じつは、アンズの起源は中国北東山岳地帯で、西欧によって東トルキスタンと名づけられた新疆ウイグル自治区には、いまも野生の品種が存在する。アンズの木が栽培されるようになったのは、およそ5000年前といわれている。シルクロードの民、おそらくはウイグル族による。アレクサンドロス大王が、極東の北部地域までギリシア化した土地を広げながら、彼らの広大なセリンド［中国とインドから現在の新疆ウィグル自治区にあたる］地方から、この甘い果実をもたらしたといわれる。ペルシア帝国を横断してから、アラブ人たちはアンズの木をアンダルシアにいたる地中海沿岸に植えた。

ローマのレシピ

アンズのアントレ［スープまたはオードブルのあと、主菜の前に出される料理］

アンズの皮をむき、種をとる（身

が硬く、熟していない小粒のもの)。冷水にさらしてから、皿にならべる。くだいたコショウと乾燥ミントをガルム［塩漬けした魚から作った調味料］に浸し、ハチミツとヴァン・パイエ［よく熟したブドウを乾燥させてから作る甘口ワイン］、ワイン、酢をくわえる。これをアンズの皿にそそぎ、少量の油をくわえて、とろ火にかける。沸騰したらデンプンでとろみをつける。コショウをふって供する。

アンズは太陽王のもとで色づく

アンズがフランスに到着したのは遅く、やっと16世紀になってからで、明らかになっている足跡の前は、南西部ルシヨン地方をとおって、到達したようである。白あるいは淡いピンクの両性花の風変わりな果実は、セクシャリティと金星（ウェヌス［ヴィーナス］の惑星）に結びつけられたため、熱情をまねくといわれて、よい評判がなかった。そのためアンズの木は長いあいだ修道院の果樹園に閉じこめられていたが、ルイ14世の治世にヴェルサイユ宮殿の庭園の野菜畑に現れるや否や、この赤褐色の斑点のある甘い果物は人々を魅了し、皆がこれをかじりたがるようになった。

イチゴ Fraise（フレーズ）

誘惑の果実

学名：*Fragaria vesca* バラ科

語源：その芳香（フラグランス）をたたえた口語（俗）ラテン語のfraga［野イチゴ、fragroが芳香を放つの意味］より。

野いちご
（原題：Smultronstället）、イングマール・ベルイマン（1918-2007）

この作品はスウェーデンの映画監督によって1957年に制作された。まずは野生のイチゴの風景である青春時代の思い出をとおして、夢とすぎた日々への後悔が交差する思いを描く。

イチゴはくだものではない！

木ではなく多年生の草本植物になるので、定義からいうとイチゴは果実ではないことになる。

カナダの期待

カナダ、オンタリオ州の先住民族オジブウェ族のアニミズムでは、死者の魂があの世にたどり着くと、よい季節の象徴であるイチゴを食べるのだと信じられている。そしてその瞬間、あまりの美味しさに生きている人々の世界を忘れるのだという。

チリの苺（フレーズ）とスパイ、フレジエ

アメデ・フランソワ・フレジエ（1682-1773）は技術者で、フランスの軍人であり地図作製者で、航海によく出て、諜報活動もしていた。その名前が予言するかのように、南米の西海岸にあるスペインの植民地での任務を終えた1716年に、大粒の実がついたイチゴをもって、チリから戻ってきた。そのイチゴを、最初の栽培地として、フランス・ブルターニュの肥沃なプルガステル半島にもちこんだが、王の庭のため、植物学者ジュシュー氏にもその苗をいくつか残すように配慮した。

自明の理

「栄養士によると、過敏で、一口食べただけで蕁麻疹を起こす人がアレルギー反応を避けるために、たった1つの方法がある。食べないこと！」

北の娘

北半球では、雑木林の陰にうずくまって、野生の状態で生えるものとして、イチゴはどの大陸にもある。中世になって、その野生の実は国王の野菜畑に入った。14世紀、国王シャルル5世は、パリのルーブル宮の庭園に、その花壇を飾るためにイチゴを植えさせた。ルネサンス期には、女性はクリームと、男性はぶどう酒とともに食べるのを好んだ。ルイ14世は消化不良を起こすほど食べた。以後、イチゴは日常生活に入りこみ、そのままで、またタルトやジャムにして食べられている。

ワロン語の定義

「緑色の肘かけ椅子に座って、王が通っても動かない小さな赤い貴婦人」

イチゴを摘みに、とは嬉しさに頬を赤らめる話

壊れやすくてよい香りのする森のイチゴは、古代ローマの時代からすでに、上品な婦人方が美容パックに使わないときは、テーブルをにぎわせていた。『牧歌』のなかで、第一に快楽主義のエピクロス学派の徒だったウェルギリウスが、甘や

かなイチゴ摘みの際はヘビに気をつけろと、若い人々に忠告している。これは詩的メタファー（隠喩）で、この時代はイチゴを摘みに行く、とは森へ行くこと、女性をともなって森の道を歩くことを意味したのだろうか？　森へイチゴを摘みに行けば、愛の戯れに適した秘密の場所を見つけることができた。下草のなかに隠れたイチゴは、寓意的にエロティックな欲望も表している。緑色のひだ襟はそのふっくらした果肉を隠すことができない。

赤い色はドゥニ・ディドロに「乳母の乳房の湿ってとがった先端」を思わせた。イチゴは隠語で膣を表すが、それだけ切望され、かつ隠れている、ということだろう。

大西洋をまたいだ結婚とその子孫

長いあいだ、優美でさわやかな森の美女は、ヨーロッパだけに生えていた。われわれが知っている大きい実のいとこは、アメリカからの移民とフランスの１品種の非嫡出子だが、その品種自体、17世紀初頭に導入されたヴァージニアのイチゴとの交配による子孫である。これらは新世界から来たものであるにもかかわらず、結合はフランス王国において行なわれた。美食の系図において、異種交配からさまざまな変種が生まれたが、今日ではその多くが消滅した。

効能と逸楽

哲学者で詩人のフォントネル（1657-1757）は、コルネイユの甥だが、イチゴに情熱を捧げていて、自分の長寿はそのお陰だと断言していた。博物学者リンネ（1707-78）は、痛風をイチゴ療法で治療していたという。また16歳で「民衆の乙女」といわれた、のちのタリアン夫人（1773-1835）は、フランス革命の大恐怖時代に、多くの人をギロチンから救ったため、「テルミドールの聖母」とよばれたが、自由な女性の大胆さを絵に描いたような人だった。この一世を風靡したメルヴェイユーズ（伊達女）は、色白の肌を守るためならなんでもした。才気煥発でギリシア風の衣装を流行させたことでも知られ、輝くように美しい、とラマルティーヌが言っている、総裁政府時代に強い影響力をもっていたこの女性は、肌の柔らかさを保つためにイチゴ果汁の風呂に浸かるという逸楽を愛した。

フランスの誘惑者

イチゴには600ほどの品種がある。フランスにおいて、初物の最前線は、とろけるような早生のアキテーヌのガリゲットだ。1977年に生まれた細長くてレモンの香りのする非常に若い早生種で、年をへるにしたがって風味が弱くなった。夏の訪れを告げるのは南仏のパファロ、これは「カルパントラのイチゴ」の名でも流通している。そして丸いエルサンタ、シャンドレ、ヴァレタが続く。そのあと、うっとりするほど美味しい晩生のマラ・デ・ボワが来るが、デ・ボワ（森の）というだけあって木の香りがする。

テニスコートのイギリス産イチゴ

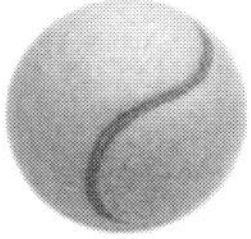

ウィンブルドンには、芝生の人気者たちがいる。飛びかうボールと、ケント州からやってくる、この2週間の催しに欠かせない名誉ある招待客、エルサンタ種のイチゴだ。まっ赤な色としっかりした果肉で選ばれたこの公式イチゴは、ここ10年、（ホイップ）クリームをそえられパックに入って売られている。ストロベリー・アンド・クリームは、1877年の最初の選手権と同時にはじまって、慣習となっている。このスイーツの発明は16世紀にさかのぼる［ヘンリー８世のハンプトンコートでは日に2回600人分もの食事を用意しなければならなかったため、簡単なデザートを思いついた］。開催期間中、毎朝５時半になると摘みたてのイチゴが、会場のオールイングランド・ローンテニス・アンド・クロケット・クラブに到着して、試合のあいだ、選手や観客を喜ばせたり慰めたりするのだ。毎シーズンの消費量は28トンを超える。

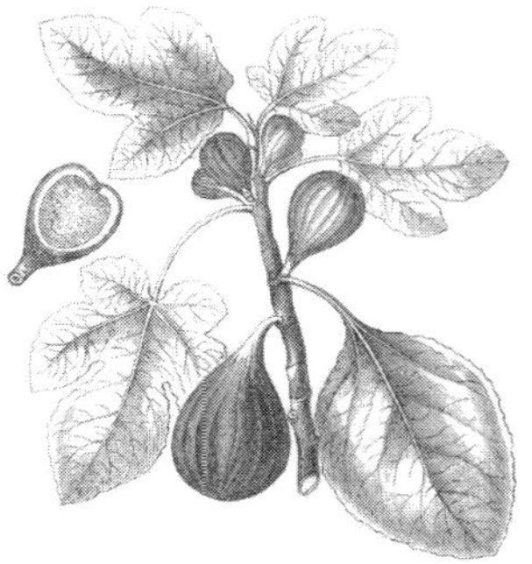

イチジク　Figue（フィーグ）

フィーグの技法

小アジア、正確にはメソポタミアを原産地とするイチジクの木は、最初ペルシアで栽培され、フェニキア人によって西洋に入った。イチジクの木はブドウの木、オリーブとともに地中海沿岸の地の栽培作物を代表する。この自然の贈り物は神話のなかで豊穣、力、生命を象徴する。

「わたしは詩がなんであるかを知らないが、そのかわり、イチジクがなんであるかはかなりよく知っている」
フランシス・ポンジュ［1899–1988、フランスの詩人］

学名：*Ficus carica* クワ科

ドイツ語Feige（ファイゲ）、英語fig（フィグ）、スペイン語breva（ブレバ）またはhigo（イゴ）、イタリア語fico（フィーコ）

語源：女性の外性器も意味するラテン語ficaから来た古プロヴァンス語figaより。

教皇の触診

プロヴァンスのイチジクには「教皇の睾丸」とよばれている品種がある。伝説の女教皇ヨハンナが男装していたということから、選ばれた幸福ものがほんとうに男性かどうか確認するため、教皇庁の街アヴィニョンでかつて行なわれていた慣例の記念である。

聖書の果実、ディオニソスの果実

神格化された存在として、イチジクは聖書のなかで特別な地位を保っている。ヤーウェ（神）はそれをエデンの園に置いた。「創世記」は、この天国の場所で、誘惑に負けたアダムとイヴは自分たちが裸であることに気づき、ブドウではなくイチジクの葉で性器を隠したと語っている。ある聖書注解者たちは、禁じられた果実とは、リンゴでなくイチジクだったという。旧約聖書の「雅歌」では、イチジクが恋人たちの官能的な情熱を芳香で満たしている。ファラオ時代のエジプトでは、女王クレオパトラがマルクス・アントニウスの死から癒されずに、愛する人といっしょになるため、好きなイチジクのカゴにエジプトコブラをひそませた。ギリシア神話ではイチジクの木は、ぶどう酒と樹液、庭の守護神であるディオニュソスの木として何度も言及されている。たとえばティタン族のシセウスは、母親をゼウスの腕から救うため、イチジクの木を生えさせて、天の主である全能の神の視線からのがれさせた。ホメロスの時代、『オデッセイ』が証言するように、水分が多くて軟らかく甘いイチジクの果実は、フェニキア王の果樹園に姿を見せていた。フェニキア人は航海に出るとき、乾燥させたイチジクを積むのを決して忘れなかった。糖質、繊維、ミネラルに富むイチジクは航海のあいだ、船乗りたちに重要な栄養分を供給した。

天国のふしだらな果実

陽光をいっぱい浴び、はちきれそうになったイチジクは自由奔放な態度を誘う。甘く官能的で、心地よい気前のよさを見せる。プラトンによると「抜きん出た栄養物」であるこの果実は、エロスがわれわれの感覚を支配するとき別の意味ももち、単純な幸福を受け入れないお上品ぶった人々を不快にする。汁気の多いたっぷりとした果肉を陶酔して味わうことは、ローマ人のいうところの「イチジクで生きている」、つまり「奢侈で怠惰な暮らしをしている」淫蕩者を有頂天にさせる。

➽アドバイス
軟らかすぎるのを選ぶのはすすめない。秘訣として、果柄がしっかりしているのは新鮮さの証拠である。

ローマとカルタゴ

すでにティベリウス皇帝の高名な料理人、アピキウス（前25年生まれ）が生ハムと組みあわせて楽しんでいた。食卓の芸術とともに人間を愛したこの美食家は、大プリニウスによると「大食らいの放蕩者」で、自分で食べないときはイチジクをブタや家禽に食べさせていた。監察官（ケンソル）大カトーは、カルタゴを壊滅させるべきことを政治的軍事的に説得するための手段として、イチジクを使った。ローマの元老院の前で、新鮮で美味しそうなカルタゴのイチジクをふりかざし、３日前に摘んだ、と言って、間近にある敵の脅威を表現したのだ。第３次ポエニ戦争をひき起こしたのは美味しい甘い実だった！　そしてローマ人はルテティア［古代のパリ］の果樹園にいたるまでこの「無花果」を植えた。

インドイチジクというサボテンの果実

「ウチワサボテンの仲間のインドイチジク（オプンティア・フィクス・インディカ *Opuntia ficus indica*）はシチリア島に広く分布していて、自然の風景と切っても切り離せない、象徴といってもいいくらいの構成要素となっている。島にはイタリアのインドイチジクの国内生産の90％が集中している。とくにカターニア県の小さな町サン＝コーノがさかんで、そこでは毎年インドイチジクのための市が催される」
レジーナ・カヴァラロ
『シチリアの奇妙な事典』

インドの聖なる木

ヒンドゥー教の最高神であるヴィシュヌ神やシバ神に結びつけられているイチジクの木、*Ficus benghalensis* ベンガルボダイジュまたはバンガンは、ヴェーダ文学（ウパニシャッドやバガヴァット・ギーター）において聖なる木と考えられている。ヒマラヤの支脈の地では、実在した人物である仏陀、ゴータマ・シッダールタが、寺院にあった［イチジク属の］インドボダイジュ *Ficus religiosa* の下に座って瞑想し、悟りにいたった。この野生のイチジクは覚樹（かくじゅ）（英語ではBodhi treeボウディーツリー、菩提樹）といわれるようになった。この木の下で、賢者は光明と十全の知識を獲得したのだ。

ヴィオレット・ド・ソリエス［ソリエスは南仏プロヴァンス＝アルプ＝コートダジュール地域圏ヴァール県の村］

ヴァール地方で生まれ、フランスにおける第一の生産（収穫の75％、およそ2500トン）を誇る、有名なヴィオレット・ド・ソリエスは、深い青色の皮で果肉が赤く、味がよいとの定評がある。2006年、原産地呼称保護（AOP）を獲得した。土壌と気候に恵まれた、ヴァール県のトゥーロンとイエールのあいだにある村ソリエス＝ポンは、フランスのイチジク栽培の中心地となっていて、恋とイチジクの愛好者を満足させている！

「半分イチジク、半分ブドウ」

この言いまわしは今日、ロベール仏語辞典によると「満足と不満が混ざったどっちつかずの状態、または冗談とも本気ともつかないこと」をいう。この慣用句の最初は、15世紀に現れた。あまり良心的でない商人が、コリントのブドウを静謐このうえないヴェネツィア共和国の裕福な顧客向けに輸出するとき、安いイチジクを混ぜていた、という慣行から来ているとの説がある。だが、辞典は、この仮説はまったく信頼できないので、「むしろイチジクもブドウも四旬節のドライフルーツであることを思い出すべき」としている。

インゲンマメ

Haricots（アリコ）

まだすべて終わりじゃない！（Ce n'est pas encore la fin des Haricots !）

緑色のサヤインゲンや緑色か白のフラジョレもあれば、ココ（クランベリービーン）やランゴ、ソワソンのグロ・ブランのようにさやをむいて使う大粒の白インゲンもある。ずいぶん違って見えるが、生のものも乾燥させたものも、すべてアメリカから来た同じ種に属している。

学名：*Phaseolus vulgaris* マメ科

こんなに乾いていて、こんなに美味しい

乾燥インゲンマメを使った美味しい料

理があちこちにある。フランス、トゥールーズのカスレ［豚肉ソーセージ、羊肉、ガチョウなどの肉と白インゲンマメの煮こみ］、スペインの典型的な料理ファバーダ（白インゲン、チョリソ、豚の脂身、子牛のスネ肉、豚の血と脂身で作る腸詰ブーダンなどの煮こみ）［ファバはアストゥリアス地方の言葉でインゲンマメのこと］、ポルトガルでも人気のブラジルの国民食フェイジョアーダ（黒インゲン、ソーセージ、豚の耳、足、バラ肉と香辛料の煮こみ）インドのマトキ・アンバット（ココナツと小粒黒インゲンのカレー）、ロシアやカフカスでも愛されているジョージアのロビオ（赤インゲン、クルミ、ニンニク、その地方の香草またはコリアンダーを使ったサラダや煮こみ）などがその例だ。

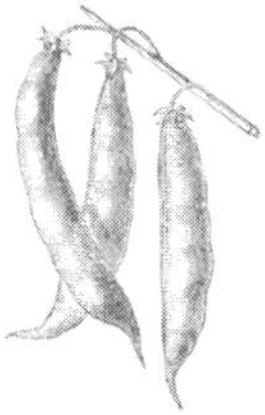

アンデスからケニアへ

原産地は新世界だ。遠い祖先は熱帯のつる植物だったインゲンマメは、紀元前7600年頃からアンデスで栽培されはじめた。ヨーロッパの人々が、このマメに出会えたのはクリストファー・コロンブスのおかげだ。神秘のアトランティス大陸から来たのだと主張する楽しい変わり者がいたとしても、キューバからこれをもってきたのはまちがいなく彼だった。古代ローマのウェルギリウスが言及しているが、実際は別の植物のことだった。アメリカから来たインゲンマメの粒が1528年に、教皇クレメンス７世に贈られて以来、イタリアの料理人たちはこの洗練された農産物に興味をもつようになる。フランス王アンリ２世と結婚した彼の姪のカトリーヌ・ド・メディシスは、そのとき、当時アルプスの反対側では知られていなかったこの野菜をいっしょに持っていった。マルセル・プルーストが「ヴィネグレットソースがたっぷりかかった」細長くて、とてもとても繊細なサヤインゲンを堪能したのよりずっと前に、この一皿はすでに王の食卓に迎え入れられていた。サヤインゲンは、20世紀に、缶詰の王者となって大衆化し、乾燥インゲンの数多くの品種からスターの座を奪った。かつては高級品で季節野菜と考えられていたが、アフリカとりわけケニアやセネガルでたくさん生産されるため、いまや冬でも店頭にならぶようになった。

サヤインゲンのように細く、あるいはスマートになりたい

「ごく細い」「細」そして「並」という言葉は、サヤインゲンの胴まわりを問題にしている。ヨーロッパ規格に固定されて、「極細」タイプにかぎって割りあてられる「エクストラ」という呼称は、タネも筋もなく非常に軟らかいインゲンにだけ承認される。

サヤインゲンの規格	
極細	サヤの幅6mm以下
細	6から9mm
並	9mm以上

チリコンカルネ（チリコンカン）はメキシコのものではない！

赤インゲンマメ、ライマメ（リマビーンともいう）と牛の挽肉をベースにした料理だが、メキシコから独立しアメリカに合併されたテキサス州で、19世紀の初め、あるドイツ人によって生み出されたものだ。

日本のスイーツ

和菓子になじみの食材アズキは、日本で非常に健康によいと考えられているもので、クリに似た味がする。伝統的な羊羹（アズキをゼリー状に固めたもの。砂糖、寒天で作られる）やどら焼き（タマゴを使った甘くて薄いパンケーキのようなものにハチミツやシロップをくわえたりした甘いアズキのペーストをはさんだもの）などをはじめとして、多くの菓子に用いられる。正月には、餅（粘り気の多いコメを蒸し、こねながらついたもの）にそえられることもある。かつては野菜の入ったものが軽食として仏教寺院だけで作られていた饅頭（ブリオッシュのようなもの）にもペースト状にした甘いアズキを入れる。日本ではこの「畑のルビー」、暗い赤色のマメが、古くは厄除けになると信じられていた。

サヤインゲンにもいろいろある

熟す前に収穫する、若くて軟らかいこの春の野菜は、ごく細いものも、太いマンジュ＝トゥーもさかんに消費されている。サヤインゲンには3つのタイプがある。アリコ・フィレはペクチンが豊富で、サヤが長くてなめらかで、きれいな緑色をしていて、紫色がかった茶色の斑点があることもあり、筋っぽくならないうちに手ばやく収穫する。この品種は数十年前から店頭であまり見かけなくなった、というのも熟す前に手摘みするので、値段が高くなるからだ。筋をとらずにサヤごと食べるアリコ・マンジュ＝トゥーは、もっと太くて肉づきがいい、緑色や黄色のもの（軟らかいのでバターとよばれる）があり、より田舎風な見かけで、味にはずれがない。それからアリコ・フィレ・マンジュ＝トゥー（筋はあるが筋っぽくない）は、上記それぞれの異なる変種を交配したもので、缶詰や冷凍などの材料として支配的地位を占めている。

ウシ、子牛、牝牛…

Boeuf, veau, vache…（ブフ、ヴォー、ヴァッシュ…）

屋根の上の牛　le Boeuf sur le toit

1921年の開店からパリで人気のミュージックバーは、ジャン・コクトーが台本を書いた、フランス６人組のメンバーである作曲家ダリウス・ミヨー（1892-1974）の作品から店の名前をとっている。

> ラテン語のbos（ボース、牛）から派生した、bœufは去勢した牡牛(おうし)を意味する。精肉店でブフの肉といえば、それだけでなく、出産を経験していない牝牛(めうし)やリフォームの牝牛、つまり乳牛や繁殖用としての生産年齢をすぎた牝牛の肉もふくむ。

フランス風ジャムセッション、1925年

パリの「屋根の上の牛」という名の、音楽家がよく集まり、フランスにジャズを紹介したミュージックバーからはじまった言葉で、フランス語で「牛をするfaire un bœuf」というと、ジャムセッション、つまりソロの演奏家たちが集まって自由に即興的に演奏することをさす。

> **肉viande（ヴィアンド）**
> この言葉は、とくに肉類をさすのではなく食料一般を意味していた古典ラテン語のvivendaから来ている。

古代の神々

乳牛や肉牛になる前に、おとなしくてもの静かなこのツノのある動物は、数多くの神話をとおして、人間の歴史にたえまなく姿を現した。エジプト神話の創造神であるプタハ神の地上における化身として、処女の牝牛と天上の火の結合から生まれた神聖な牡牛アピスは、メンフィスの神殿に祀られた。エジプトの祝祭とワインの女神ハトフルは、一般に牝牛の姿をした、やさしい庇護的な存在として表され、角のあいだに太陽円盤をのせている。ファラオの力と結びついて、この輝く女神は、死者を迎える役割をもつ。ギリシア神話では、牛頭人身のミノタウロスがクレタ王ミノスの妃と牡牛との罪深い恋から生まれた。「神々と人間の父」であるゼウスは、アルゴスの若い巫女イオを愛し、妻ヘラの嫉妬と激怒からのがれさせるため、彼女を白い牝牛に変身させるしかなかっ

た。ローマでは、天と地の神ユピテルが、若い処女エウロペを誘惑するために白い牡牛に姿を変えてつれさった。その息子ヘルクレス（ギリシア神話のヘラクレス）が命じられた12の功業［狂気を吹きこまれて自身の妻子ほかを殺してしまったヘラクレスは、罪を贖うため神託を仰ぎ、10の難行を命じられる。そのうち２つが認められなかったため合計12となった］のなかには、クレタの王の牡牛を捕まえることと、頭が３つある怪物ゲリュオンがある島で飼っている金の角をもつ大群の牛を盗むことがあった。

牝牛のマルグリット

アンリ・ヴェルヌイユの映画「牝牛と兵隊」（1959）は、第２次世界大戦時のフランス人捕虜がドイツから脱走する話だが、喜劇俳優のフェルナンデルとともに重要な役割を演じたのが、マルグリットという名前の牝牛だった。

牛ヒレ肉のロッシーニ風

［tournedos Rossine］

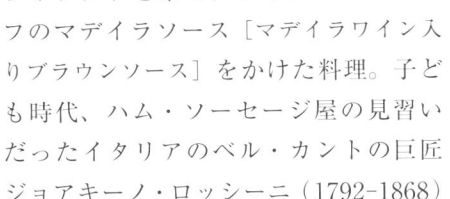

牛ヒレ肉［tournedos］にフォアグラを乗せ、トリュフのマデイラソース［マデイラワイン入りブラウンソース］をかけた料理。子ども時代、ハム・ソーセージ屋の見習いだったイタリアのベル・カントの巨匠ジョアキーノ・ロッシーニ（1792-1868）は、正確にはこの料理の発案者であって創造者ではない。肉料理にあきていたこの有名な作曲家が、パリのカフェ・アングレのシェフに頼んで作らせたといわれる。別の説では、料理人の王者でありロッシーニと親しかったアントナン・カレームが、ジェームス・ド・ロトシールドのために考案したという。美食の小話もある。給仕長がこのように見かけの悪い料理をマエストロのテーブルに給仕するのをこばみ、後ろ向きになって給仕した。そこからtournedos［背中をまわす］の名前が出た、というものだ。

ヴァレー州の誇り

スイス、ヴァレー州の自慢は、濃い黒褐色のエラン種の牝牛だが、決しておとなしくはない。このアルプスの乙女たちは、誇りが高く好戦的で、気性が荒い。驚くべき支配欲本能につき動かされて、これらの美しい牝牛たちは角をつきあわせて、群の女王となるため、「州の女王」のタイトルを勝ちとるために闘う。しかし、闘うためにだけ育てられているのではなく、肉がすばらしいのだ。「エランの花、ヴァレーの食肉」という品質保証票は、この山岳地域の美味しい肉の品質を表し、５歳以下の牛であること、年に最低でも80日間高地で放牧されたこと、飼料にGMO遺伝子操作生物が使われていないことを保証している。

美しい黒を着た従順なスコットランドの牝牛

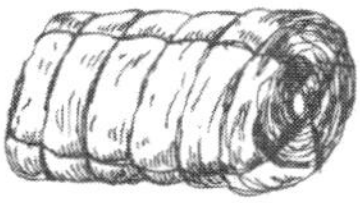

畜産の長い伝統をもつハイランド、グレンとよばれる数々の渓谷、そしてマル島で飼育されている美しい牝牛、アバディーンアンガス牛は、柔らかくジューシーで味わい深い肉を提供するのに花に変装する必要なんてない［ジョルジュ・ブラッサンスのシャンソンune jolie fleurは、花に変装した牛、つまり見た目はよくても冷たくて知性もない女性にだまされて夢中になったと歌っている］。それは、北風に打たれる天然の牧草地であるこの泥炭質の草原の草を食べているからだろうか？アンガス牛はもっとも知られた品種の1つで、アメリカ、カナダ、アルゼンチン、ブラジル、オーストラリア、ニュージーランド、そしてヨーロッパ全体に広く分布しているが、オリジナルのアバディーンアンガス牛にはおよばない。

「ビーフステーキは、ワインと同じ血液の神話に関与している。肉の心であり、純粋な状態の肉であり、だれにせよこれを食べる者は、闘牛の力に同化する。ビーフステーキの威光は、あきらかにそのほぼ生だというところにある。そこでは血は可視で、自然で、濃密で、凝縮していながら、切り分けることができる。この重い物質は、古代のアンブロシア［神々の食物］を想像させ、歯のあいだで、それがもっていたもともとの力と、人間の血のなかに入りこんでいく柔軟さを、同時に感じさせるような仕方で消えていく」ロラン・バルト『神話』

ブフ・キャロット（ニンジン入りビーフシチュー）

この俗語表現は、1995年から2001年にかけて放送されたテレビドラマシリーズ［2012年にも再放送］によって不滅のものとなったが、警察監察官室（IGPN）に所属する「警察の警察」である公務員を意味する。捜査や尋問の際、彼らは疑わしい同僚をゆっくりと調理し、ニンジン入りビーフシチューがとろ火でゆっくり煮えるように、勝手に気をもませておくというテクニックを使うらしい。

和牛、日本の例外

とくに霜降り肉で、その柔らかさと美味しさが評判のこの牛肉は確実に世界一である。有名な神戸牛と同様、松坂や飛騨の、文字どおり日本の牛肉という意味の和牛は、大事にかわいがられ、マッサージされて育つ。ふだんの餌のほかに、何リットルものビールを飲んだり、ときにはクラシック音楽を聴いたりもする。2014年に日本政府機関が承認を得て以来、この牛肉はEU諸国でキロあたり約300ユーロというモーレツな値段で売られている。

アルゼンチンのアサード

アルゼンチン牛の評判は、これ以上得る必要がないくらいだが、ブエノスアイレスの住民はよい牛肉を手に入れるのに苦労している。というのも、世界中のいたるところに輸出することのほうが優先されているからだ。しかしながら、大草原から大農場まで、庶民的な地区から首都の高級住宅街まで、アルゼンチンの人々は、ブラックアンガス牛で構成される国民的家畜をアサードというすばらしい技で偉大なものとしている。このバーベキューは、炎を使わずに燠火でじっくり焼くことで、アルゼンチンの有名なステーキファンを喜ばせる。

サヴォア地方の気前のよい牛

オート＝サヴォア山岳地帯の夏季放牧場で野生の草を食べた丈夫な品種アボンダンスは、香りがよく脂肪分豊かな乳で評判が高い。それはとくに同名のチーズ、アボンダンスとルブロションという名前のチーズの生産に用いられる。この牝牛は、移牧の際、夏の住処に来るときとそこを離れるとき、首に鈴をつけていることが多くハイキング客を楽しませてくれる。アボンダンスという名は、オート＝サヴォアにある村の名前から来ているが、その後女王のようにふるまっていたトーヌの渓谷の外へ出て、西アフリカへ、南アメリカへ、カナダへ移住した。

「祈りが終わると、彼らは牝牛たちの喉をかき切った。皮をはいで、腿を切り、脂肪の二重の層で巻き、ぴくぴく動く肉をすっかり包んだ。わが戦士たちは焼いて捧げる全燔祭に献酒をするための葡萄酒がもはやなかったので、牝牛を焼き、水をそそいだ。腿が焼けて、わが仲間が内臓を味わってしまうと、残りを切り分けて長い串に刺した」

ホメロス、オデッセイ12歌

フランス全土に広がったブルゴーニュの牛

モンベリアルド、ノルマンド、ブルー・デュ・ノール、アキテーヌのブロンド牛、サレール牛、リムーザン牛、シャランテーズ牛など、地域と同じだけ牛の種類がある。シャロレー牛はとくに有名な牛の品種で、ブルゴーニュの象徴的な姿であるが、その白またはクリーム色の毛色、明るいピンク色の鼻面、太い後肢でそれとわかる。この大きくて美しい動物は、15世紀からシャルレー＝ブリオネ地方の牧草を食べてきた。シャロレー牛の原産地はブルゴーニュのシャロルであり、そこからこの名前が来ている。この牛が有名なブルゴーニュ牛の原種であることを忘れないようにしよう！　現在、飼育エリアはフランスのほかの地域、とくにヴァンデ県やアリエ県、ニエーヴル県にも広がる。またこの牛肉の評判は国境も越え、シャロレー牛はいまやどの大陸にもいて、70か国以上で飼育されている。この特徴的な霜降り肉の、食欲をそそる香りはそれほど広がっているのだ。

聖なる牝牛？

インドでは、牝牛はおちつきはらって車の流れのなかを歩いたり、交差点に立ち止まったり、道を横切ったりしている。ヒンドゥー教徒たちに崇拝されている牝牛は、動物の擁護者である、ヴィシュヌの化身（アヴァターラ）であるクリシュナ「青い神」のおかげで、自分の行動にあまり気を使わなくていいのだ。クリシュナにはバーラ・ゴーパラ「牝牛を守る子ども」あるいはゴーヴィンダ「牝牛に満足をもたらす者」という異名もある。ヒンドゥー教では、この聖なる動物を食用にするなど思いもよらないことだ。牝牛は母神の化身であり、クリシュナ信仰において重要な地位を占めるからである。さらにはヨーグルトやバターの原料となる乳を出してくれる。その糞も燃料や建材、肥料として活用され、尿は伝統医学アーユルヴェーダの薬品に利用される。

インドで

「詩人ジャヤデヴァの作品にも、寺院の彫刻にも、伝説のなかのこのやさしい動物の居場所は大きくないが、反対にモンゴルの細密画（ミニアチュール）は甘美なイメージに満ちていて、そこでは酪農家に変装したクリシュナが愛人たちとともに牝牛の乳しぼりをしている。しかしながら、この動物の存在は、聖なる田園恋愛詩において重要な役割を演じている。神の恍惚と人間の幸福は、人間に搾取された卑しい動物の穏やかな満足なしではありえないし、牝牛たちは存在の冒険を人間と分けあうのである」

マルグリット・ユルスナール

『ギータ・ゴーヴィンダのエロティックで神秘的ないくつかのテーマについて』

トルコ風の焼肉

ケバブ

ケバブは、焼いた肉あるいは串焼きの肉を意味するトルコ語から来ている。肉は牛肉か羊肉か鶏肉である。起源は中央アジアから来たトルコの遊牧民が、アナトリア（トルコのアジア大陸部をさす）とカフカスのあいだで、肉を野営の焚き火で焼いていたときにさかのぼる。

牛の頭

旧約聖書の「創世記」をひもとくと［18・1-9］、柔らかい肉の若い子牛をいけにえとした後、太祖アブラハムはその頭を３人の訪問者、宗教画では３人の天使として描かれる存在に提供する。何世紀も後のこと、頭を好む人物、この場合はフランス大統領［子牛の脳がシラク元大統領の好物として知られる］だが、この嗜好がありそうにない古代の象徴的な料理を称賛して、臓物好きを喜ばせた。ギュスターヴ・フロベールが、『感情教育』のなかで、共和主義者たちが集まって牛の頭を食べるという毎年１月21日の、テルミドールの後、数人のサン・キュロットによってはじまったルイ16世の断頭の陰うつな記念日のことを報告している。このような気味の悪い美食は、それ以前、クロムウェルの党派によって、ステュアート家の壊滅を祝うためにはじめられたものだった。

エスカルゴ Escargot

よだれをたらす雌雄同体動物

学名：*Helix pomatia, Helix aspersa* マイマイ科

語源：プロヴァンス語escaragolから派生した古フランス語のescargol。

雨の後、庭やブドウの木の下でエスカルゴを探す…。運がよければ見つかるというほどにだんだんなってきたのは、汚染と集約農業が野生のエスカルゴにとって望ましい状況ではないからだ。その結果、今日エスカルゴは養殖で（とくにhéliciculture という。Helici はカタツムリの意味）、バルカンや中央ヨーロッパと東ヨーロッパ、そしてチュニジアから輸入されている。最大の消費国はあいかわらずフランスであるとはいえ、イタリア、スイス、スペイン、アフリカ、それにアジアでも、食材としての評価を得ている。

ガルガンチュアの国で

味の点からフランスで調理に用いられるのはおもに2種類である。1つは葡萄畑でとれる大型のエスカルゴで、エスカルゴ・ド・ブルゴーニュ（*Helix pomatia*）との呼称があるが、この名前はブルゴーニュ地域で生産されていることを意味していない。ヨーロッパの大部分に生息している。1979年以来フランスにおいては、野生状態での生息が保護されていて、4月から6月にかけての発情期と、3センチメートル以下のものは、採取を禁止されている。もう1つはボルドー地方でカグイユとよばれるエスカルゴ・グリ、またはプティ＝グリ（*Helix aspersa*）で、大西洋地域だけでなく、地中海地方にも広がっているが、その味が絶妙なので、各地の料理に使われている。近年養殖業者たちは、1970年代終わり頃北アフリカからやってきた新参のグロ＝グリ（*Helix aspersa maxima*）にますます力を入れるようになっている。グロ＝グリはトルコのエスカルゴ（*Helix lucorum*）と同様に、法律上、たんにエスカルゴという名称でだけ売ることが許可されている。大きさは、エスカルゴ・ド・ブルゴーニュと同じくらいで、ポーランド、ブルガリア、その他東欧産の可能性もある。特徴で見分けることができる。貝殻がクリーム色で縞が細かければブルゴーニュである。縞が茶色をしていて不規則で、貝殻が暗い色なら、トルコだ。「エスカルゴ・ア・ラ・ブルギィニョン」という料理の名前で、「エスカルゴ・ド・ブルゴーニュ」という品種とかんちがいさせる詐欺もあるので、注意すること。

そして、缶詰になったアジアやアフリカやインド洋の島々のアフリカマイマイは、美食家の興味を引くものではない。このエスカルゴの代用品は、フランスではエスカルゴの名称を使えない。

どの種類であっても、調理の前には絶食させ、清浄な餌をあたえるなどして粘液を除去する。

洞窟からサン＝フロランタンの館へ

考古学発掘調査によって、先史時代の人々もこれを楽しんでいたことが明らかにされている。どうやって食べていたかは、はっきりわかっていない。1つだけ確かなのは、火を通していたということだ。はじめてエスカルゴの養殖場を思いついたのはローマ人で、おがくずとワインで太らせ、それからミルクのなかで吐かせた後で、揚げていた。

中世になると、ブルゴーニュの人々はエスカルゴを灰の下で加熱し、そのまま塩で食べた。教会から批判されていたにもかかわらず、脂身の少ない肉ということで、修道士たちは四旬節のあいだもエスカルゴを楽しんでいた。この地上の糧は豊かなルネサンスの時代、貧しい人々や農民の食糧となった。長い航海に出かける船乗りたちも、生きたエスカルゴを大量に積みこむことで、船上で新鮮な肉を食べることができた。

フランス革命の後、外交官であった聖職者シャルル・タレーランが栄えあるロシア皇帝アレクサンドル１世のために催した晩餐会において、エスカルゴは料理人アントナン・カレーム（1784-1833）のおかげで、公の地位を確立するようになる。ブルゴーニュ出身のコック長の任務は、ロシア皇帝を驚かせて強い印象をあたえることだった。彼はバターとニンニクでにおいをめだたなくし、パセリを使って色を調整した。こうして1814年の５月のある宵、パリのコンコルド広場近くにある「足をひきずった悪魔」とのあだ名のあったタレーラン所有のサン＝フロランタン館で、ブルゴーニュのエスカルゴの名声が生まれた。実際には、それより数年前に、ブルゴーニュ北部の旅籠屋の主人ヴァレ爺さんという人が、エスカルゴをパセリバターで調理することを思いついていて、そのアイディアを借用したものではあったのだが。

マイアミの恐怖

アメリカ合州国のフロリダでは、20センチ以上にもなる巨大なアフリカマイマイの一種が、大量発生することがある。

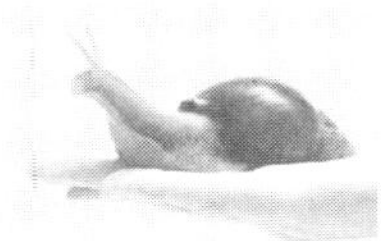

この怪物は、つねに空腹で、何百種類もの植物をむさぼり食うだけでなく、悪気はない悪癖によって甚大な被害をおよぼす。彼らの好物は、石膏だ。ゆっくりとだが確実に、家々に危害をくわえる。また寄生虫の宿主で、人間にも衛生上の問題をひき起こす。おまけにこのがつがつした放浪者は、食用にならない！

アフリカの喜び

マグレブにおけるエスカルゴ料理は、トウガラシとミントとオレンジの皮で引き立てたブイヨンで煮たものだ。アルジェリア人は、たとえばコンスタンティーヌ風トマトソースにして、これを

よく食べる。モロッコでは、ストリートフードのパイオニアである屋台で、非常に庶民的なちょっと美味しいものとして、エスカルゴ（ブーブーシュ）がよく売られている。チュニジアでは、エスカルゴのクスクスが人気だ。カメルーンでは、エスカルゴは豚肉、トマト、ニンニク、タマネギとともに調理される。コートジヴォワールには、エスカルゴとトウガラシとタマネギをベースにしたケヤイラというソースがある。

エンドウ Pois légers（ポワ・レジェ）

［文字どおりだと軽い豆の意味］

それも重い豆？

学名：*Pisum sativum* マメ科

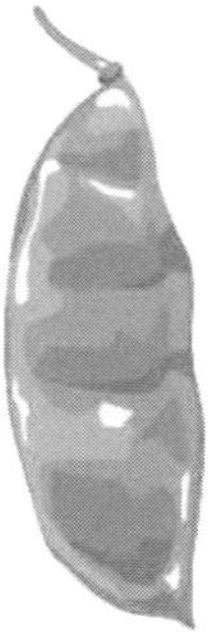

このマメは、すでに1万年前から人類の大部分に知られていた、インドで、ペルシアで、エジプトで、アナトリア（トルコのアジア大陸部をさす）で、ギリシアで…。中世までは乾燥させて食べていた。以後は、グリーンピース（フランス語でプティ・ポワ、小さいマメの意味）として、多くの野菜のなかで春の走りの野菜の代表となった。この時期は、非常に若くて未熟なら、サヤエンドウとしてさやごと全部食べられるが、これをフランス語では「ポワ・グルマン（食いしん坊のマメ）」とか「ポワ・マンジュトゥー（丸ごと食べるマメ）」、または非常に若

いものを「ポワ・グーリュ」などともよぶ。アメリカ人は「スナップ」とよぶ。イギリス人は、正当にもこれを「シュガー・スナップ」と名づけた。アングロサクソンの人々はこのフランスのものよりずっと甘い大粒のプティ・ポワをたいへん好む。未熟のうちに収穫してサヤをとって食べるいわゆるグリーンピースの多くの品種と混同しないこと。こちらは生産のほぼ90％以上が缶詰か冷凍になる。

緑色のきれいな真珠

歯になめらか、風味豊か、とろけるような、さくっとしている、丸い、ふっくらしている、さわやか、軟らかい、しわのない、しわがあるなど、グリーンピースを形容する言葉はいくらでもある。いくつもの料理のなかでその特性を発揮する。たとえばフランス風は、新小タマネギ、レタスといっしょに蒸し煮にする、もちろんベーコンをくわえてもいい。油を入れた中華鍋で数分炒めるか、バターを少し入れた水でゆでて、付けあわせ野菜の1つとして、角切り野菜（マセドワース）のミックスサラダに、ポタージュに、または詰めものとして、とくに牛豚羊の肉や鶏肉などによく合う。中国では、広東風チャーハンにグリーンピースは欠かせない。ヴェネツィアには、グリーンピースをたっぷり使ったリゾット、リジ・エ・ビーシが、そしてイギリスにはカリスマ的料理グリーンピースのポタージュ、ミント風味がある。

アドバイス

購入の際は、新鮮さの証拠である鮮やかな緑色のものを選ぶこと。傷みやすいので早めに調理したほうがいい。サヤが黄色くなっているものは避ける。カロリーは［野菜の平均より］高めで栄養価も高く、適度にとれば、体内でのカルシウムの定着や脂肪の変換を助ける働きをする。

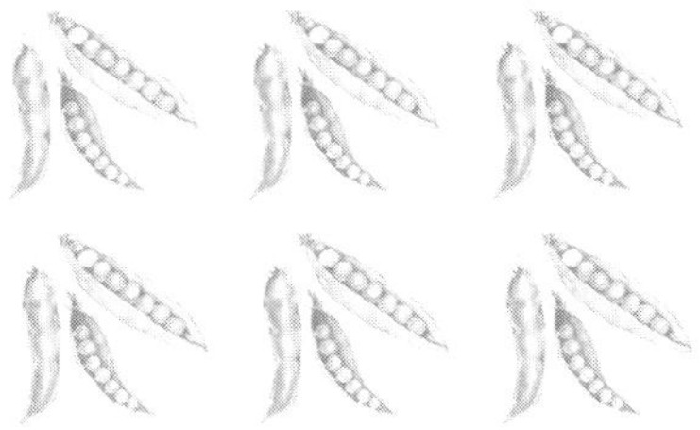

ユーラシアでの出来事

中央アジアとヨーロッパを原産地とする、低木あるいはつる性のこの植物は、すでに古代のギリシア人、ローマ人、エジプト人に認知されていた。フランスにおいて最初の痕跡がみられるのは、16世紀である。その後、ルイ14世

が衝動的な愛着を示したため、宮廷人や貴族たちも夢中になった。医師は、その音響をともなう作用を心配したのだったが…。流行の料理となり、その家の裕福の印となり、それからドレスやネクタイに図柄としてプリントされるようになる。フランス革命の後は、文士で美食家のグリモ・ド・ラ・レニエール（1758-1838）が、この野菜をもっともデリケートで最高だと評価した。さらには「アントルメのプリンスだ」と形容するところまで行く。19世紀になると、また新たな特徴をあたえられる。デンマーク人ハンス・クリスティアン・アンデルセンがそのおとぎ話の1つでこのマメを有名にしたのだ。そのなかでは、何枚もの厚いマットレスの下に隠された豆粒が、そんな小さな障害でも眠れないほど繊細な本物のプリンセスの資質を明かすことになる。

同じ頃、エンドウは、野菜畑の野菜というだけの地位から、一躍遺伝学のスターとなった。司祭にして植物学者だったオーストリア人グレゴール・メンデルが、交配に継ぐ交配実験の結果、遺伝子伝達についての一連の基本法則を、体系的に明らかにしたのだ。

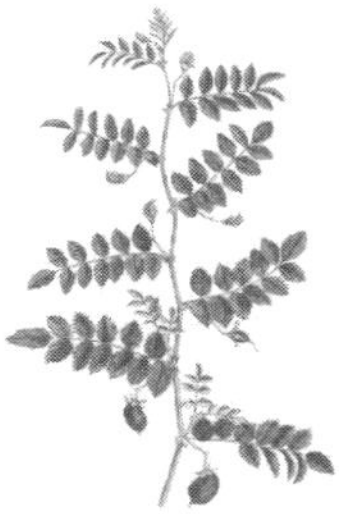

ヒヨコマメ、ガルバンソー

Le pois chiche（ポワ・シッシュ）［文字どおりでは粗末な、あるいはケチな豆］

東方の豆

学名：*Cicer arietinum* マメ科

フェニキア人のおかげで、地中海周辺に広がる以前、ヒヨコマメは何千年も前から東方の地で食べられていた。スイスの植物学者、アルフォンス・ピラム・ド・カンドール（1806-93）は、この主食となる食材の原産地を特定しようと試みた。ヒヨコマメ属では15種が知られているが、アビシニア（エチオピアの古称）原産の一種をのぞいて、すべて西アジアあるいはギリシアから来ている。したがって栽培種は、ギリシアとヒマラヤのあいだの国々、漠然と東方というべきところから来た可能性が大きい。ヒヨコマメはアナトリア（トルコのアジア大陸部をさす）から来たのだろう。

インダスからレバノンへ

おもにインダス川とガンジス川のあいだの平野で栽培されているヒヨコマメは、インド亜大陸の料理のなかで、特別の地位にある。チャナ（ヒンディ語でヒヨコマメのこと）はカレーやチャツネ［果物や野菜を酢、スパイス、砂糖で煮つめて作る薬味］に入れて、非常に評価が高い。チャナには２種類ある。カーブリーチャナ（乳白色のヒヨコマメ）とカラチャナ（ブラックチャナ豆、茶色いヒヨコマメ）である。中東のフムス（文字どおりアラビア語でヒヨコマメのこと）は、タヒン（白ごまペースト）と乾燥ヒヨコマメで作るペーストだが、伝統的なメゼ（小さいオードブルの盛りあわせ）のなかでいつも上席を占めている。

オリーブ Olive

まるで南だ

カタルーニャ（カタロニア）、イストリア［クロアチア］、トスカーナあるいはプロヴァンスのペイ・デックス、ギリシア、レバノンあるいはモロッコと、オリーブは地中海を反射している。太陽を浴びて果肉たっぷりなオリーブの香りは、南へそして歴史への旅に誘う。

「今日、ギリシアの風景と切り離せないにもかかわらず、オリーブはギリシアの原産ではない。植物学者の研究によって特定された初期の土地は小アジアで、そこではアラビア南部からシナイ半島、パレスティナ、シリア、トルコ南岸を、カフカスの麓までのほんとうに広い地域にわたって森をなしている。あきらかに、そこでオリーブの栽培がはじまったのだ」
ジャック・ブロス『世界樹木神話』

神々に祝福された木

地中海沿岸全般で、オリーブは平和、知恵、愛、多産、浄化、繁栄、力のシンボルに結びついている。エジプト人は家族を守ってくれる女神イシスのものとした。聖なる木は、古代ギリシアにおいて、オリンポス山の神アテナに、古代ローマにおいては、ギリシア神話のゼウスにあたる天地の支配者ユピテルと、アテナにあたる知恵と芸術のミネルヴァのものとされた。ホメロスの時代、オリーブの木を傷つけた者は、裁きによって厳しく断罪されかねなかった。よきアテナイ人プラトンは、常緑のオリーブの葉陰で哲学上の問題を考察するのと同じくらい、『饗宴』の著者として比類ない食物である実を食べることを愛した。黒または緑色［熟すと黒くなる］で、ときにはトリュフをつめたオリーブは、ローマのもっとも洗練された献立に登場した。今日では、イタリアのマルケ州のアスコリ・ピチェーノで、挽肉とパルメザンをつめ、衣をつけて揚げて、熱々で出される名物料理、「アスコラーナのオリーブ」が、この料理法の伝統を継承している。

学名：*Olea europea* モクセイ科

語源：オリーブの木と果実の両方を表すラテン語のolivaから

マーレ・ノストルム、われらの海（地中海）

遠い昔、パレスティナのジェリコで、野生のオリーブの果実から、すでに油が作られていた。紀元前3500年、ミノス文明は、エーゲ海（クレタ島とサントリーニ島）で、オリーブを中心に富を築き上げていた。古代、ヘレニズム文化は、ギリシア本土に大規模なオリーブ農園を発展させた。食料という以上に、オリーブは基本的価値観を表象する文明の果実である。オリーブの木材は、崇拝の対象としての彫像を作るためにだけ使われた。ギリシア人はサルデーニャ島、コルシカ島、プロヴァンス地方の人々にオリーブの栽培と料理用油、照明用油、ボディーケアのためのオイル、塗油用の油など、オリーブの果実からとれる貴重な液体のさまざまな効用を教えた。

アブラハムからムハンマドへ

聖書の「創世記」のなかで、洪水の後、ノアに一羽の鳩が、救われた被造物の使命への契約の神のしるしとして、オリーブの小枝を運んできている。イエスはオリーブの山を降りてエルサレムに入った。キリスト教徒は聖油を用いるが、そのうち「ユダヤ地方のバルサム［芳香性樹脂］で香りをつけたオリーブ油は洗礼、堅信、司祭の叙階、終油の秘跡用である。イスラム教では、オリーブは神聖な、宇宙の木であり、大預言者ムハンマド「万能の人」の木である。

そしてオリーブは行く

スペインの征服者達が新世界を発見したとき、彼らはオリーブの苗を移植することにし、それは南アメリカ、カリブ地方、それから北米大陸、メキシコとカリフォルニアに根づいた。さらに遠く、東へ向かうが、中国の民間伝承によれば、オリーブの木材は毒薬や動植物の毒を中和するという。今日、中国はオリーブの生産で地中海の国々と競うまでとなっている。日本では、オリーブは親切な心づかいと勝利を表す。

イベリアの世界一の美女

脂肪質で肉づきがよく、小さくて丸く、繊細でフルーティーなオリーブには、ついつい手が出る。産地、品種、木の年齢、成熟前（グリーンオリーブ）か熟してから（ブラックオリーブ）か、という収穫の時期によって、味が変わる。グリーンは南仏のガール風（ニーム）やニース風のサラダなどによい。その色から修道服を着たオリーブともいわれる完熟してから摘まれたブラックは、モロッコ産が多く、ギリシア風のオイル漬けなどにする。フランスのブラックオリーブは主として世界一の生産国で、市場の45％を占めるスペインから輸入されている。

イタリアの危難…そしてコルシカ島でも

イタリア半島の南部、ちょうど長靴のかかとの部分のところにあるプーリア州は、イタリアでオリーブオイルの生産がもっともさかんな地域だが、そこでピアス病菌（学名*Xylella fastidiosa*）というバクテリアが何十万本ものオリーブの木を殲滅し、ヨーロッパ中を脅威にさらしている。樹齢100年以上の木が大量に枯死した。そのため2013年以降、当地のオリーブ生産者は危機にある。オリーブの殺戮者はコルシカにも姿を現した。

フランスのオリーブ生産

数多くの品種がある。もっとも評判の高いのは、ブラックオリーブについてはニヨン産の、この地域固有のタンシュ種（AOC）と、カイユティエというニース産のオリーブ、そしてグリーンオリーブについては、リュックのオリーブとピコリンスだ。大半は、エロー、オード、ガール、ドローム、ヴォークリューズの各県とコルシカ島で生産されている。

木からすぐには食べられない

オリーブは摘んですぐには食べない。自然の苦味をとりのぞき、フルーティーな風味になるよう、先に漬けこみをしなければならない。栄養価はほかに例を見ないほどである。まず、多くのビタミンやミネラルをふくんでいるうえに、脂肪分にも富む。

タプナード

プロヴァンス風ペーストで、ニースのキャヴィアの名でよばれることもある。「本物の」タプナードは、裏ごししたブラックオリーブとアンチョビ、オリーブオイル、ニンニクそしてケーパーを混ぜあわせる。ケーパーはとくに大事だ。タプナードの「タプノ」はプロヴァンス語でケーパーのことだからである。

➽オリーブオイルと品質表示

ヴァージンオリーブオイルは、オリーブを粉砕して、低温の一時圧搾で採油されたもので、そこで得られた液を濾して澄ませる。化学的処理はいっさいされていない。「エキストラヴァージン」は酸度が0.5%から1%で、最高の品質で、もっとも味がよい。「ファインヴァージン」は、それよりやや風味が落ち、酸度は1.5%以下である。たんに「ヴァージンオイル」あるいは「オーディナリー・ヴァージンオイル」は酸度が3.3%を超えてはならない。ヴァージンオイルでないものは、化学処理がほどこされている場合もある。

オレンジ Orange（オランジュ）

冬の太陽

オレンジはサンスクリット語のナラルンガ、ペルシア語のナラングから来た。それが借用されてアラビア語のナランジとなり、それからスペイン語naranjaナランハ、イタリア語aranciaアランチャ、フランス語でオランジュorangeとなった。

アジアからアメリカへ

アメリカ大陸への2度目の航海の際（1494-96）、航海者クリストファー・コロンブスは、この西のインドへ向かうにあたって手ぶらではなかった。彼のカラベル船の船倉には、ブドウの苗や、木や果樹の苗などを積んでいて、そのなかにはレモンやオレンジの木の種もあった。それを最初イスパニョーラ島（サント＝ドミンゴ）に、それからカリブ海の多くの島々、もっと後にフロリダとカリフォルニアに移植することになる。

「オレンジは、わが熱愛の木
その香りのなんと甘いことか！
植物の帝国のなかに
あなたほど喜ばしいものがあるだろうか？
あなたの固い皮の果実は、
まさしく宝物
そしてヘスペリデスの園*には
ほかに金のリンゴはない」
ジャン・ド・ラ・フォンテーヌ
『プシケとキュピドンの恋』

［*ギリシア神話で、乙女たちが、金のリンゴを守る世界の西の果ての園］

学名：*Citrus sinensis* ミカン科

中国の美しい場所

中国南部原産の柑橘類であるオレンジは、4000年前から栽培されている。野生状態では存在せず、交雑（品種を異にする2つの個体の交配）によって生まれたものである。

スウェーデンの博物学者カール・フォン・リンネ（1707-78）も、みずからあたえた学名によって、オレンジが中国の原産であることを認めている。紀元前4世紀、世紀を超えていまもその名が消えない、中国最初の大詩人である屈原も『橘頌』という詩を作った。漢王朝（前206-後220）下では、特別にオレンジを担当する大臣が1人いて、新鮮なオレンジをいつでも宮廷に届けられるようにする、という任務を負っていた。また古代の中国では、オレンジが多産を象徴するため、結婚を予定している女性に贈る慣習があった。

西方への行程は、西暦の初め頃から、まずはシルクロードを通ってインドへ、それからバビロニアへ向かった。アレクサンドロス大王は、ペルシアとメディア（今日のイラン）の地でオレンジを知った。この頃のオレンジはまだ非常に苦かったが、シチリアより前に、ムーア人はアンダルシアを巨大な果樹園に変える。オレンジが甘くてよい香りになるには、16世紀と、東方へ出かけたポルトガル人たち（ジェノヴァ人たちだという人もいる）が戻ってくるのを待たなければならなかった。オレンジは少しずつ、地中海周辺、とくにイタリア、シチリア、カンパニアに居場所を見つける。だが長いあいだ、小粒のモロッコのオレンジやコレットが小説『ジジ』のなかで称賛した強い香りのチュニジアのオレンジやポルトガルのブラッドオレンジは数が少なかった。20世紀前半にはまだ、多くの子どもたちにとっては、クリスマスプレゼントとなってはいなかったのではないだろうか。

ブロンド、ネーブル、ブラッドオレンジ

ブロンドオレンジの仲間は皮がなめらかで、存在感がないこともない。果汁たっぷりで甘く、世界中でもっともよく売られているが、そのなかには、地中海生まれで、南アフリカやアメリカまで旅したバレンシアオレンジ、ジャッファあるいはシャムーティというイスラエル産やフロリダのジューシーなハムリンなどがある。

ネーブルオレンジ、バイアニーニャはふつうのオレンジほど果汁は多くないが、皮がむきやすく食卓で便利だ。その他スペイン産の小ぶりなナベリーナ（navel lina)、大きいアメリカ産のワシントン、前者の突然変異体でネーブルの貴族、ナベレート（navel late）などがよく知られている。

ブラッドオレンジは、ひかえめだが、性格はもっともはっきりしていて、皮も果肉も赤い。色は品種によっても異なるが、とくに日中と夜間の温度差の違いによっても異なる。甘くて美味しいタロッコ、黒っぽいモロ、サンギネリのように深い赤のもの、果肉が軟らかいスペインなどが、おもにシチリア島、スペイン、北アフリカで栽培されている。

ブラジルとアメリカ

ブラジルとアメリカは、世界のオレンジ市場における２大生産国である。

「ダイダイの実が
夏木立で、太陽に焼かれている」
王安石（1021-86）中国の詩人・政治家

中国のマンダリンとオランのクレマンティーヌ

マンダリン（学名*Citrus reticulata*）という中国原産の小型の柑橘類は、最初、日本と東南アジアを征服したのち、アレクサンドロス大王（前356-23）によってヨーロッパにもたらされた。「マンダリンオレンジ」とよばれるのは、昔の中国から来たためで、その上、皮の色が中国の高級官僚（マンダリン）の衣服の色に似ていたからといわれている。

マンダリンオレンジから生まれたクレマンティーヌ（英語ではクレメンタイ

ン）と混同してはいけない、こちらは1902年に登場した。アルジェリアのオラン近辺の、農学者でもあったクレマン神父が、自分のマンダリンオレンジの果樹園のなかで、１本の変わった木を見つけた。その果実はマンダリンより美味しいうえに、種がほとんどない。そこから、マンダリンの花にダイダイ（またはビターオレンジ、学名*Citrus aurentium*）の花粉を受精させた交配種が生まれた。ダイダイも中国原産で、アラブ人によって地中海周辺に定着したものである。この新しい果実は、発見者であり、何度も接木をくりかえしてこれを改良した、クレマン神父に敬意を表して、クレマンティーヌという名前をもらった。

とてもイギリス的な紅茶

アールグレイはイギリスの代表的な紅茶だが、じつは中国古来の方法によっている。紅茶とベルガモット（*Citrus bergamia*）という原産地のはっきりしない柑橘類のブレンドだ。この果実は、オレンジとレモンの交配種である。

カ

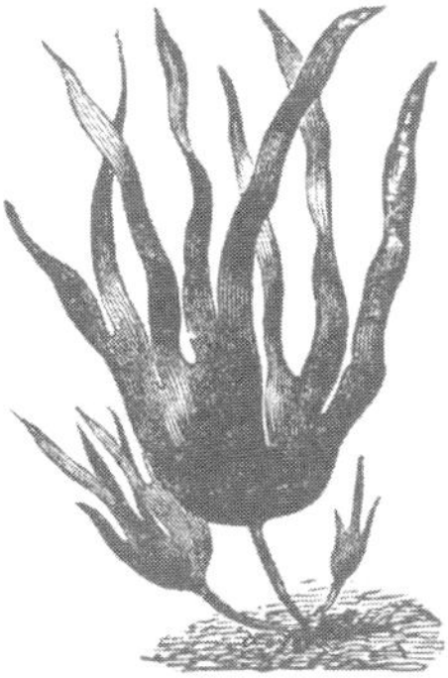

海藻

Algues nourricières（アルグ・ヌーリシエール）

語源：ラテン語alga

日本の神道で不老長寿の象徴である昆布などの海藻には、保護の効力があり、全世界にとっての未来の食糧になるかもしれない。だから海藻のスパゲッティ［とよばれる海藻］などには将来性がある。長いあいだ、その用途が肥料や家畜の飼料食物あるいは薬品の製造にかぎられていたが、海藻は食材として数多くの長所をもっている。まず栽培するための淡水を必要としないし、殺虫剤も不要、それでいて豊かで繊細な味覚をもたらしてくれる。

発見されている２万5000種のすべてが食用というわけではない。そのうち30種ほどだけが、料理人や科学者の関心を引いているのだが、とくに中国では伝統的な漢方薬として重要だ。ある種の海藻はキノコと同じく菌類に属していて、海のレタスといわれるアオサの一種、海のインゲン［海藻のスパゲッティの別名］といわれる褐色藻、あるいはダルスという紅藻など、海の野菜のようにみなされている。採取あるいは養殖によって、日本人や韓国人、中国人、イヌイット、ハワイ人になじみ深いこの海の食材は、フランスでも前途洋々で、現にブルターニュでは、最高のレストランのメニューに海藻が登場している。

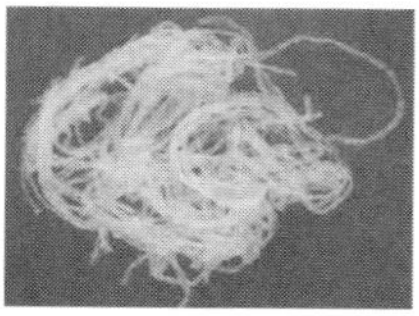

寒天

海藻の抽出物から作られるゼリー状の食品、別名「日本のムース」で、この天然素材の触媒は寿司の国で昔から使われてきた。それ自体は無味なので、デザート菓子などのつなぎに理想的である。日本の南端にある島、沖縄は、100歳以上の人の割合が世界最高水準の地方だが、とくにそこでは食事によくとりいれられている。

昆布（*Saccharina latissima*）

海の風味の茶褐色をした大型の海藻、したがって力強いヨード味があるが、甘みもある。ビタミン、カルシウム、カリウムが豊富な昆布は、乾燥させたカツオ、鰹節とともに出し汁（日本料理のベースとなるもので、フランスでいえばフォン・ド・ブイヨン）に不可欠な食材である。日本列島のなかでは、北の島、北海道をとりまく海域でとれるものが最上とされている。フランスにおいては、ブルターニュのコート＝ダルモル県のレザルドリュー半島で非常に高品質の海藻が栽培されていて、なかでもコンブ・ロワイヤルはその地方で海のキャベツとよばれて親しまれている。ゴムのように堅いものも、長時間グツグツと煮こむことで、比類ない味わいとなる。

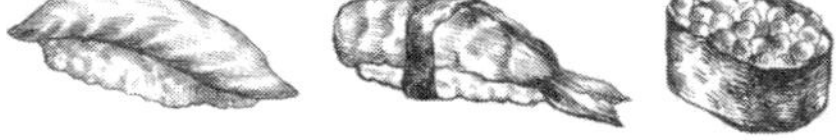

海苔（*Porphyra tenera*）

日本では、７世紀から薬用として用いられていたヨードの風味のこの海藻は、味の良さと、黒から深緑、金色がかった緑をおびた紫色まで変化する美しい色から、12世紀には料理の達人たちの強い関心を集めた。巻き寿司を作るのに欠か

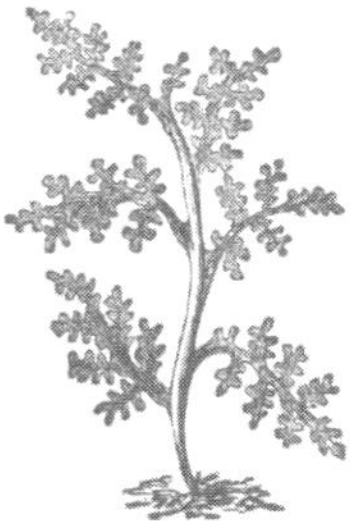

せない材料として、味覚を楽しませてくれる。真水で洗ってから乾燥させ、炙り焼きしたものが日本や韓国の日常の食卓に上るのだが、彼らはすばらしい食べ方でこれを味わう。よくあるのは、細長く切ってサラダやスープに入れたり、米飯に乗せたりすることだが、とくに日本では日本版サンドイッチともいうべきおにぎりに使う。醤油をつけることもある。

ワカメ（*Undaria pinnatifida*）

緑色をしているにもかかわらず褐藻類といわれるワカメは、一般に乾燥させて保存される。不規則にギザギザの入った長い葉は繊維が豊富で、若いうちに摘まれ、その独特な食感から、サラダやスープに使われる。韓国では、出産後にワカメのスープを食べていれば、体型をとりもどせるといわれている。

貝類、タコ・イカ、甲殻類

Coquillages, mollusques et crustacés

（コキアージュ、モリュスク、クリュスタッセ）

見すてられた海岸の。

［ブリジット・バルドーのMadrague邦題「ふたりの夏にさようなら」という夏の終わりを歌った曲の歌詞から］

数多い軟体動物のなかで、貝は、その殻が南海の島々で取引の対象となり、世界中で収集され、もっといいことには人気のムールガイ、タマキガイ、ハマグリ・アサリ類、シャコガイ・トリガイのようなザルガイの仲間、マテガイなどは食べて美味しい。貝殻のない軟体動物もいる。頭に足がついた、奇妙な形の頭足類タコやイカは、想像力を育むと同時に美味しいものを供給する。甲殻類では、カニ・エビなどの十脚類［十脚目］はどんな緯度であろうと、漁をする人々、それを食べる人々の両方を幸福にする。小

エビ、イセエビ、ヨーロッパアカザエビ（ラングスティーヌ）、ロブスター（オマールエビ）やさまざまなカニ類はどれも美味で、５対の脚をもっている。

アワビ（ミミガイ）

Ormeau（オルモー）

極東の極上の一皿

この海藻を食べる腹足類は、数億年前に現れた。アワビあるいは海の耳とよばれるミミガイはそのヨードの風味で名高い。岩にしっかりと付着しているので、アジアでは伝統的に、無呼吸で海に潜る女性たち（日本の海女、韓国のヘニョは文字どおり海の女を意味する）によって採取される。日本では、松江沖の隠岐諸島が、志摩半島と伊豆半島とともにアワビの特産地である。古い日本で不老長寿のシンボルとされた縁起のよい食べ物で、

生（刺身）か火をくわえて供される。中国人にも日本人にも好まれるこの食材は、養殖によって手に入りやすくなった。

ポルトガルカキに砂がつまっている

隠語表現で、よく聞こえないこと。耳の形とポルトガル原産のカキの形が似ていることから、耳のことをポルチュゲーズという。

エビ Crevette（クルヴェット）

頭も尻尾もない

［とりとめがなくて意味不明］

５対の脚、２本の長い触覚が10脚の甲殻類の特徴を示している。さまざまな大きさのエビが淡水にも海水にも生息している。たとえば、ブーケ、プティット・グリーズ（ヨーロッパエビジャコ）、大エビ（ガンバ）のように太って肉づきがいいもの、しなやかでプリプリした地中海のエビ。世界中で売られている小エビの３分の２は、おもに東南アジア（ベトナム、タイ、インドネシア）、次いで

ラテンアメリカ（エクアドル、ペルー、ブラジル）で養殖されたものである。

ソース・ナンテュア

フランス南東部ビュジェ地方、アン県の県庁所在地ナンテュアの名前がつく料理は、エクルビス（ヨーロッパザリガニ）をベースにしている。汚染のせいで、この小さな淡水甲殻類はフランスの川からいなくなってしまった。アメリカザリガニ、タンカイザリガニ、ラスティクレイフィッシュという抵抗力のあるアメリカ種がヨーロッパの沼地や川にはびこって、原生種を絶滅させ、おまけにこれらは食用としてあまり価値がなかった。幸いにも別の種が新たにやってきた。トルコザリガニはそれほどアグレッシブではなく、体が大きくて、カスピ海や黒海の出身でありながら、フランスの娘となった。だが残念なことに、このザリガニが料理に適しているのは腹の部分だけである。

ラ・モーム・クルヴェット

ボードヴィルの大作家ジョルジュ・フェドー（1862-1921）の作品『マキシムの貴婦人（邦題：クルヴェット天から舞いおりる）』には主要な人物として、ムーラン・ルージュの踊り子であるラ・モーム・クルヴェット、小エビが登場する。ベル・エポックには、小エビは俗な言い方で溌剌と魅了をふりまく若い女性を意味した［モームも若い娘の意味］。

カキ Huître（ユイートル）

海の風味

語源：ラテン語のostrea、ギリシア語のostreonから

真珠色の貝殻と美味しい繊細な味をもつカキはゆるぎない地位を確立している。そのためか、パーティーといえばカキだ。そして魅惑されるのは人間だけではなく、ヨーロッパタマキビ、ヒトデ、カニやタコなどの数多くの捕食者が、カキを狙っている。ケルトやギリシアにおいてと同様、古代ローマにおいても、有力者たちはこのシーフードに夢中で、近代の養殖池の原理を考えつくほどだった。もっと

正確にいえば、セルギウス・オラタという人物（前140-91）が、ポッツオリに近い潟のなかにカキの養魚池を作ることを考案した。カキがほしいのに手に入らないときは、大金をかけて大西洋岸からとりよせた。ガリアでは、すでに天然のものをとって、生で賞味していた。ガリアからローマへカキの道が開かれ…宿営地となる途中の町々には海水の生簀（いけす）が設置された。

「r」のつく月

長いあいだ、カキは「r」のつく月だけしか食べられない、といわれてきた。理由は良識にもとづいている。かつては低温流通体系（コールドチェーン）が存在しなかったため、暑いのはカキにとってよくなかった。また、春から夏にかけては産卵の時期で、風味が変わるからである。

0、1、2、3、4、5、6　数字はカキの大きさを表す。0から5はマガキの、000から6はヨーロッパヒラガキのものである。しかし注意すべきなのは、数字が小さくなるほどカキは大きくなる。000が堂々としている一方で、6番はフェザー級ということだ。

フランスにいるポルトガルと日本のカキ

フランスにおける養殖は19世紀のなかばにはじまった。すべては1868年にガスコーニュ湾で、ある船舶が難破したことからはじまる。船倉の底にあったポルトガルのマガキの積荷もいっしょに沈没し、カキはこの海に住みついた。ところが1920年代からウィルスによるおそろしい病害により、フランスのカキ生産は大打撃を受ける。そこへ1968年、太平洋から救い手が現れた。細長いタイプの日本のマガキ（*Crassostrea gigas*）である。

今日では、平らで丸いヨーロッパヒラガキ、とくにヨードを多くふくみ、ヘーゼルナッツの香りのブロン（ブルターニュの沿岸の小さな川の名前から）、マレンヌというヨーロッパガキ、「クレイル」というマガキがよく知られている。「クレイル」は池のこと。かつての塩田であることも多い養殖池で肥育され、カキは独特の風味と、類まれな緑色をおびるようになる。「フィーヌ・ド・クレイル」になるためには、養殖池にすくなくとも1か月、そして高級な「スペシアル・ド・クレイル」になるためには2か月、この養魚池ですごさなければならない。そのために、海の男たちは、船に乗らない時間、海の庭師として、4年をかけて捧げて細心におしみなく世話をするのだ。

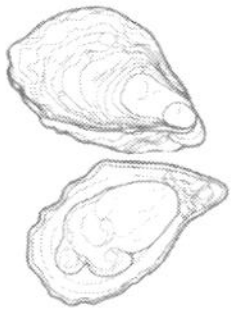

眠れる美女

両性具有でありながら、カキは女性らしさと究極の謙虚さを象徴する。なぜなら貴重なしずくを分泌するからだ。この軟体動物はその比類ない味と同じくらいその神秘で、つねに高く評価されてきた。カサノバは、催淫の効果があるともいわれるこの貝を愛した。作曲家ルートヴィヒ・ヴァン・ベートーヴェン（1770-1827）も同じである。生でも火を通したものでも、とりわけシャンパンとともに熱愛した。

世界で

生で、酢で、燻製にして、ゆでてと、カキには多くの調理法がある。生魚を食べる日本では、なぜかフライか鍋ものにすることが多い。アメリカではグリルで、フィリピンでは香味野菜などをくわえて酢じめ（マリネ）、韓国では辛いソースで食べることが多い。カンボジアでは、熱湯に浸けたのち、ニンニクとレモングラスで炒め、冷ましたのを貝殻にのせて供する。アジアの市場では、乾燥カキが店頭にならぶ。

中国のカキ養殖

世界一のカキ養殖国として、いまや世界の生産の80％近くを占める中国は、この分野で長い伝統がある。実際、中国はきわめて古い時代から、のちにカキ養殖となるものを行なっていた。彼らは海に切りこみをつけた竹の棒を立て、そこに貝殻を固定してカキの幼虫を付着させるという巧妙なテクニックを考え出した。さらには、アジアでよく知られているオイスターソースも中国が発祥地である。古代には、乾燥させる効果があるということで牡蠣殻灰が、皇帝の墓に置かれた。

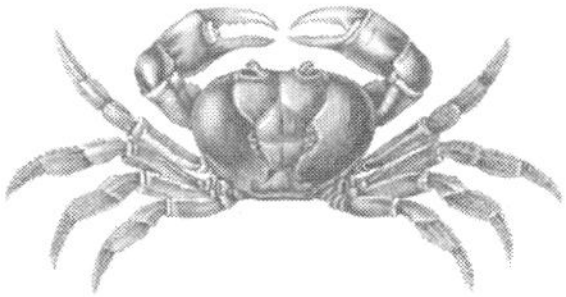

カニ Crabe（クラブ）

ハサミのあるカニをみんながはさむ

海のクモともよばれるクモガニ、「眠るカニ」ともよばれるイチョウガニ、ガザミ（ワタリガニ）など、7000種ほどのカニが淡水や海水のなかに住んでいる。

> 節足動物門
>
> ドイツ語Krabbe（クラベ）、英語crab（クラブ）、イタリア語granchio（グランキオ）、スペイン語cangrejo（カングレホ）、ポルトガル語caranguejo（カランゲージョ）、日本語カニ

カムチャッカのカニ、タラバガニ（*Paralithodes camtschaticus*）

　ベーリング海峡にそそぐ北方の海の子ども、この冷たい海域の巨人はバレンツ海のノルウェーの漁師たちを幸福にする。９月から１月まで、彼らのカゴにはこの堂々たる獲物が入る。英語でキングクラブking crabとよばれるこのカニは、ロシアの東端カムチャッカ半島から来る。このおいしいカニを愛したモスクワの共産党最高指導者のヨシフ・スターリンの決定によって、ソ連はバルト海を侵略した。カニの王がソヴィエトの支配下におかれるとは！　もともと自分のものでないビオトープ生息場に侵入することは、動植物相の均衡を危険にさらすことである。この大食いのカニは体重８キロにもなりうる。もっとも立派なものは1.8メートルもある。この怪物をとって食べるのは、おもに人間だ。

クメールの解釈

　カンボジアでは、カニを捕まえる夢は、願いがかなうことを意味する。

陽澄湖（ヤンチェン）の上海蟹（チュウゴクモズクガニ）

　オリエンタルで洗練された上海料理は、新鮮な野菜や貝類、甲殻類を大事にするが、そのなかでもとくに、上海から遠からぬ江蘇省の陽澄湖の淡水で養殖されているdhaza［ダージアシエ］チュウゴクモズクガニが有名だ。その口あたりのよい肉質で珍重される、この極上の一皿は、香港や東京にさえ、そしてバンコクにも熱烈なファンがいる。甲皮に本物であることを証明するラベルが貼られるにもかかわらず、儲かるので偽物が出まわって、地元の生産者を悩ませている。専門家のなかには、本場のものも20世紀の終わり頃からはもう以前と同じではなくなっているという人もいる。イギリス流のユーモアで、イギリス人はこのカニをミトンクラブと名づけた、なぜなら毛が生えたハサミの部分が手袋のミトンにそっくりだからだ。

「イチョウガニは怖がると、前に進むのと同じくらいすばやく後ずさりする。触覚を雄ヒツジの角のように使って互いに闘う。このカニはヘビにかまれたときの薬になる。太陽がカニ座を通るとき、死んだカニたちは乾燥してサソリに変身するという」

大プリニウス『博物学』

西洋で

　横歩き（千鳥足）のカニはかならずしもよいイメージではなく、カニのかごといえば、いがみあい、足をひっぱりあっている集団のことだし、年寄りのカニは頑固親父のことであるほか、怠惰で進歩のない劣等生cancre、潰瘍chancre、がんcancerとくる。だが黄道十二星座では、カニ座（ラテン語でカニをさすCancer）は月と再生のシンボルであり、夏の訪れを告げる星座である。

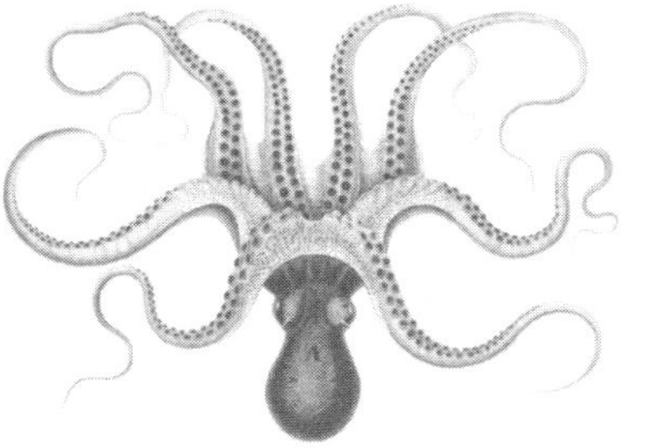

タコ Poulpe（プルプ）・イカ

美味しい海の怪物

> ギリシア語フタポズィ、日本語タコ、韓国語ムノ
>
> タコ、フランス語でプルプとピユーブル（多足を意味するラテン語polypusから）は、８本の触手をもつ同じ生物をさし、英語octopus（８本足の意味）はそこから来ている。ジュール・ヴェルヌの『海底二万里』によって海の底に棲んでいるこの動物のイメージができあがった。ピユーブルという言葉のほうは、巨大な怪物を思わせるので、魚屋や料理人はあまり好まない。古代から地中海沿岸の料理人の僥倖であったこの食材は、とくにギリシア人、日本人、韓国人を楽しませている。

シチリアのピオーヴラ

触手のように伸びる絆との連想で、イタリアでは、タコはシチリアの一族が掌握するマフィアのネットワークの人知れぬ権力を体現している。犯罪組織は、タコのように、もし構成員の１人が苦境におちいっても、その人物を自分から切り離し、再生を待ちながら生きのびるのだ。

日本の奇想天外な抱擁

江戸時代（1603-1868）の画家たちになじみ深いテーマであり、着物の袖のなか、つまりひそかに流通していた、愛の戯れを表現した「春画」のなかで、高名な画家、「画狂人」とのあだ名をもつ葛飾北斎（1760-1849）は、「喜能会之故真通（きのえのこまつ）」（松の若芽）というエロティックなシリーズ作品を残している。

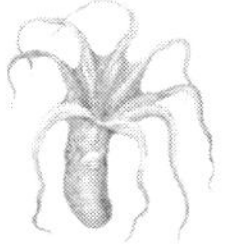

名高い魅力的なイメージ「漁師の妻の夢」をエドモン・ド・ゴンクール［1822-96、作家］が描写している。「このおそるべき版画は、岩の上に、海の草で緑色になって、歓びに気を失ったように見える女の裸体があるが、まるで死体のようで、溺死者なのか生きているのかわからないほどだ。ゾッとするような黒い半月形の目をした、巨大なタコが、その下半身を吸い、もう一匹の小さなタコのほうは口をむさぼっている」

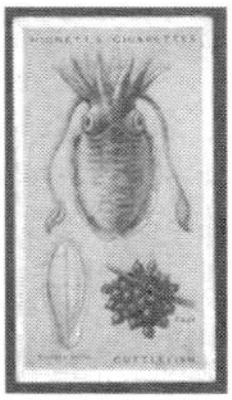

コウイカ（セイシュ seiche）とヤリイカ（アンコルネ encornet）

小型の軟体動物のなかで、プロヴァンスではセピオンあるいはスピオンともよばれるコウイカの特徴は、甲と墨袋と丸い形である。それに対して、バスク地方でencornetとかchipironとかともよばれるヤリイカ（カラマールcalamarまたはcalmar）は、もっと長い形をしていて、色が淡く、磯の香りがする。イカやタコはどこの海にもいる。

「イカは血液のかわりに悪いワイン、毒の一種のようなものをもっていて、わたしたちをその存在で脅かそうとしているのだろうか、それともせめてその仲間たち、タコや大ダコやその他クラゲをわたしたちに嫌わせようとしているのだろうか。わたしたちにイカを非難させるのは、まさしくイカに形がないことより、わたしたちが避けようと身がまえてしまうあの気の毒な足のせいである。わたしたちはもちろん、その何本もの触手がわたしたちの手足にからみついて、水底へひきずりこむのではないかとおそれるのだ」

マリリーヌ・デビオール［フランスの作家、1959-］『イカ』

ホタテガイ Coquille Saint-Jacques

（コキーユ・サン＝ジャック）

大型の二枚貝

学名：*Pecten maximus* イタヤガイ科（軟体動物 bivalve）

大西洋のヘルマフロディトス［ヘルメスとアフロディテの子、両性具有］

扇の形をして平らで軽く縦溝のある上側の貝殻で簡単に見分けられるコキーユ・サン＝ジャック（ヨーロッパホタテガイ）は、「大きな櫛」とか「巡礼者、袖なしマント」ともよばれる。北東大西洋の穏やかな水のなかに棲む貝の女王だ。

ヨーロッパの守護神の紋章

帽子と巡礼杖とともにアトリビュート［特定の持ち物］として、この貝は伝道の使徒サン＝ジャック（聖ヤコブ）への崇敬と結びついている。スペインの守護聖

人であり、福音史家使徒ヨハネの兄として、漁師だった彼は、家族と船をすて、イエス・キリストにしたがった。中世には、巡礼者たちは彼にならって、危険な旅のはてにサンティアゴ・デ・コンポステラ（スペイン）に着くことができたなら食べることができる、彼らを救うために空から降りた天使のパンを食べるために、大西洋の地のはてFinis Terraeガリシアへ行った。ブロンズの貝殻あるいはヤコブの信徒団の３枚の貝殻の紋章が、巡礼路にあたる街道、とくにヴェズレーからの道で、彼らを導く道しるべとなった。貝殻を身に着けた最初のジャケたち（サンティアゴ・デ・コンポステラへの巡礼者）は、巡礼を行なった証拠として、また耐えた試練の思い出として、その貝殻を巡礼から持ち帰った。

語源：ラテン語のconcylium、ギリシア語のkonkhulionから
イタリア語Capasanta（カパサンタ）、英語scallop（スカロップ）

フランス人は帆立貝を網でとる（ナンパする）

フランスの漁師だけは、種を保護するため、夏季にホタテの捕獲を自主的に禁じている。ブルターニュやノルマンディのコキーユ・サン＝ジャックは、そのとろけるような白身――貝柱――と赤身――実際はオレンジ色がかった赤い雌部分と白っぽい雄の部分とで構成される生殖器――で、好まれている。少し火を通すと、優雅な味を全開にし、ヘーゼルナッツを思わせる繊細な香りを立てる。

サン＝ジャックには世界がお手上げ

1996以降、世界貿易機関（WTO）は、300種類近くあるpectinidésホタテガイ（イタヤガイ）科の貝をすべて「サン＝ジャック」の呼称で売ることを許可している。条件として、消費者に対して産地と学名についての情報を提供することになっているが、フランスでペトンクル、ヴァノー（日本名はクイーンホタテ）と

よばれているホタテガイの仲間の輸出を容易にするためである。英語でスカロップといえば、ペトンクルもサン＝ジャックもふくむホタテの仲間のことである。このことが混乱をまねいている。総称である「サン＝ジャック」の名に、スペイン語ではビエイラというほんとうのコキーユ・サン＝ジャック（*pecten maximus*）のほか、もっと大きいさまざまなスカロップ（食用二枚貝）、フランスのペトンクル、スペインのサンブリナス、アルゼンチンの*zygochlamys patagonica*、ペルーやチリの*argopecten purpuratus*、アメリカやカナダの*placopecten magellanicus*、日本の標準和名ホタテガイ*pecten yessoensis*、あるいはベトナムの*chlamys nobilis*などがふくまれる。ノルマンディでは、貴重な彼らの貝を保護するために、2つの赤いラベル（ラベル・ルージュ）［フランスの高品質製品保証ラベル］を獲得した。2002年の殻つき生コキーユ・サン＝ジャック赤ラベルと2009年の生のむき身の赤ラベルである。だまされないためには、注意して学名を読んで確かめるか、10月から5月までの漁の季節に生きた新鮮な殻つきのものを買うのがよい。

ウェヌス（ヴィーナス）の誕生

フィレンツェの黄金時代の画家サンドロ・ボッティチェリ（1445-1510）は、愛と美のローマ神話の女神、ギリシア神話のアフロディテを金色の貝殻の上に立った姿で描いた。西風の神ゼピュロスと、そよ風の女神アウラーの息に吹かれて、ウェヌス（ヴィーナス）が岸にたどり着く。貝殻と海のイメージで、多産と優美を思わせる。

イギリスとオランダの多国籍企業シェル

貝殻を表すこの石油会社のロゴと名前は1891年にはじめて出現したが、そのときはロンドンの骨董品と当時流行していた極東の貝殻を売る地味な店だった。その店主が6年後に、当時はおもに照明に用いられていた石油を販売・輸送するシェル・トランスポート・

アンド・トレーディング・カンパニーを創設する。最初はムール貝だったが、1904年になってホタテガイを会社の商標として採用した。

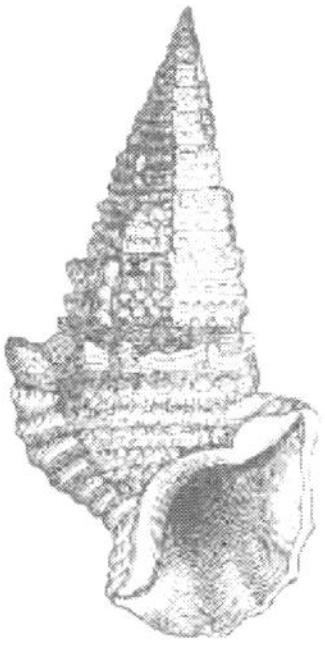

ヨーロッパエゾバイ

Bulot（ビュロ）［バイは貝の意味］

海のエスカルゴ

学名：*Buccinum undatum* エゾバイ科

フランスで、ビュクサンあるいはカリココ、ランともよばれるこの腹足類（エゾバイ）は、あまり深くない沿岸に生息する。カナダから東シベリア海まで、アイルランドからブルターニュまで、肉食性の奇妙なエスカルゴ、ビュロは手仕事でエビカゴに捕獲される。彼らは大西洋の冷たい水のなかで、冷や汗をかくというわけだ。汚染に敏感で成長が遅く、繁殖力も弱いので、収穫のしすぎは致命的となる。漁業関係者は、責任ある漁業の方針を実施することで、資源を保護する決意をした。ビュロは生きていて、よいにおいのするものを買うとよい。

ロブスター Homard（オマール）

高貴な甲殻類

美しい生き物である。青い色あいは、北大西洋の冷たい海を思わせ、熱をくわえると鮮やかな緋色に変わる。

学名：*Homarus gammarus* および *Homarus americanus* アカザエビ科

語源：スカンディナヴィア古語houmarから

カナダで

アメリカンロブスター(オマールエビ)は、大部分がカナダ、とくにケベック州から来ている。カナダは世界一の生産国として、年間5万5000トンのロブスターを大西洋沿岸で捕獲している。海産物仲買人はカナダにロブスターを保存するための生簀をかまえ、出荷量を調節できるよう、そして、ある人々がおそらく考えるように、とくに年末のパーティーに向けて相場を張ることができるようにしている。しかし専門家によると、そのことで質が落ちている可能性がある。

ロブスター（オマールエビ）の一生

この十脚類は孤独な夢遊病者の生涯を送る。甲殻類のプリンスとして、岩石の多い水の底をそぞろ歩く。短くてずんぐりした、切り分ける鋭利なはさみと、大きくて打ちくだくはさみをそなえたロブスターはおそるべき捕食者であるが、日中はつつしみ深く、岩の窪みや砂のなか、泥のなかに身をひそめている。ロブスターは生涯のはじめから一貫したリズムを承知していて、脱皮の周期に合わせて衣替えをする。中身のつまったロブスターは、脱皮の直前に捕獲されたものである。カゴに入れられた状態のロブスターたちは、共食いする。甲皮に炭のような黒ずみがあるときは、バクテリアの存在、健康状態不良が疑われ、したがって味が落ちることを意味する。

ヨーロッパロブスターとアメリカロブスター

総称的にロブスターとよばれているもののなかには、ブルーロブスターまたはロブスターブルトンとよばれるヨーロッパロブスター（*homarus gammarus*）とアメリカンロブスター（*homarus americanus*）があるので、区別すべきである。ヨーロッパロブスターについては、FAO（国際連合食糧農業機関）の基準によるラベルに表示すべきたった1つの情報義務として、捕獲のゾーンしかなく、この場合は「北東大西洋」、グリーンランドからアゾレス諸島までの巨大な海域である。だが大西洋の両側のいとこ同士には違いがある。まず、見かけである。ヨーロッパロブスターはより青いのに対して、アメリカンロブスターはオレンジ色をおびた黒に近い。それから値段だ。年末の時期には、違いは2倍にまで開くが、ヨーロッパロブスターのほうが高くなるのは、収穫量が少ないからだ。味や舌触りも違う。ヨーロッパロブスターのほうが、身がしまっていて濃密で、やや甘味があって美味しい一方で、アメリカンロブスターは身にしまりがない。

インスピレーションの源

ロブスターは芸術家たちの好奇心もかきたてる。パブロ・ピカソは「猫とロブスター」という作品で、ウジェーヌ・ドラクロワの表現力豊かな「ロブスターの静物」を参照している。パリでは、ジェラール・ド・ネルヴァルが、パレ＝ロワイヤルの庭園へ青いひもの先につけた生きたロブスターをつれて現れたことがある。サルヴァトール・ダリとイタリアのファッションデザイナーのエルザ・スキャパレッリは、白と赤のエレガントな「ロブスター」ドレスを考案した。さらに漁村カダケスに住んだこの芸術家は、「若い女性とロブスターを特別好んで」いて、ロブスター型電話まで作った。

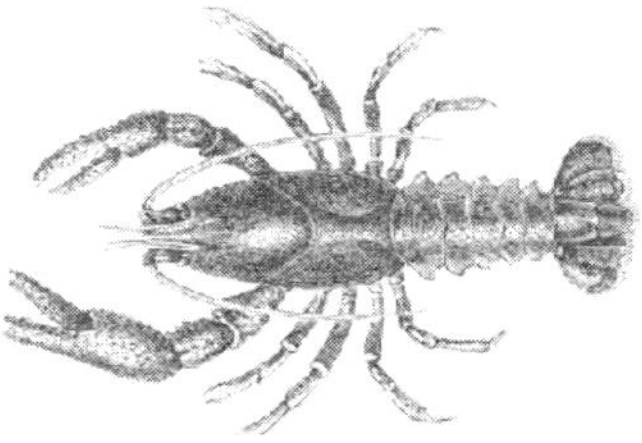

フランスの漁業

フランス市場向けに輸入されているのはおもにスコットランドとアイルランド産ロブスターだ。一方、ブルターニュとバス＝ノルマンディ地方は、フランス漁業のもっともさかんな地域である。それまで集約的に捕獲を行なっていたが、甲殻類の漁師たちは、漁獲量を制限することで持続可能な沿岸漁業を行なうようになった。さらにバス＝ノルマンディの漁師たちは、NFM（Normandieノルマンディ、Fraîche新鮮、Mer海）というラベルで、彼らのロブスターの産地、品質、鮮度とトレーサビリティーを保証することにした。

シェルブールのお嬢さんたち　［ドモワゼル・ド・シェルブールは小ぶりのロブスターをその汁（クール・ブイヨン）でゆでた料理］

有名な「シェルブールの雨傘」のジャック・ドゥミ監督に負けないくらい、この小エビは感覚をくすぐる。しかし手に入らない。なぜならこれは小さいので採取することができないからだ。今日、ばかげた規則があって、ロブスターは、額角の根もとから体の端まで、尾を入れないですくなくとも8.7cmなければならないということになっている。ちなみにロブスターでもっとも長生きなのは体長75cm、20キログラムに達し、50歳にもなる！

カカオ Cacao

茶色い金の豆

1737年、植物学者のカール・フォン・リンネはカカオをtheobroma［テオ・ブラマ］属、文字どおり「神の食物」に分類したが、これはマヤで信じられているところと完全に一致する。

学名：*Theobroma cacao* アオイ科

ヨーロッパ人が愛する飲み物

美味しさの宝庫であるカカオは、チョコレート入りの飲みものとなってヨーロッパを征服した。オランダ人が、続いてイギリス人が、このやがて「茶色い金」となるものに、味の点でも、それが生み出す効用の点でも夢中になった。旧大陸の波止場で、極西［新大陸のこと］から戻った船がカカオの荷を下ろし、「風変わりな新製品」は、教会の神父たちによる慎重な意見がいくらかあったにもかかわらず、王の口や宮廷へも浸透した。とくにドミニコ会からのこの留保は、おそらく彼らのライバルであるイエズス会がこのメキシコの甘露（ネクター）の効用をほめたからだった。パヴィアの神学教授によると、この「メキシコの飲み物」は血液を温めすぎる、ということだった。

カカオ小史

カカオは、アマゾン川とオリノコ川の渓谷が原産で、最初、メキシコのユカタン半島地域に植えられたといわれている。ヨーロッパ人がやってくる1000年の前に、すでにアステカ文明において、トルテカ族がカカユアキュシュトル、つまりカカオを、その豆のもつ魔法の効果を知って栽培していた。活力と豊かさの源として、空腹や喉の渇きをやわらげ、多くの苦痛を癒すこの飲み物を、アステカの貴族たちは、トウガラシやトウモロコシと混ぜ、冷たいまま楽しんだ。カカオは神々の飲み物を作るのに用いられた。「羽の蛇」といわれたトルテカの神官王ケツァルコアトルは、一般にカカオとよばれる貴重な種がとれる果実のなる木、カカオノキの栽培を臣民に教えた。

スペインのカトリックの王に仕えるクリストファー・コロンブスが、1502年にホンジュラスのグアナラ島に上陸したとき、アメリカ先住民は「チョコラトル」の種を贈り物とした。ジェノヴァの船乗りとその乗組員たちが、この苦くてスパイシーな飲み物を飲んだはじめてのヨーロッパ人といわれている。16世紀には、スペインのワインが十分に手に入らないため、コンキスタドールたちはとくに熱意ももたずにカカオを飲むことにしたのだが、これに砂糖とシナモンとバニラをくわえて温めてみた。この飲み方はヌエバ・エスパーニャ副王領（メキシコ）に伝わり、1524年にはイベリア半島の海岸に到達した。

カカオ豆の大生産地域は世界に３個所ある。中央アメリカ、カリブ海沿岸地域、西アフリカで、なかでもコートジヴォワールでは世界のカカオの35％が栽培され、次いでガーナの17.5％、３位はインドネシアの15.5％である。最良の豆はベネズエラ、コロンビア、トリニダード、エクアドル、マダガスカル、インドネシア、スリランカで産出されている。

43億4500万トンというのが2014年のカカオ豆の生産高である。2013年の生産高に比べて10％増加している。（出典：ICCO国際ココア機関）

「10人のうち９人はチョコレート好きだ。10人目は嘘をついている」
ジョン・G・トゥリアス［アメリカの漫画家 1953- ］

効用、害、長所

催淫性と多幸感効果があるこの甘い液体が、ヴェネツィア人ジャコモ・カサノバ（1725-98）を恋の冒険に駆りたて、彼の恋人たちの喉を楽しませたといわれている。法律家であり美食家だったアンテルム・ブリア＝サヴァラン（1755-1826）の著書によると、ココアには長所しかない。「健康とはなにか？　ココアだ」。さらに官能的に語る。「幸運なココア、女性のほほえみを通って世界をかけめぐった後、彼女たちの美味でとろけるような口づけのなかで死ぬ」。このインディオ発祥の飲み物については、多くのインクとミルクが流された。怠惰で官能をそそる飲み物は、よい食事をすることがすべての喜びにまさるとしている小説家オノレ・ド・バルザック（1799-1850）にこんなことさえいわせている。「ココアの害はスペイン国民の堕落となんらかの関係がある」。これだけえもいわれぬ風味に対して、ずいぶんと厳しい判定だ。

喜びにとろける国々

チョコレートおよびココアの１人あたり
年間消費量、単位キログラム

（出典：ユーロモニター、2012年）

熱帯の仙女、カカオの実（カボス）

カカオは、熱帯の木であるカカオノキの果実（カボス cabosse）、カボスのエキスである。これには３つの品種がある。クリオロはもっとも繊細で貴重な種、フォラステロは渋みと香りが特徴的で、もっとも多い、トリニタリオはこの２品種を組みあわせた交雑種で、脂質に富む。

相場の急騰

かつて「カラカスのマナ（天のたまもの）」と名づけられたこの原料は、需要が増し高騰している。

理由？　チョコレートが徐々に、とくに新興諸国（インド、中国、エジプト、ブラジル）の消費者を魅了しているからだ。それはカカオに抗うつの効果があるからだろうか？

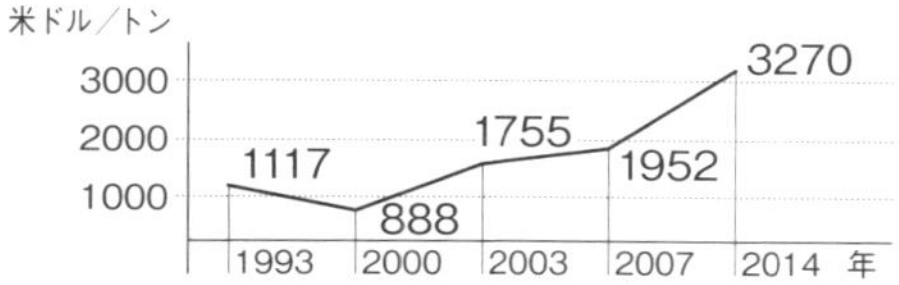

フランス貴族の流行

ルイ13世の妃アンヌ・ドートリッシュ（1601-66）が、ルーヴルの宮廷にこの甘い飲み物の作り方を伝えた。ルイ14世妃マリー＝テレーズ（1638-83）は、２つの愛情を傾ける対象を知った。もちろん１つは王だが、あとはなんといってもココアだ！「エレガンスの味」という神聖不可侵の名のもとに、文学サロンの貴婦人たちはココアを恍惚として味わった。ヴェルサイユの愛妾たちが、流行を発信した。かつらをつけた美しい女性たちが、よそからやってきた美味しい飲み物に酔いしれた。こうして太陽王の治世に、パリのアルブル＝セック通りに、フランスではじめてのココアの店が開店した。陽気なセヴィニェ侯爵夫人（1626-96）は、「ココアを飲めば、もっとも不快な相手もよく思えます」などと好んで言った。啓蒙の時代、ココアは一世を風靡した。それ以後、美食家の国に来たのは、ブラック・チョコレートで、今度は飲むのでなく食べるものであったが、この歯ごたえと苦味はいまも唯一無二の味覚である。

チョコレートができるまでの複雑な技術

香りがよくて繊細で、コクがあって力強い、苦味があってとろりとしたカカオは、――ワインやコーヒーと同様、一級の産地のものはそれぞれ独特の性格と香りがあるので――生産された地域や原産地によって、多くの味や香りを主張する。カカオノキの豆はコーヒー豆のように焙煎して、前述のチョコレートの原料とする。チョコレートの名店を除いて原産地が表示されていることはまずないが、豆がどこのものかということが味の質を決めている。ジャワ島の豆はピートの香りを思わせるが、キューバのものは下草の香りに近い。熟して発酵した豆を選別の後、天日で乾燥させ、それから粉砕、分離して皮をとる。それから挽いてすりつぶしてペースト状にする。カカオの液から、あらためてコンチングという練る作業をすると、カカオバターができる。

欧州連合の恥というだけでなく

2003年、ヨーロッパのガイドラインがカカオバターにカカオ以外の脂肪性物質をくわえることを許可したため、製品の信頼性がふたたび問われることになった。チョコレートは高貴な板でありつづけなければならない！　カカオは代用品とならべうるものではないのだ。カリウムとマグネシウムが豊富な本物のチョコレートだけが、無限に活用されうる。粉末で、ガナッシュ（カカオ、生クリームとバターに適当な砂糖をくわえたもの）にして、復活祭用に型取られて、あるいは手作りであろうと工場で作ろうと、ケーキとなって。チョコレートは、金儲け主義によって歪められないかぎり、味覚を快くくすぐる。もう一つの脅威は、生産性が高く、強健で、収益性も高いが、品質ではおとる交配種である新種のカカオノキの登場である。

カボチャ Courges et potirons

(クールジュとポティロン)

新世界から来た

野菜畑の巨人には猛烈な果肉がある！ 田舎っぽくて気ままな、でっぷり太ったカボチャ（クールジュ）は庭を這いまわる。おどけているような姿の、この系統図が混乱した驚くべき旅行者は、種類や地方によって、色も見かけも非常に異なるので、珍品収集室に入ることがあるかもしれない。

学名：*Cucurbita pepo*（ペポカボチャ）
ウリ科

アフリカのひょうたん、カラバシュ

またの名をグードともいうカラバシュ（ヒョウタン）は、今日ではアフリカあるいは極東から来ているが、古代にはすでに地中海周辺に存在していた。これをCucurbitaとよんでいたローマ人たちはこのまずい食べ物を評価していなかった。伝承には授乳中の女性に、この「古き良きカボチャ」を食べないようにすることを勧めるものもある。地上の食物の神秘ははかりしれない。だがこれは別の種類のものをいっているにちがいない。植物学者、庭師、料理人のあいだで、どのカボチャ（クールジュ）をさすかということについて意見が分かれるからだ。

アメリカの娘たち

アメリカ大陸を原産地として、今日われわれが知っているカボチャ（クールジュ）はヨーロッパには16世紀に出現した。アメリカインデアンがこれをトウモロコシやインゲンマメとともに食べていたのは、紀元前7000年より前からである！　アメリカ発見の後、最初は装飾的な植物として植物園で育てられていたが、やがて栽培も調理も容易な野菜として評価されて、その丸い体を野菜畑に置

くようになった。交易拠点、植民地、キリスト教布教をとおして、ポルトガル人がすばやくアフリカとインドにもちこみ、島国日本の地まで運んだ。この東洋の征服のなかで、この太鼓腹の野菜果実はよく順化した。オスマン帝国から広く中国まで普及し、東南アジアの諸王国やインドネシアにまで到着した。

アメリカで

北アメリカの季節の慣習で、西洋カボチャ（ポティロン）は、毎年11月の第４木曜日サンクスギビングデーにパンプキン・パイという形で登場する。はずすことのできない10月31日のハロウィーンでも、カボチャ（シトルイユ）が提灯として活躍する。

丸々とした絵になるモデル

カボチャ（クールジュ）はフランドル派の画家たちの創作意欲を刺激し、数多くの静物画を生んだ。ミラノの芸術家ジュゼッペ・アルチンボルド（1527頃-93）は「秋」にカボチャの冠をかぶせている。シャルル・ペローは、おとぎ話の魔法の杖で、シンデレラを舞踏会へつれていくため、大きなカボチャを立派な四輪馬車に変えた。

パリでは

スラングで、ポティロン（セイヨウカボチャ）は重罪裁判所の陪審員を表す。

夏カボチャと冬カボチャ

数多いウリ科の家族のなかで、カボチャ（クールジュ）には無数の変種がある。一方で、夏カボチャ（クールジュ・デテ）には、ズッキーニ（クールジェット）に似た、白あるいは薄い緑色ペポカボチャとキンシウリ（日本ではそうめんカボチャともいう。英語でスパゲッティカボチャ）がある。他方、冬カボチャ（クールジュ・ディベール）は保存がきくという長所がある。秋の終わりになると、シトルイユやポティロンが目につくようになるが、種類は別なのでかんちがいにご注意。シトルイユは *Cucurbita pepo* ペポカボチャであり、ポティロンは *Cucurbita maxima* セイヨウカボチャ［栗カボチャなど］である［クールジュの定義はいろいろで、広い意味ではカボチャ類全般、もっとも狭い意味では、上記夏カボチャと冬カボチャとシトルイユをさすようだ］。

欲望をそそる果肉

ときに大きすぎ、見た目が威圧的すぎるが、変幻自在のカボチャ（クールジュ）は、そのなかに甘みを隠している。麝香（じゃこう）の香りのヒョウタンは、放蕩な舌を面白がらせる。外側がでこぼこしたセイヨウカボチャはとろりとしたクリームスープに向く。とくに大きくて固くて甘みのある、実際はオレンジ色の果肉の「エタンプのヴィフ・ルージュ（鮮紅）」や「パリの黄色い大カボチャ」がよく知られている。

クリカボチャはちょっとクリの味がする小型セイヨウカボチャの日本の品種で、列島の北にある北海道で豊富に栽培されている。表皮の赤煉瓦色が特徴で、市場の台に登場したのは20世紀なかばになってからだ。果肉がより繊細で、より甘く、舌触りもよいので、巨大なものよりこちらを好む人が多い。ターバンスクワッシュ（フランス語でポティロン・クーロネ）というターバンを巻いたようなカボチャは、トルコ帽ともよばれ、ナシの形をした東洋カボチャあるいはバターナット・スクワッシュとその美しさを競っている［英語でのカボチャの総称はsquashといい、pimpkinはオレンジ色の皮のハロウィンのカボチャなど限定的］。

ユーラシアのなかでも

中国ではカボチャ類が豊穣、多産、長寿を象徴するのに対して、ヨーロッパでは、愚かというイメージがつきまとっていて、「なんてヒョウタンだ」といえば、「なんてまぬけなんだ！」という意味になる。

カモ Canard（カナール）

一面に

［カナール・アンシェネは週刊風刺新聞］

ガンカモ科

語源：古フランス語のcaner、クワックワッと鳴くこと、から。

紀元前2000年より前から、中国だけでなくエジプトでも家畜化されていたカモは、地域によってさまざまな方法で料理される。オレンジ・ソース、オ・サン［体内に血液を残したまま処理するので、身が赤く柔らかい］、コンフィ［肉をその脂で煮て漬ける］、マグレ［カモのささみ］…。野生のカモも飼育されているカモも、渡り鳥でありながら、美食の地理では、特上の場所を占めている。ファラオの国において、カモは古代には評価が高くて手ごろな値段の食材だった。生者はそれに夢中だった。死者は長い旅路のあいだ、それで体を養った。葬儀の際のメニューによく登場したからだ。

北京ダック

フランス語でカナール・ラケ（艶のあるアヒル）ともよばれる中国北部のこの料理法は、14世紀に、朱元璋（1328-1398、明の初代皇帝、太祖）の時代に南京ではじまった。天上の国［古い話し言葉で中国のこと］の天の子たち［同じく中国人のこと］はこれをいたく気に入った。満州の王朝、清の乾隆帝（1711-1799）は、この鳥を尋常でないまでに好んだ。この料理は、肉づきのよいアヒルを、火に熟達した肉焼き職人と、アヒル職人、言い方を変えれば肉切り包丁の達人である肉切り職人が、カリカリした皮をスライスし、それを食べる人が個々に、小麦粉の薄いクレープで千切りにしたネギと甘いソースとともに包む。それから、第２段階として、薄切りにした柔らかい肉の部分が供され、その後、スープがこの中国料理の洗練のシンボルをしめくくる。

アルザスにおけるナイル河畔のフォアグラ

いまから4500年以上前、古代エジプトでは、すでにガチョウにむりやり餌を食べさせることをしていて、フォアグラ

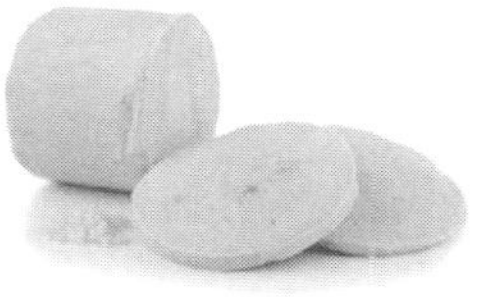

が喜ばれていたことが、サカーラでみられる薄肉彫り（バ・レリーフ）でわかっている。大プリニウスと小プリニウスの著書にも、裕福なローマ人が好んで食べていたことが書かれている。ユダヤ人共同体の脱出（エクソダス）によって、このガチョウの肥育技術がヨーロッパで生きつづけることになった。というのもガチョウの脂が、彼らの信仰の実践において禁じられていた豚の脂のかわりとなったからである。このノウハウはとくにアルザスに定着し、その後フランス南西部の特産品となった。フォアグラを選ぶときは、色と堅さが重要な基準となる。カモならオレンジベージュの色味が味のよさを表しているし、ガチョウならピンク色が上質でデリケートな味わいの証拠である、というように味は色しだいである。「フランスの美食と文化の財産」であるフォアグラは、アメリカ大陸の発見がなければ今日フランスで食べられていような味にはならなかっただろう。トウモロコシとカナール・ド・バルバリ［野生種を家禽化したガチョウ］がヨーロッパにもたらされたことで、地方における、ひいてはフランスにおけるフォアグラの生産技術に変化が起こった。

極東で

中国や日本では、つがいのカモ（オシドリ）は夫婦が仲睦まじく幸福であることの象徴とされているが、いつもつれだって忠実にならんで水の上を泳いでいるからである。

四川のカモの五香粉

中国は大きい数字に慣れているとはいえ、五という数字がひどく好きだ。この数字は、中国の象徴的な価値の中心をなしている。五香や五大要素（水、火、木、土、金属）や五味（塩味、辛味、苦味、酸味、甘味）のように。なぜならこの神の道（道教）の土地において、この数字は美味の哲学の象徴だからだ。だから四川のカモの五香粉は、調理法を超えて生き方を体現している。この料理でカモに錬金術をほどこすのは、同量のシナニッケイ（またはカッシア）、酔いそうな香りで中国では薬としての効能がよく知られているクローブ、甘い香りのフェンネル、アニスの強い香りがあってカンゾウ（リコリス）を思わせる八角（またはトウシキミ）、そして山椒を混ぜあわせた非常に香り高い茶色の粉である。この強い香りの混合スパイスは、スパイシーなのにほんのり甘く、中国料理に非常によく使われる。これで数時間マリネしたカモを蒸してから、油であげて皮をパリッとさせる。

『野鴨（Vildanden）』

ノルウェー人作家ヘンリック・イプセン（1828-1906）によるこの複雑なドラマは、真実の容赦ない探求の表現である。だがなぜこのタイトル？　その理由は、２幕でエクダル家のアトリエの戸を開けるとその向こうにガラクタでいっぱいの納屋があって、そのなかで家ウサギやハトといっしょに散弾銃で傷ついた１羽の野鴨が飼われていたからだ。野鴨は、家族の誇りを象徴している。

キイチゴ

Framboise（フランボワーズ）

フランボワーズ・アルディ

［意味は大胆なキイチゴ。フランソワーズ・アルディは1944年生まれ、世界的人気のフランスの女性シンガーソングライター］

学名：*Rubus idaeus* バラ科

キイチゴの木は、官能をそそる果実をつけたイバラのようなもので、涼気と部分的には日陰を好む。概して北半球の、標高1000から1500メートルくらいまでの山地で野生の状態で生育する。名前の由来は謎に包まれたままだ。フレーズ・デ・ボワ（森のイチゴ）を短縮したものだろうか？　あるいはフランシスク［フランク族］からの借用で「イバラの実」を

意味するbrambasiaがbramboiseになったのだろうか？　野生の状態で、赤く美味しそうなキイチゴは、すでにわれわれの先史時代の祖先たちも好きだった。だがこのエレガントなえんじ色の宝石を修道院の庭に見るのは、中世まで待たなければならない。フランソワ・ピエール・ド・ラ・ヴァレンヌ（1618-78）が、著書『真の料理人フランソワ』のなかで、「インド風若鶏のキイチゴづめ」のレシピを提供している。初期のキイチゴ果樹園はイギリス、オランダ、ロシアにできたが、ロシアは今日、世界一の生産国である。カナダの先住民はこの小さな美味しい実をハチミツと混ぜて食べるのが好きである。

心を乱すクレタの伝説

神話によると、古代ギリシアでは、オリンポスの神々は当時白かったキイチゴを愛でていた。それがイデという名のニンフ［若く美しい女性の姿をした、山、川、花、木などの精］の血によって赤くなったという。クレタの王メリッセウスの娘、美しいイデは、幼いゼウスの乳母だったが、泣き叫ぶゼウスをなだめようと繊細で香り高いキイチゴの実を摘んで、その棘で乳房を傷つけてしまう。胸に血の雫が球になったことから、イデのイバラを意味する学名*Rubus idaeus*が来ている。

この心ときめく神話とその形が、キイチゴに、赤色をした多くの果実のなかでも特別に官能的な地位をあたえている。乳房のとがった先から女性の体の内奥まで、キイチゴはもっともとり澄ました人をも歓びで顔を赤らめさせるだろう。

あるフランスの哲学者による、キイチゴのイデオロギー的で不適切なポートレート

「単純から複合へ、クワの実からキイチゴへ、われわれはキイチゴのなかに誤った倫理の象徴を見つけるだろう。それはなんらかのよき原理の偽善に野心と貪欲のドグマを混ぜあわせる。したがってキイチゴは、貧困の色である黒にいたらないで、豪奢な色である鮮やかな赤を保つ。棘を伸ばすのは、歓びに反するドクトリンを拒否する世俗の道徳のほのめかしのようだ。それはクワの実のように、細かい粒に分かれている、文明化した教育のシンボルのようだ。その教育というのは、上流社会においてさえ、抑圧的なドクトリンのよせ集めであって、欠陥のある、信用できない子どもたちしか生み出せない」
シャルル・フーリエ『世界統一の理論』

キノコ

Champignon（シャンピニョン）

植物界の小妖精（エルフ）

語源：「田園でとれるもの」を意味するラテン語のcamponialusから

古代の楽しみ

麝香（じゃこう）の香りの田園のブーケ、森や空き地に生えるキノコは、いつも人間に摘まれていた。美味しいもの、幻覚を起こさせるもの、毒のあるもの、食べると死ぬもの。非常に古くから人間とともにあった。ローマの人々はすでにヤナギマツタケ（あまり食用にならない別のスギタケと混同しないこと）を株から栽培することができた。皇帝ユリウス・カエサルはタマゴタケを非常に好んだため、タマゴタケは「カエサルのきのこ」と名づけられるほどだった。皇帝クラウディウスも、この派手な色をした味わい深いキノコを非常に喜んだ。だがこの美味しいものが、彼の命とりとなった。妃の小アグリッピナが、この美味な料理に、猛毒のタマゴテングダケをくわえて、皇帝の肝臓を回復不能なまでに破壊したといわれている。

トリュフ Truffe

なんてトリュフ（まぬけ）なんだ！

学名：*Tuber melanosporum* セイヨウショウロ科

しっかり者のピエモンテ娘

トリュフのプリンセス、イタリアのピエモンテ州アルバの白いトリュフは、デリケートなビロードのような感触で、野生のニンニクの香りがする。シナノキ、ヤナギ、コナラ、ハシバミ、ポプラなどの根もとで生まれるこの*Tuber magnatum pico*は、生のまま、シンプルにスライサーで薄く削って、コメやパスタにかけて食べる。カトリーヌ・ド・メディシスのフィレンツェ人コックが、アンリ２世の宮廷にこれを紹介したことで、フランスに入った。

「わたしは人間が好きだ、トリュフが好きだから」
エミール・ゾラ『獲物の分け前』

原産地はオリンポス山

ギリシアの神々はセンスがよかった。人間の幸福を楽しむのにくわえて、ごちそうをたらふく食べるのが好きだった。祝宴の集まりの際、料理にそえる香料を考え出すための協議をした。ディオニュソス、アフロディテ、ヘファイストスが挑戦に応じて、トリュフを創作した。天の支配者であり、いかづちを手に、神の法を守る全能の神ゼウスはこれを賞賛した。気分をよくしたゼウスは、人間にもあたえようと決める。この美食伝説では、こうしてトリュフが出現したことになっている。

「ロット県のマルテルでトリュフ狩りをしたことがある。わたしは小さな雌ブタのひもをにぎっていた。ブタはこの仕事の名人で、地面のなかにあるトリュフを嗅ぎ分けると、突然叫び声をあげ、まるで夢遊病者さながらに鼻面で掘り起こす。宝物が見つかるたびに、賢い小さなブタは頭を上げて、ご褒美としてひとにぎりのトウモロコシをせがむ」
コレット『牢獄と天国』

土の情熱

近年は合成香料がだんだんに使われるようになり、あまり味のよくない中国の新参者も出まわるようになったが、古代のギリシアやローマの人々は、トリュフに薬効や催淫性をみていた。ローマでは、ショウガやシナモンとともにマリネにして、食事の最後に供された。アラブ人は香草のスープに入れた。卓越した学者であり、医師でもあったペルシア人のアヴィセンナ（980-1037）は、ブハラ地方［ウズベキスタン］生まれで、毒キノコの解毒剤を求める患者にこれを勧めていた。

トリュフは中世のあいだ不評だったが、それはおそらくこの時代、サタンのよだれから生まれたもので、地獄に落ちた魂と同じくらい黒いのだといわれ、異端審問官が、快楽を助長するとして告発したからである。したがって彼らの目に悪の現化と見えたのだ。この古代の「神々の贈り物」はルネサンスになると、教皇や王のテーブルにふたたび上るようになった。この黒い（あるいは白い）ダイヤモンド、小球状の子実体は、アンテルム・ブリア＝サヴァランによって美食の宝石と重んじられた。「わたしを食べて、神をたたえなさい」とアレクサンドル・デュマも書いている。オペラ作曲家ジョアキーノ・ロッシーニ（1792-1868）にとって、トリュフは「キノコのモーツァルト」だ。トリュフを探す犬が調教されなければならないのと違って、人間は雌ブタと同様、その力強く豊かなそして神秘的な香りの魔法にかかってしまう。

マッシュルーム（シャンピニョン・ド・パリ）ほか

学名*Agaricus bisporus*、マッシュルーム（和名ツクリタケ）は、古い採石場のなかで栽培される。1807年、パリの庭師であるシャンブレ氏は、マッシュルームを堆肥の上で、外気のもとでなく、暗くて気温が一定で、高湿度の場所で育てたらどうか、という直感をもった。最初の試みから３年後、成功のチャンスにめぐりあう。地下墓地（カタコンベ）に投資し、サンテ通り！［刑務所や病院のある通り］で開業した。白、金色、茶色、シャンピニョン・ド・パリは、いとこである野生のハラタケに近づいた。しかし、注意すべきは、その呼び名がかならずしもパリの地域で作られたものを意味しないということだ。今日では大部分がフランスのサントルやペイロワール地方、そしてとくにオランダやポーランドの産である。

キノコをふむ（アクセルをふむ）

初期の自動車は、アクセルペダルが丸い部分と金属の柄の部分とでできていて、キノコに非常によく似ていた。それで、最高スピードを出すには、キノコをふまなければならなかった。

下生えの帝国

中国はキノコの国である。200種以上が、目録に記録されている。キクラゲやもっと肉厚で風味に富んだシイタケは普通乾燥した状態で売られる。こうすることで長もちするのだ。おそらくそのためだろう。身がしっかりしたハラタケは、不死の神性の国において、長寿のシンボルである。精進料理では、タンパク質が豊富なキノコが重用されている。ベトナムでも、「ネコの耳」とよばれているキクラゲやシイタケが高い評価を得ている。

メキシコのキノコ

詩人で俳優のアントナン・アルトー（1896-1948）は、メキシコ北西部アメリカ州の先住民族タラフマラ族に会い

に出かけた。1936年のメキシコ旅行の際、広くシベリアまで実施されている儀礼の際シャーマンが使う魔法のキノコ（シビレタケ）を知る。その著者『演劇とその分身』で、ペヨーテ［ペヨトル、ウバタマ］という小さなサボテンと同じ幻覚をひき起こす効果をもち、空間と時間の知覚を変形させるこの幻覚剤をたたえている。議論の多い作家であるペルー生まれのアメリカ人カルロス・カスタネダ（1925-98）は、『悪魔草とその小さな煙』のなかで、これら非常に危険な麻薬の影響について広く世に知らせた。

山の国で

日本は湿気が多く森林が多いので、キノコが豊富に生える。ヨーロッパでと同様に、アンズタケ、アミガサタケやその他ヒラタケのさまざまな種類がある。しかし、なんといってもこの地のスター的存在はシイタケ（シイやクヌギの切り株に生えるため）である。生のシイタケは森の香りがする。干したものはよりはっきりと風味が凝縮されている。日出づるこの国では「生命の霊薬」とされている。中国やアジアのその他の地域でも集中的に作られているため、マッシュルームに次いで世界２位の生産量がある。また冬の季節には、非常にほっそりとしていて、小さな束で売られるエノキタケがある。栽培されたものは白く、野生のものは茶色だ。

暦に沿って

季節ごとのキノコがある。冬はトリュフ。春は、マッシュルームが地中に隠れて自然のなかに消えると、予期していなかったアミガサタケ（学名*Morchella*）が、ハシバミや針葉樹の根もとを好んで生えてきて、暗褐色のよそおいで、最初の激しい暑さがやってくるまでそこに陣を張る。カサノバは人生の秋に、春をよみがえらせようとこれを食べた。今日、市販されているアミガサタケは主としてスラヴ諸国、トルコ、カナダ、モロッコ産である。これらは生のままだと毒性があるので注意が必要だ。

それぞれが好きなことをする５月には、イグチやアワタケ、ヤマドリタケが野遊びをはじめる。それに続くのは、夏の初めの、デリケートな黄色やオレンジがかった黄色をしたジロール（*Cantharellus cibarius*）［アンズタケの亜種］だ。秋もたけなわになると、今度はアンズタケとカノシタが森から台所にやってくる。11月から２月まで、アンズタケやジロールの田舎の従兄弟である死者のトランペットともよばれる黒い色をしたクロラッパタケが、乾燥させることで容易に保存されて、季節のロンドを引き継ぐ。

キャベツ Chou（シュー）

世界はしゅてき

ギリシアやラテン研究の主題

何千年も前から野生ではなくなったキャベツは、ユーラシアで栽培されていた最初の野菜の１つである。ギリシアの数学者で音楽家だった賢人ピタゴラス（前571-495）が、キャベツについて、それが健康によいと書いている。劇作家ジャン・ラシーヌ（1639-99）は、ギリシアの哲学者ディオゲネス（前412-323）のものといわれるこんな言葉を引用している。「ある日、キャベツを洗っているディオゲネスを見かけたプラトンが、彼に近づいて耳もとでささやいた、『君に僭主ディオニュシオスのご機嫌をとる覚悟さえあれば、自分でキャベツなんか洗ったりしなくていいのに』。しかし、ディオゲネスのほうでもやはりプラトンに近づくと言い返した。『君に自分でキャベツを洗う覚悟さえあれば、僭主ディオニュシオスのご機嫌をとったりしなくていいのに』」。また、アリストテレスの継承者である別のギリシアの思想家テオフラストス（前371-288）は『植物誌』のなかですでに、玉キャベツ、チリメンキャベツ、グリーンボールを区別している。古代ローマの市民はこれらをたいへん好んだ。厳しくて意地の悪い批評家カトーも、キャベツ、とくにチリメンキャベツをたたえている。それはおそらく、この葉野菜が、エネルギーはたいしたことがないにもかかわらず、腹を満たしてくれるからではないだろうか？　大プリニウスによれば、美食家ではアピキウスだけが、キャベツ嫌いだった。彼の「ぜいたくな趣味」が理由だったといわれている。

学名：Brassica oleracea アブラナ科

語源：ギリシア語のkaulosの借用で、「植物の茎」を意味するラテン語のcaulis

多産のシンボル

大衆向けの版画はなぜ、キャベツのなかから生まれる子どもたちのイメージを広めたのだろう。正確には、そこで生まれるのは男の子だけで、女の子はバラの花のほうがいいと言うだろうか？　それはともかく、かつてこの食材が、初夜をすごしたばかりの若いカップルに縁起物として、たくさんの丈夫な子どもを授かるようにと贈られたのが理由である。

「レアール通りの十字路に、キャベツが山積みになっていた。巨大な白いキャベツはみっしりと固く巻いて、蒼ざめた金属の塊のようだ。チリメンキャベツは、大きな葉っぱがブロンズの水盤に似ている。赤キャベツは、夜明けが、カーマインレッドと暗い紫の傷のあるワインの澱のみごとな開花に変える」
エミール・ゾラ『パリの胃袋』

ヨーロッパのお助け野菜

ジャガイモが登場する前、キャベツは何世代もの農民が、激しい食糧難を生きのびるのを可能にした。キャベツのスープは、中世から、農村では元気をつける食事となっていた。今日でもなお、いくつもの地方の名物料理がそれを物語っている。ロシアのシチー schtschiあるいはシー chschi［キャベツあるいはザワークラウトをベースとした野菜スープ］、チェコのゼレナポレフカ zelna polevka［ザワークラウトとスモークミートのケチャップ仕立ての煮こみスープ。サワークリームをのせる］、あるいはギリシアのラハノスパlahanosupaなど。フランスのいろいろな地方の煮こみ料理でも、野菜やスネ肉、骨つき肉、バラ肉やモルトー［ジュラ山脈西麓、スイス国境近くの町］のソーセージなどの材料のなかで、キャベツは筆頭だ。

ブリュッセルのキャベツ（メキャベツ）とその国際的ないとこたち

キャベツには世界中にずいぶん異なる多数の仲間がいる。キャベツカブラ（コールラビ）、白いヤセイカンラン、緑色のキャベツ、ムラサキキャベツ、結球するキャベツ、葉がちぢれているシュー・フリゼまたはシュー・ド・ミラン、フランス語でノワール・ド・トスカーヌ、イタリア語でカヴァロ・ラチニアート・ネロ・ディ・トスカーナまたはシュー・パルミエともよばれる黒キャベツ（カーボロ・ネロ）、これはイタリア半島でとれるが、アナトリア（トルコのアジア大陸部をさす）地方でも栽培されている。またブロッコリーに近く、中国にカイラン（カイランサイ、チャイニーズブロッコリー、チャイニーズケール）という遠い従兄弟がいるローマのロマネスコ（日本ではカリフラワー・ロマネスコという）など。葉に囲まれて白い花のブーケがあるシュー・フルール（*Brassica oleracea*）の変種であるカリフラワーは、おそらく原産地は近東で、おもにスペイン、フランス、イタリアで栽培されている。その近い仲間は、シュー・ド・シープル（キプロス）、シュー・ド・ポンペイ、シュー・ド・シリー（シリア）で、スペイン人によって12世紀に前述のシュー・フルールと名づけられた。カリフラワーがフランスに登場したのは、ルネサンス時のジェノヴァ人のおかげである。

中国のキャベツ（ハクサイ）が最初に栽培されはじめたのは、おそらく7000年ほど前のようだ。ヨーロッパには18世紀に現れる。料理にもっともよく用いられるのは、北京のキャベツともよばれるハクサイ（パイツァイ）である。長くて楕円形の形をし、端がちぢれ、主葉脈が白く、明るい黄色か淡い緑色をしている。中華鍋ですばやく炒めたり、蒸したり、日本風に漬物にするのにも向いている。また、小さなパクチョイ、またはボクチョイ、上海のキャベツとよばれる種類もある（日本でいうタイサイ、チンゲンサイ）。水分をふくんだ白い茎と、緑色の軟らかくて美味しい葉の野菜で、簡単にすばやく火がとおる。

その近い親戚たちとは違って、シュー・ド・ブリュッセル（メキャベツ）はキャベツと同じ舞台には立たない。丈高く伸びて地面に接しないという、キャベツの仲間とはかなり違う姿をしている。17世紀から知られるようになったこの野菜は、ブリュッセルのキャベツとよばれているが、それは19世紀になって一般に広がったとき、この「頭がたくさんあるキャベツ」のかなりの量が、（ブリュッセルのあった）ブラバント州のワロン地方で栽培されていたからだ。しかし植物学者は、じつはイタリアからやってきた品種の子孫だと見ている。

ドイツで、モンテーニュが見たシュークルート（ザウアークラウト）作り

「彼らはたいへん多くのキャベツを、そのための特別な道具を使ってこまかくきざみ、それから、こうしてきざんだものを大量に大桶に入れて塩で漬けこむ。それを使って冬中、スープを作るのだ」
『イタリア旅日記』

中央の帝国（中国）の一皿

シュークルートの祖先は中国から来た。その地で、キャベツを塩水に漬けて保存

する技術が発明された。この野菜がたいへん好まれていたからだ。ステップの帝国の騎馬遊牧民たちが、西方を征服したとき、モンゴル人も、タタール人も、フン族も、きざんで発酵させた、もち運びが楽なキャベツなしでは、動きまわることができなかった。スラヴ人もゲルマン人もこの食品をすばらしいと思ったため、ドイツ、オーストリア、スイス、そしてフランスのアルザスやロレーヌ地方で、野菜やハム・ソーセージといった豚肉加工食品がくわえられて、シュークルート料理の基本材料となる。クリストファー・コロンブスは乗組員が壊血病にならないよう、航海にこれをもっていくことを決して忘れなかった。

巷のソースで味つけすると

下町のこった言いまわしのなかで、野菜が大はやりである。「自分のキャベツを太らせる」は利用することや利益を得ること、「白いキャベツを作る」は失敗すること、bête comme un chouは、キャベツのように問題が単純、あるいは人が愚かなこと、être dans les choux（キャベツのなかにいる）は、ビリになる、失敗する、窮地におちいること、un bout de chou（キャベツの端っこ）おチビちゃん、avoir la tête dans le chou（キャベツのなかに頭がある）はヘトヘトだの意味、ménager la chèvre et le chou（ヤギとキャベツの両方に気を配る）は日和見をして上手く立ちまわること、aller à travers choux（キャベツのなかを横切る）は軽はずみ、うっかりしているの意味、lire une feuille de chou（キャベツの葉を読む）は、くだらない文章、三流新聞を読むこと、など。

キャベツの小道（1878）

印象派の画家カミーユ・ピサロ（1830-1903）はこのタイトルの絵を描き、シュー・ド・ポントワーズ［ポントワーズキャベツ］を特別扱いすることになった。シュー・ド・ポントワーズはシュー・ド・ミラン［ミラノキャベツ］の古い変種だ。ベル・ド・ポントワーズというものもあるが、こちらはリンゴの一種なので、ご注意。

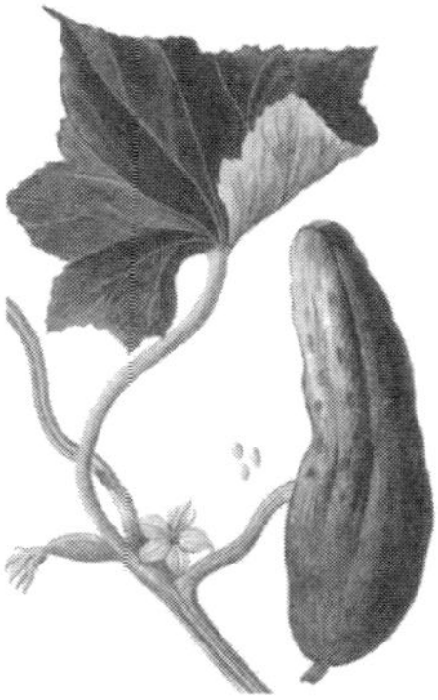

キュウリ

Concombre（コンコンブル）

とても新鮮な緑

植物学者にとっては果物、料理人にとっては野菜であるキュウリは、メロンやズッキーニの遠いいとこにあたる。ロシアの網目模様のあるキュウリ、オランダの黄色い早生、パリの緑色で小ぶりのキュウリ、中国の長いヘビキュウリ、またアンティルのエキゾティックなキュウリ［スイカのように丸っこくて甘い］、アンデスのキュウリが、危険な旅の果てに水分（その95％以上）をとろうとしている人そして痩せたいと思っている人——カロリーが低いので——、たくさんの人々の皿のなかにある。

調理のヒント

ふつうは生でポリポリと食べられることが多いキュウリだが、火を通したり、コンフィ（脂肪漬け）あるいはマリネ（酢漬けまたは塩漬け）にしたり、ベシャメルソースをかけてグラタンにして白身の肉（子羊、鶏肉など）か魚にそえることもできる。イギリス人はこれを温かいスープにする。購入の際は、しっかりとしまっていて大きすぎないものを選ぶとよい。細いキュウリのほうがより水気が多くて味がよく、種が少ない。われわれの時代のキュウリにかつての苦味はない。したがって塩をふりかけて水気を出す必要はない。こうすると果肉が軟らかくなり、パリパリした歯ごたえだけでなくビタミンやミネラルも失わせてしまうので、なおさらである。皮をむかないで、洗うだけにすること。果皮は消化酵素のペプシンをふくむからだ。胃が弱い人は種だけを除くようにする。

ヒマラヤの子ども

アジアの、おそらくは野生の状態で育っているのがみられるヒマラヤの南支脈を原産地として、キュウリは紀元前数千年の昔から中国やインドで栽培されてきた。その西方への大旅行は、幸運な人々を作った。エジプト人も、ヘブライ人も、ギリシア人も、そして古代ローマ人もこの野菜をたいへん気に入ったのだ。アテナイやローマの人々はキュウリを食べると頭がよくなると信じていた。われわれはもはやキュウリが知性の光だとは思っていないが。名高い料理人アピキウスは、キュウリをコショウとハチミツで味つけしていた。皇帝アウグストゥスはキュウリをしゃぶるのが好きだった！大プリニウスによると、皇帝ティベリウスはこれを毎日食べていたという。古代には、庭師が箱のなかで育てていたので、日あたりや天候の気まぐれに合わせて簡単に移動できた。８世紀初頭、シリアから来たアラビア人たちがスペインに定着させた。キュウリは、シャルルマーニュ［カール大帝］の時代からすぐにヨーロッパを征服する。クリストファー・コロンブスもアメリカに向かって海を渡ったとき、十分に備蓄してもっていった。はじめて温室で育てたのは、王立果樹園・菜園を指導した農学者のジャン＝バティスト・ド・ラ・カンティニ（1626-88）である。そのおかげでルイ14世はしばしばこれを食卓で楽しむことができた。今日では、広く世界中どこでも食べられている。

学名：*Cucumis sativus* ウリ科

ドイツ語Gurke（グルケ）、英語cucumber（キューカンバー）、スペイン語cohombro（コオンブロ）またはpepino（ペピーノ）、イタリア語cetriolo（チェトリオーロ）、日本語キュウリ

語源：ラテン語のcucumis、プロヴァンス語のcogombreから

沖縄のニガウリ（ゴーヤ）

日本に南部にある沖縄諸島の人々は、ゴーヤという面白い食材を使う。この苦いキュウリはこの地域の特産としてさまざまな料理に用いられるが、中国をへて、熱帯アジアからやってきた。この太っちょの野菜には、薬効があって、この地の人々の長寿に貢献している。100歳以上が［人口約145万人で］1000人以上いるのだ。ゴーヤはゴーヤチャンプルーの材料としてブタ肉、ゴーヤの苦味をやわらげる溶き卵、豆腐そしてカツオの削り節とともに欠かせない。チャンプルーは、数多くの食料を混ぜたもの、あるいは残り物料理を意味するインドネシアの言葉campurからきているといわれる。

コルニション

cornichon（ピクルスにする小キュウリ）

Quel cornichon！なんてマヌケだ！

ドイツ語Gewürzgurke（ゲビューツグルケ）、英語gherkin（ゲーキン）、スペイン語pepinillo（ペピニーヨ）、イタリア語cetriolino（チェトリオリーノ）、ロシア語kornichon（コルニコン）

コルニションとは小さなコルヌ（ツノ）を意味する。コルニションは熟する前に収穫する小さなキュウリの品種である。そのなかには、とても小さくてトゲのあるヴェール・プティ・ド・パリ、もっと長くて色の濃いファン・ド・モー、ロシア風の塩だけで発酵させるピクルスに最適のヴェール・ド・マシイがある。フランス人やイタリア人の大好物である。「キュウリ食い」というあだ名があるロシア人は、ふつうコルニションよりコンコンブルという言葉のほうを使う。マロソルというロシア風のコンコンブルの酢漬けは、中央・東ヨーロッパの伝統料理である。スラヴやドイツの人々もコルニションに目がないが、小さくて堅いものより、太くて軟らかく、あまりこりこりしていないもののほうを好む。冬にそなえて漬物にする前に、夏にはそのままで楽しむことができる。

クリ Châtaigne（シャテーニュ）

それでもやっぱりマロン

学名：Castanea sativa ブナ科

ドイツ語Kastanie（カスターニエ）、
スペイン語castana（カスタニャ）、
イタリア語castagna（カスターニャ）、
英語chestnut（チェスナット）

イガに隠れた宝物

古代から知られたクリの木の原産地は、小アジア、ペルシアあるいはトルコである。ギリシアではクリの木はゼウスと結びついている。ローマ人がアルプスの北、ヘルベティア（スイス）、ガリア、バタウィ（オランダ）の地、さらにイギリスの南部まで進出させたといわれている。彼らは実を焼いたり、すでにそれで粉を作ったりして食べていた。

クリの木は、丈夫で荘厳で、とてつもなく長生きだ。1000歳という高齢に達するものもある。ふくらんだ実にはいろいろな種類があって、ベルエピーヌ（交雑高級種）、マリグール（ヨーロッパグリと和グリの交雑種）、ブッシュルージュ、モンターニュ、ブーリュ・ド・ジュイヤック、マロンドーフィーヌといった素敵な名前がついている。収穫の季節、9月から1月にかけて店頭にならぶ。中国では、クリの木は予見のシンボルであり、宇宙秩序のなかで西と秋に結びつけられている。

語源：ギリシア語のkastanea由来のラテン語、クリの木と実の両方を表すcastanea（カスタネア）より

フランスの田園地帯にはつきもの

かつて、クリは貧しい地方にとってたいへんにありがたい食糧だった。穀物にあまり適さない土地において、人々はクリを焼き、粥にし、あるいは粉にして用い、その栄養価のおかげで深刻な飢餓を避けることができた。

乾燥させると、もっとも貧しい人々が、1年をとおして食べることができた。ある地方で「パンの木」とよばれていたのは、おそらくそれが理由だろう。中世には、教会に収める10分の1税はクリで払わなければならなかった。今日ではア

ルデッシュのクリがもっとも有名である。しかし20世紀初めまではまだ、地方からの人口流出と、果樹の病気によってひき起こされた大規模農園の衰退前で、セヴェンヌ、ペリゴール、コルシカ島、そしてもちろんサルデーニャやスペイン、ポルトガルの貧しい地方に、クリ農園は多数あった。

マロンかシャテーニュか？

マロンはシャテーニュの変種で、イガのなかに仕切りがなくて実が１粒だけ入っているもの、それに対して、シャテーニュは２つ以上入っている。マロンは野生のシャテーニュよりずっと大粒で、人間によって改良された栽培されたシャテーニュの食用の実である。農学者から見て、もしそのクリの木からとれる仕切りのある実が12％以下なら、それはマロンの木である。マロンの雌がシャテーニュだという思いこみはもうクズかごにすてるべきだ。クリの木（シャテニエ）にはシャテーニュとマロンがなるのである。

マロン・ダンド

これはマロニエの実で、マロニエ（セイヨウトチノキ）は公園や庭と同じくらい公共の道路沿いにも生えている。このマロン・ダンド（インドのマロン）は薬用に利用されるにもかかわらず、食べられない［日本では渋抜きしたトチノミが用いられる］。だから混同しないこと。マロニエはふつうにいうクリ（マロンとシャテーニュ）がなるシャテニエとはまったく親戚関係にない。

マロングラッセの発祥地――ピエモンテ、それともヴェルサイユ？

まろやかでねっとりしたマロングラッセは、大粒のクリを、砂糖とバニラのシロップに漬けたもので、美食家たちにとって、年末のお祝いのあいだに食べる砂糖菓子のなかでもっとも洗練されたものの１つである。はじまりはどこだろう？　謎である。だがだれだってこれをかじるのが好きだ。イタリア人はピエモンテ州のコニからはじまったと主張する。フランス人はルイ14世の時代にヴェルサイユで作られたと主張する。リヨン人は、ガリアの古都で生まれたという。19世紀から、アルデーシュ県のオブナースやプリヴァの職人のノウハウのおかげで、大衆的なものとなった。けれど節度をもって食べるようにしないとカロリーがたいへん高い。

「ある春の日、人の手の入らない高原でクリの花の恋の臭い［精液の臭いといわれる］を感じたものはだれでも、しょっちゅう咲くことがどれだけ重要であるか理解する」
ジャン・ジオノ『喜びは永遠に残る』

豆知識

生の状態で傷みやすいので、クリは触ってしっかりしているものがいい。シミや穴がないものを選ぶこと。これらは虫が食っている印である。棘のある毬（いが）から出したときに、皮に艶があってしっかりふくらんでいるもの、形が整っていてとにかく丸々としているものがいい。

クルミ noix!（ノワ）

QUELLE NOIX!「ケル・ノワ！」
［なんてマヌケだ！の意味］

学名：Juglans regia クルミ科

カリカリして、こくがあり、冬の食料として秋に収穫されるクルミには、世界中で80の変種がある。油やサン＝ジャンのワイン［クルミに蒸留酒と砂糖をくわえて作るクルミワインには、6月24日サン＝ジャン（聖ヨハネ）の日頃にとった、まだ青くて軟らかいものがよい］になったり、数多くの調理に用いられるほか、嗜好品にもなる。若くて乳状のときも、あるいは乾燥してよい香りがするときも、殻をむけば、クルミは独特の風味をきわだたせる。だが、むやみに食べすぎると潰瘍性口内炎（アフタ）をひき起こす可能性があるので注意すること。

語源：ラテン語のnuxが古フランス語のnoizになった。

ドイツ語Nuss（ヌス）、英語walnut（ウォールナット）、イタリア語noce（ノーチェ、スペイン語nuez（ヌエス）

世界規模の征服

今日世界の温暖な地域のすべてで栽培が行なわれている。ウクライナからメキシコまで、バルカンからウズベキスタンまで、日本からカナダまで…、クルミの木は順化した。世界第一のクルミ生産国は中国で、イラン、アメリカ、トルコがそれに続く。第７位のフランスは、現在フランケット、ララ、パリジェンヌ、グランジャン、コルヌ、マイエットなどの品種を、おもにドーフィネ地方［南東部］と南西部で栽培している。最初のクルミの取引はすでに中世に、ドルドーニュのサルラで行なわれている。

西へ向かっての大行進

バビロンの空中庭園からローマ帝国まで、神秘的な細かい彫りのあるクルミは、多くの文明の伝統に属してきた。起源は人類のもっとも古い耕作と一体になっていて、アレクサンドロス大王の遠征の結果、ペルシアから来たといわれている。ペリゴール地方の生産者たちは１万7000年前すでに、この地域のクロマニョン人が食べていたと主張する。だがそれは大氷河期の致命的な波の前のことだ。古代ギリシアでは、クルミの木は、予言の才能と結びついていた。ローマの人々はこの実を、神々の食べ物と考えて、「ユピテルのどんぐり（Jovis glans)」と名づけた。有名なバビロンの街では、クルミの木は、あの伝説的な庭のなかの、アーモンド、ザクロ、モモの木々の近くにあった。永続性のシンボルであったにもかかわらず、中世には、ヨーロッパにおいてなんらかの不信感を起こさせたことがあった。夜が来ると、魔女たちがクルミの木の下で、疑わしい儀式やダンスをしているといわれ、そこから「サロン・デ・ダム」と異名をつけられた。

レシピ

ノチーノ、北イタリア、モデナ地方の名産品

「この食後酒は、6月の終わりの聖ジョバンニ［フランスのサン＝ジャンと同じ］の日前後にとった、まだ核ができていない青いクルミを使う。4つ切りにして、ガラスの容器に入れ、香りのある純度の高いアルコールを満たし、シナモンをくわえる。これを40日間、日のあたるところでねかす。水で希釈し、砂糖をくわえてできるリキュールは濃褐色の30度から40度で、消化を助ける食後酒として飲まれる。市販のものもあるが、自分で作るほうがずっと楽しい」

アントニオとプリシラ・カルッチョ［アントニオ・カルッチョはロンドンで活躍したイタリア人料理人1937-2017］
『カルッチョのイタリア料理』

『アルテンブルクのくるみの木』

アンドレ・マルロー［1901-76］のこの小説は、最初1943年に『天使との戦い』の名で発表されたが、1948年の決定稿としてガリマール社から出版された。この作品は、根幹をなす疑問をもって、芸術と人間の条件について考察したものだ。つまり、われわれはわれわれが内に秘めているところのものなのか、それともなしているところのものなのか？　くるみの木は、この守護的な木を空へ向かって立ち上がらせる、生への飽くことなき渇望を象徴している。

クルミ（ノワ）を使った言いまわし

古フランス語で、クルミは少量を表し、それがいまでも「クルミ大のバター（ひとかけのバター）」という言い方に残っている。もっと後では、俗語はこの言葉を「ア・ラ・ノワ（クルミの）」という、無価値だとかくだらないことを表す表現にとりいれた。また、びんろうの実、ブラジルナッツ、カシューナッツ、ココナツ、マカダミアナッツ、ナツメグ、ペカンナッツのような、多少なりともクルミに似た外国産の実をいうときにも、フランス語ではペカンのノワ（ノワ・ド・ペカン）、

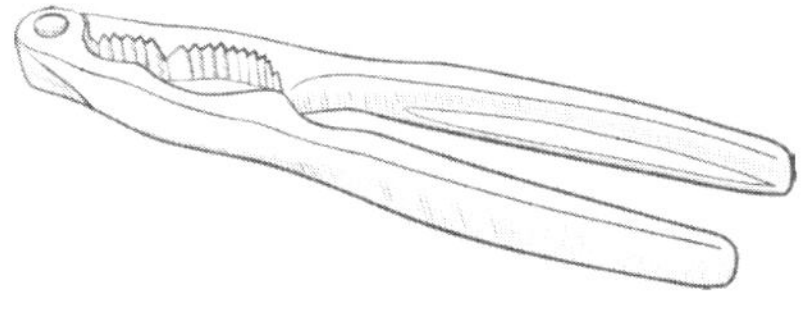

ココのノワ（ノワ・ド・ココ）のように使う。

「クルミ
クルミのなかには何がある？
そこには何が見えるだろう？
殻がしまっているときは
丸くなった夜と
平原と山と
川の流れと小さな谷
(…)

クルミ
クルミのなかには何がある？
殻が開いたら
のぞいている暇なんてない、
カリッと食べて、おさらばだ
のぞいている暇なんてない
カリッと食べて、おさらばだ」

シャルル・トレネ（1913-2001）
［シャンソンのシンガーソングライター］

グレープフルーツ

Pamplemousse（パンプルムース）

またはバルバドスのオレンジ

学名：*Citrus Paradisi* ミカン科

その系統ははっきりしないし、原産地も謎のままである。フランス語でパンプルムースという言葉も、最初は女性形だったのが、次に男性女性のどちらでもよくなった。20世紀まではそうだったが、今日では、男性ということになっている。混乱がもう１つある。われわれフランス人が一般に使っているパンプルムースという言葉は、ほんとうは英語でいうグレープフルーツをさすのではない。中国のオレンジと東南アジアのブンタンの交配によるポメロのほうがグレープフルーツなのだ。この２つは異なる種類の植物である。農学者たちは異なる仮説を立てた。1つは、パンプルムースの木はスンダ列島（インドネシア）から来たものだというが、もう1つはタイあるいは中国南部から、さらにはインド洋から来たのだろうという。アラブ人がそれを11世紀に、地中海に面した土地に根づかせた。

17世紀末、カリブ海のバルバドスに上陸したイギリスのシャドック船長が、堂々とした*Citrus maxima*［和名ではブンタンあるいはザボン］のタネをまいた。クリストファー・コロンブスの時代に、祖先がここに到着していたオレンジの木と偶然に交配が行なわれて、ポメロpomelo（ラテン語pomummelo ポームスメーロー、果物、メロンの意味から）が生まれた。このより果汁の多い新しい果物は、おもにアメリカ（フロリダ）、イスラエル、トルコ、スペインで生産されている。近年は中国から来たより甘いハニー・ポメロHoney pomeloという新種が力関係を変えようとしていて、ヨーロッパに、ゆっくりとだが確実に浸透しつつある。これが、ポメロではなく本来のパンプルムースの仲間だというのだからややこしい。

「この場所には、結局、
人が住んでいた。そして
わたしが洗濯物を干した手すりに腰を
下ろして、
供えものから失敬したザボンの
厚い皮に歯と指を立てているあいだ
屋内では年老いた僧侶が
わたしのために茶を淹れてくれている」

ポール・クローデル『東方所観』

語源：おそらくはタミル語からの借用である「大きいレモン」あるいは「厚いレモン」を表すオランダ語のpompelmoesから。

穀物 Céréale（セレアル）

生命の維持に不可欠な食料

神の保護のもとにある命の粒

フランス語で穀物を表すCéréale（セレアル）は、ローマ神話のユピテルの姉妹でギリシア神話のデメテルと同一視される女神Cérès（セレス、ケレス）に由来する、セレスは麦を実らせ、収穫と農業をつかさどる神である。紀元前５世紀に、ギリシアの劇作家で詩人のアイスキュロスは、『縛られたプロメテウス』のなかで、主人公が火の使い方と穀物の栽培法を、いかにして神々と人間の父である全能の神ゼウスから盗んだかを語っている。エジプトでは、穀物を守護するのは女神イシスである。野生のオオムギとコムギを発見したといわれるからだ。

文化的革命

土地を耕すことで、人間は穀物に途方もない食資源を見出した。コムギ、スペルト小麦（古代コムギ）、モロコシ、オオムギ、キビ、ライムギ、エンバク、そしてコメやトウモロコシは生命の贈り物を象徴している。穀物は人間社会を根底から変えた。狩猟採集民は定住するようになり、農耕地の所有という富と係争の新たな原因が生まれた。

コムギ Blé（ブレ）

糧としての穀物

イネ科

いまから１万年前の新石器時代、近東地域において、最初のコムギの粒が、石で挽いてから水をくわえて煮た粥の形で食べられた。この文化はヨーロッパ全体とインドに広がった。パンが現れたのは、5000年以上も前のエジプトである。神聖な食物として、エジプト人は無発酵の平たく焼いたものを儀礼に即して作っていたが、いろいろな形を考えた。この「パンを食べる」古代人はこの食物を非常に気に入っていたので、長い旅路にそなえて、墓にまでたずさえていった。その後彼らは偶然に、発酵によってパン生地をふくらませる酵母を発見する。そして、ヘブライ人がファラオの国からパンの製法を手に入れる。

ローマの食物

古代ローマでは、レギオンの兵士や庶民の主要な食料は、puls［ラテン語でプルス、麦粥］、つまりキビ、スペルト小麦（当時は「ガリアのコムギ」とよばれていた）あるいはオオムギなど穀物の粥だった。トウモロコシの粉を材料としたイタリア北部の料理ポレンタは、この古代の調理法の、今日における子孫である。

パリのハムサンド（ジャンボン・ブール）

場末の居酒屋のカウンターから、あらゆる種類のパン屋や惣菜屋まで、パリで人気のサンドイッチは、食パンで作られるアングロサクソンのものと違って、バゲットと切り離せない。『地下鉄のザジ』の著者レイモン・クノーは詩的で滑稽な揶揄をして、この軽食をsandouicheと綴る。サンドイッチのはじまりは、サンドイッチ伯爵ジョン・モンタギューという人物の突飛な行為にさかのぼる。ゲームに夢中で中断したくなかった伯爵は、すばやく食べられる食事を命じたらしい。そこで彼のコックはコールドミートを二切れのパンのあいだにはさんだものを用意したという。こうして18世紀に、イギリス風のパンの軽食がサンドイッチとなった。

棚の上のパン［avoir du pain sur la planche は現代では仕事をいっぱいかかえている、という意味だが、古くは蓄えがあって安心、の意味だった］

パン生地が豊穣と肥沃の象徴であるため、聖なる価値をあたえられたパンは、粉と水と塩で作られ、フランスの食事の骨組みをなす一要素である。われわれが日常的に食べているパン

は、本質的で精神的な糧の象徴でもあって、聖体拝領の伝統で、キリストの聖体を表象する。

カリカリしたパリのパン

バゲットはパリ住民で、たったの100歳と若く、味がないわけでないが酸っぱすぎず、上質な小麦粉を使って、厳格な規則にしたがって捏ね、生地成形されて焼かれたとき、皮がよく焼かれ適度な金色に仕上がっているとき、白い身の部分に不規則で美しい空洞ができているとき、そして水と塩以外はくわえられていないとき、まさにその名に値する。サワー種を使ったミッシュ［大型の田舎風丸パン］やブール［丸パン］には酸味があって料理の味を変質させることがあるのと違って、フランス人最愛のバゲットは料理の邪魔をしない。だから、ひとかけらもむだにしないよう、細心の注意をはらうこと。

硬質コムギ（マカロニコムギ）と軟質コムギ（パンコムギ）

コムギには大きく分けて2つの種類がある。硬質コムギ（あるいはヒゲのあるコムギ）は、パスタを作るのに使われ、軟質コムギはパンや小麦粉用である。

トルコで

白いパンであるエキメッキ、平らで丸くて卵の黄身とゴマがまぶしてあるピデ、ドーナツ状でゴマがまぶしてあるシミットが日常的に食べられている。

無発酵の平らなクレープのようなものから酵母を使ったパンまで、トルコの食の基本となっているのは、小麦粉をこねたものだ。だから「パンを食べる」は「食事をする」を意味した。アナトリア（トルコのアジア大陸部をさす）は「世界のパンかご」とよばれた。コムギの挽き割りから作られるブルグルはいまもアナトリアの農民の食糧の基盤となっている。首都においてもだれもパンなしではいられない。オスマンの伝説は、パン職人たちが、天国を追われた後、天使ガブリエルによって製粉とよいパンの製法を教えられたといわれる、彼らの守護聖人であるアダムを崇めていたと語る。

インドのナンとチャパティ

インドでは、考古学者がおよそ6000年前のコムギを挽く石を発見している。インド連邦にはさまざまな種類のパンがある。もっともポピュラーななかに、軟質コムギの粉をベースにしてふくらませたパン（ナン）、揚げてふくらませた、ふんわりしたパン（プーリ、ベンガル語でルチ）、そしてふくらませないコムギ粉を薄く焼いた

（チャパティあるいはルチ）がある。

「わたしはヘリオポリスにコムギをもつ男
わたしのパンは天の太陽神のところにある
そして地上では大地の神ゲブのところに
朝と夕暮れの小舟が、わたしにパンをもたらす
わたしに食べさせるために
太陽神の住まいから」
『古代エジプト人の死者の書』

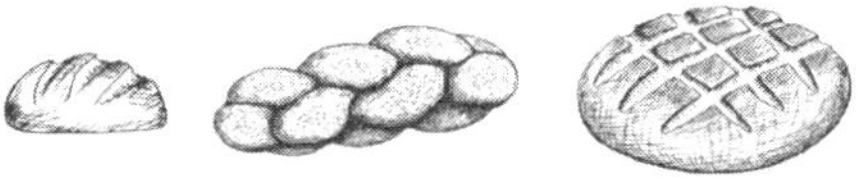

ソバ Sarrasin（サラザン）

ブルターニュの黒いコムギ

長いあいだ「貧しい人々のコムギ」、「ムーア人のキビ」と考えられていたところから、フランス語でソバを意味するサラザン（サラセン）の名前が来ていて、ヨーロッパへは十字軍の時代にもたらされた。ソバ粉はブルターニュのガレットの材料として欠かせないが、じつは穀物ではなく、スカンポやルバーブと同じタデ科に属する植物からとれたものである。

中央アジアで

無発酵のコムギと水と塩の生地を薄く伸ばしたユフカというものからブレク（ペルシアのブラクからの借用）が作られる。ヨーグルトとオイルをくわえることもある。揚げる、オーブンで焼く、あるいはゆでた、なかにチーズ、ホウレンソウなどをつめた塩味のパイは、オスマン帝国全体に広まり、近東からバルカンまで行き、北アフリカでブリックとなる。

イタリアの美味しいパスタ

時とともに、パスタは全イタリアのベーシックな食べ物となった。カペッリ・ダンジェロ（天使の髪の毛）、タッリアテッレ、ラザーニェ、トルテリーニ、カネロニ、ペンネ、ファルファッレ、スパゲッティ…。じつにさまざまに形を変えて、イタリアにはすくなくとも180種類のパスタがあるといわれる。300以上あるだろうという人もいる！

1個だとラヴィオラ、複数はラビオリ

ラビオリという名前はもともと、ジェノヴァの方言で「ちょっといいもの」という意味のラビオーレから来ているという。カブを意味するロンバルディア語のravaかフランス語のraveからだという説もある［チーズをはさんだカブの薄切りに似ていたことから］。さらにもう一つの説は、ヤギのチーズの名前から来ているというものだ。語源についてはこのようにいろいろつまっていて、謎のままだ。だがかまわない、どんな詰めものをしても美味しいのだから。

アジアでは幸福のシンボル

小さな半月型のパイで、挽き肉や野菜がつめてあり、蒸すか、ブイヨンでゆでるか、揚げるラビオリが、唐王朝（618-907）の時代からアジアで名前を変えた。国や料理人によって、この大家族には、中国北部のジャオズ、広東のシャオマイ、またはディムサム、日本の餃子、朝鮮半島のマンドウ、チベットのmok-mok（モモと発音する）、ベトナムのバーンクオン、ウズベキスタンのマンティなどがあり、それぞれ詰めものと形が少しずつ違う。半月型でふくらみがある、小さな袋のような形、あるいは四角くて、豚や牛や子牛の挽肉、あるいは若鶏や小エビを詰めものとするが、タマネギかキャベツをくわえてより軟らかくすることもある。この美味しい一口パイは、新年を祝うための慣例の縁起のよい食べ物とされている。

世界の年間1人あたりの麺類消費量

（単位キロ）

1	イタリア	25.3	7	アメリカ	8.8
2	ベネズエラ	13.2	8	イラン	8.5
3	チュニジア	11.9	9	チリ	8.4
4	ギリシア	11.5	10	ペルー	8.2
5	スイス	9.2	11	フランス	8.1
6	スウェーデン	9.0	12	ドイツ	8

（出典：Survey co-ordinated by I.P.O. décembre 2013）

ユーラシアでの麺の食べ方の作法

中国や日本で、箸で麺をつかんだあと音を立てて食べるのは堪能しているという表現であること、韓国では給仕人が客の皿のなかの麺を躊躇なくハサミで切ること、イタリアではフォークとともにスプーンを使うのは下品だと思われていることを知っておいたほうがいい。

中国古来の調理法

中国では長寿のシンボルとして、とりわけコムギがコメのかわりとなっている北部では、多くの調理法がある。その由来は長い年月のあいだにわからなくなったが、すでに漢王朝（前206-後220）の時代に、北部の中国人と都市の住民は、

コムギを麺の形でスープや肉や野菜とともに食べていたことが発掘によって証明されている。揚げたり、煮たり、蒸したりしたものが、極東ではとくに朝食として好まれている。

イタリアの伝説と真実

長靴の形をした国の料理人は、13世紀末にヴェネツィアの人マルコ・ポーロが航海から帰る前にすでにパスタを知っていた。古代のギリシア人やローマ人もパスタを食べていたのである。おそらくアラビアから入ってきたあと、最初はシチリアで、それから南イタリアで好まれて、今日ではイタリアの代表的な食品となっている。しかし、ヴェネツィアかジェノヴァの商人が、中国へ貢物としてもっていったというのは、歴史的見地からはとんでもないファンタジーというべきだろう。

ドイツの麺！

ドイツ語麺類を表すNudel（ヌーデル）から来たフランス語のヌイユという言葉は、英語でもヌードルといって、ヴァーミセリより太く、正確にはスパゲッティより短いさまざまな麺類の種類をさすが、日常語ではパスタ類全般を表す。実際に自分で粉を練るような、妥協のない人々にとっては、最高の麺あるいはパスタは自家製で、保存加工していないものだ。だが家庭で作るにしろ、職人によるにしろ、工場生産にしろ、肝心なのは加熱の時間で、正確には、それが料理の仕上がりの成功を裏づけることになる。

2005年、
インスタントラーメン日本の旅

即席麺は日本で生まれた。第２次世界大戦後の食糧難に直面し、アメリカからの支援がコムギの形だったことを見て、安藤百福（1910-2007）は自宅の一部を実験室に改造し、地球を大変革するような食糧の開発をはじめた。1958年、東京の百貨店の展示スタンドで、自分の発明したものを試食に供する。チキンラーメンと名づけられた彼の発明品と同様、インスタントに大好評を得た。さらに1971年、のちの日清食品の社主として、新しい形状、ポリスチレンの使いすて容器に入った即席麺、つまりカップヌードルを開発する。速くて簡単なこの工業生産される料理は、すぐさま勉学や遊びに夢中なアジアの若者の心をとらえた。その結果、以後世界で毎年440億個が売れている。2005年に、安藤はある夢を実現させた。会社が念入りに準備した、真空包装の「宇宙食ラーメン」が、アメリカのスペースシャトル「ディスカバリー」のミッションに参加する日本の宇宙飛行士のために搭載されたのだ。地上

にいる人々のためには、日本のあちこちにカップヌードル自動販売機がある。あるいは、大阪府の池田にあるインスタントラーメン発明記念館を訪ねるのもいい。ひどく腹をすかせた人を満足させることはできるだろう。だが食べすぎはよくない。コムギあるいはコメの粉を原料としたこの食べ物は、脂肪と塩分と糖質が非常に多いのだ。

日本では

調査によると、コムギからつくる麺であるうどんと、ソバ粉から作る蕎麦を提供する店が、東京だけで7000軒もある。

ブルグア、ベルベル人のクスクス

アラビア人にとりいれられる前、北アフリカのこの完璧な一皿をベルベル人がはじめた。最初にこれに言及しているのは、７世紀のアラビア人の旅びとだ。フランス人は1830年のアルジェリア侵略で、このコムギの粒と同時にその古い調理法を現すクスクスを知った。はじめてこの食材の調理を紹介したのは小説家ジョルジュ・サンド（1804-76）だ。マグレブからの労働者や、1962年に独立したアルジェリアから本国への引き上げてきた人々のおかげで、セモリナ（硬質コムギの粒）を原料とした粒状のパスタに、肉や野菜やスープをくわえたものは、今日、フランス人が好む３大料理のうちの１つとなっている。

グルテンフリーは非常に儲かるビジネス

オオムギ、コムギ、ライムギ、エンバクなどの粉をベースとした多くの製品のなかには、タンパク質がふくまれているが、このグルテンは、善き食物のなかののけ者となった。グルテンフリーへの熱狂はショービジネスの性格をもってアメリカからやってきた。しかしながら、ほんとうにアレルギーがあって、セリアック病［小腸の上皮組織の損傷により栄養が吸収できなくなるもの］を病む人は、世界人口のたった１％である。ほかの人々は、そのほうが健康によさそうだ、というだけのことである。グルテンをとらなくても、痩せる効果はない。

パンが好きで、グルテンは許せないという人は、純粋にトウモロコシやコメやキビやアワ、クリやソバでできたパンに頼ることになるだろう。大手メーカーはこの好況の市場をとらえて、グルテンフリーの波にのった。その売り場はますます充実している。満足感、あるいは消化がより軽いものを求めて、価格が２倍から５倍もするのをものともせず、需要はますます増加している。

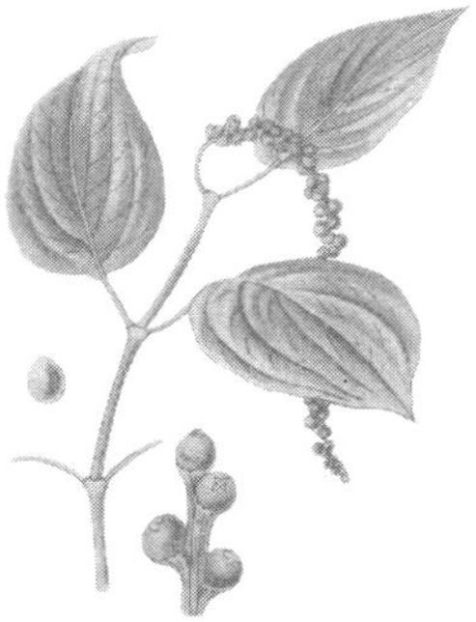

コショウ Poivre（ポワーヴル）

天国の種子

世界中でもっともよく使われている香辛料であるコショウは、つる植物になる実だ。緑、黒、あるいは白と、コショウはさまざまな色をしているが、ピーマンと同様、色は実の熟度に関係している。緑色のコショウは熟す前に摘んだもの、黒いものは半分熟したところで摘んで乾燥させたもの、白はもっとも熟した実を1、2週間水に浸して濃い色の皮をはいだもの。

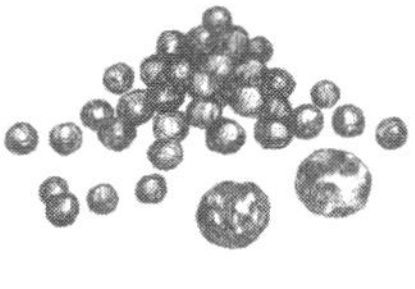

語源：サンスクリット語のピッパリーpippaliから、ギリシア語でペペリpeperiとなり、それからラテン語のピペルpiper、フランス語のポワーヴルになった。

Payer en espèces現金（エスペス）で払う

この表現は中世の慣用句「香辛料（エピス）で払う」から来ている。香辛料は量が少ないので高価だ。そこで取引の材料となる、とりわけ税金の支払いに役立つ。実際、フランス王国のいくつかの裁判所には、民事訴訟の記録を作ってもらえるよう、書記や訴訟報告官に支払うための香辛料の受取人が存在した。これで輪がつながってはじめに戻る、エピスもエスペスも同じラテン語species［後期ラテン語で「香料」］から来たのだ。

学名：*Piper nigrum* コショウ科

「アブラハムとオーロラにはマラバールの金コショウへの愛があった。彼らがたくさんの荷の袋を下ろしたとき、香辛料の匂いがしていたのは、彼らの衣服だけではなかった。彼らはあまりに情熱的に互いを堪能した。カルダモンとクミンの匂いで重くて不快な空気に、あまりに深く彼らの汗と血と体の分泌物が混ざったので、袋が破けてコショウの粒がこぼれ、足のあいだでくだかれた」
サルマン・ラシュディ
『ムーア人の最後のため息』

マラバール出身のタフな奴

長いあいだ貴重な食品だったコショウは、ケーララ州の北部のインドの南沿岸

部に位置するマラバール海岸の原産である。紀元前4世紀、アレクサンドロス大王がはじめてこのインドの香辛料をギリシアにもたらしたといわれている。これはなにより彼の目的の1つだった。ローマ人はこれをほとんどすべてのソースに使っていた。美食家アピキウスは、イチゴやアンズにも使っている。ヴェネツィアの商人たちは、ヨーロッパにおける香辛料の専売権をにぎっていた時期、コショウを「天国の種子」とよんだ。だが長いあいだ、彼らの仲介人であるアラブの商人たちは、その供給源を秘密にしていた。したがってコショウは千金に値した。ポルトガル人の航海士、バスコ・ダ・ガマが1498年5月20日にインドに上陸したとき、彼は叫んだ。「神と香辛料のために」。そしてコショウ取引の地図をぬりなおすことになった。その後、オランダ人とイギリス人が将来の領土を得るための影響力をもちはじめた。

四川のコショウ

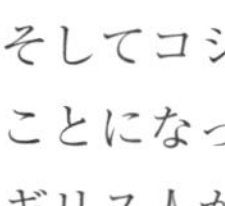

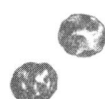

この中国の香辛料は、ピンク、あるいは赤褐色で、どちらも「花椒（ホアジャオ）」とよばれるが、コショウではなく、サンショウ（別名ファガラ）の1品種の乾燥させた実で、しびれる辛さと花の香りと木の香りが特徴である。ブータンでは、その果皮と種子が伝統医学の薬局方に入っていて、とくに歯の痛みを緩和するという。中国と日本で人気がある花椒は、古典的な複合香辛料五香粉にも入っている。これは5つの香り、5つの成分、5つの風味の、チャイニーズシナモン（シナニッケイまたはカシア）、クローブ、フェンネルの種、甘草を思わせる強いアニスの香りのスターアニス（八角）、そしてこの花椒を同じ量ずつ混ぜて作る。

ドイツ語Pfeffer（プフェッファー）、英語pepper（ペッパー）、イタリア語pepe（ペーペ）、スペイン語pimienta（ピミエンタ）、ロシア語pyeretz（ピエーリッツ）、アラビア語felfel（フェルフェル）、日本語コショウ

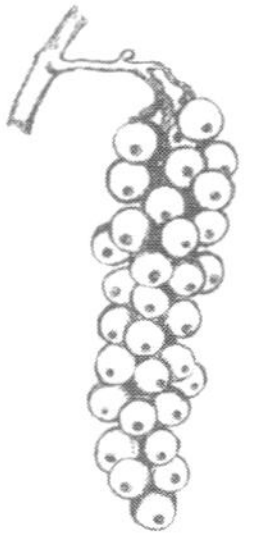

最高のコショウ畑は？

ワインやカカオ、コーヒーと同様に、コショウにも銘柄や特級の栽培地区というものがある。マラバール海岸のMG1、カメルーンのペンジャ、スマトラ（インドネシア）のランプンがコショウ栽培の上位にある。最高級品の1つ、カンボジア南部のカンポットで生産されるカンポットペッパーも忘れてはいけない。フランス領インドシナの時代、入植者たちがこの地に高品質のコショウの生産を発展させた。1975年にクメールルージュ

が政権をにぎると、コメを作るため、祖先からの農園を廃止した。今日では、栄えあるコショウ栽培をゆるがしているのは果物のドリアンと不動産投機だ。アンコールがその栄華を誇っていた時代のようすは、北京の文人周達観が、1297年に『真臘風土記』(カンボジアの慣習についての覚書)に書いている。2010年からは、カンポットペッパーは、カンボジア王国最初の生産地呼称保護の対象となっている。

ピエール・ポワーヴル (1719-86)

植物学者で、冒険家で、盗人でもあったこのフランス、リヨン出身の人物は、天子の臣民にキリスト教を布教するため、中国の地をくまなく歩きまわった。そこで、彼は地上の食物の魅了に屈するのだが、とくに香辛料、なかでもクローブ(丁子)とナツメグ(ニクズク)に魅せられた。諸国遍歴を続けた後、当時はオランダ人にあった独占権にそむいて、フランス島(今日のモーリシャス島)の自分の土地の、グレープフルーツ園のなかに、何種類もの樹木や植物を植えたが、そのなかにクローブの木もあった。ほかにも彼は、1772年に20本ほどのニッケイ(シナモン)の木をセーシェル島に移植している。19世紀に、フランス語でコショウをさすポワーヴルがこの人の名前から来ているという説が吹聴されたことがあるが、実際にはなんの関係もない。

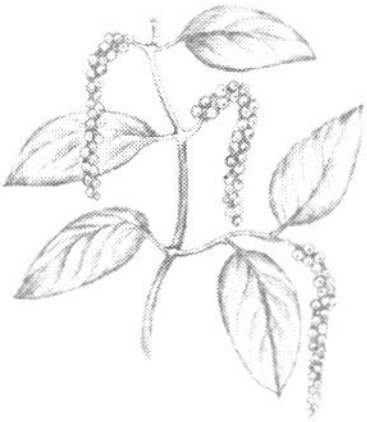

ほんとうはコショウではないけれど、旅情を感じさせるコショウ(ポワーヴル、ペッパー)とよばれるものたち

ジャワナガコショウ(和名ヒハツモドキ)、小さな芽が非常に辛い

ギニアコショウ(日本ではギニアショウガともいう)、西アフリカの熱帯の果実

中国コショウ(花椒。フランスではコショウのようなアニスともいう)、レモンのような風味

ブラジルのピンクペッパー(サンショウモドキ属コショウボクの実を乾燥させたもの)

タスマニアペッパー、シワがあってざらざらした小さい実

カイエンヌペッパー(実際はトウガラシ)

ジャマイカペッパー(オールスパイスのこと)

グレインズ・オブ・パラダイスとかメレゲッタ、あるいはマニゲットペッパーとよばれるものも、じつはどれもコショウではない。

コーヒー Café（カフェ）

黒い魔術

アフリカからヨーロッパへ

原産地はアビシニア（エチオピアの古称）で、ギリシア、ローマ時代には「幸福なアラビア」とよばれていた現在のイエメンで栽培されたコーヒーは、ボスフォラスの海岸から古代カルタゴへ、カイロやダマスカスからアレッポへ、まずはじめにイスラム世界を征服した。11世紀には、ペルシアの医者で、哲学者で、神秘主義者のアヴィセンナがすでに、消化器官と心臓血管組織へのコーヒーの影響について書いている。

中世には、イスラム教徒が飲む黒っぽい悪魔的な飲み物と考えられていたため、キリスト教徒がこの飲み物に身をまかせるのは、教皇クレメンス８世（1536-1605）によって祝福されるのを待たなければならなかった。カイロから来た最初の積荷は、17世紀の初めに、ヴェネツィアに降されたが、当時その取引先は、薬剤師にかぎられた。

「果実から抽出した液体の使用法はアデンで広がり、たまたま（少数の）旅人の興味を引いたことで、ついでレヴァント全体に伝播した。コンスタンティノープルは1554年にそれを受け入れた。ヨーロッパ人のなかでこれを紹介したはじめての人物は、静謐このうえなきヴェネツィア共和国の領事をしたあと1580年にカイロへおもむいた、パドバ出身の植物学者プロスペロ・アルビーノだった」

パトリック・モリエス『イタリアのコーヒー』

カフェインの含有量	
アラビカ種	0.8から1.7％
ロブスタ種	1.5から４％

学名：種類によって*Coffea arabica*（アラビカ種）*Coffea canephora*（ロブスタ種）、アカネ科コーヒーノキ

英語Coffee（コーヒー）、ドイツ語Kaffee（カフェー）、オランダ語koffie（コーフィー）、イタリア語caffè（カッフェ）、ギリシア語kafeo（カフェオ）、ペルシア語qehvé（ガフヴェ）、ポーランド語kawa（カヴァ）

Moka（モカ）というアラビカ種のもっとも古い呼び名は、イエメンの港モカから来ているが、そこからエチオピアからエジプトやトルコやペルシアへ向けてのコーヒー豆の最初の荷が出発した。

語源：Caféというのはトルコ語のkahveh（カフヴェ）の変形である。コーヒーノキが野生の状態で生えているエチオピアの高地の地域を示すKaffaによる、アラビア語の名詞kahwa（カフワ）あるいはcahouahから派生した。14世紀末、コーヒーを意味するようになったこの言葉が世界制覇に出発した。

ウィンナコーヒー

スレイマン大王のイエニチェリがこの飲み物を、バルカン、東ヨーロッパと北アフリカに導入した。伝説によると、1683年のオスマン帝国の軍隊によるウィーン包囲の際、コルシツキーという名の、ポーランド出身の軍人であり商人でもあった若い貴族が、敵の戦列に潜入した。検問をかわすことができたのは、イスタンブール滞在が長いため、トルコ語が話せたからだ。彼と彼がもたらした情報のおかげで、スルタンの兵士たちは、敗走させられる。武器と食料を放棄していったのだが、そのなかにコーヒーが500袋あった。コルシツキーは勇気の代償として、この放棄された豆を手に入れた。その後ウィンナコーヒーを生むことになる贈り物だった。彼はツア・ブラウエン・フラシェ（青い瓶）という、中央ヨーロッパで初となるコーヒーの小売店を開いた。帝国の首都の住民たちは「トルコのコーヒー」を飲むのを嫌がったので、その飲み物を浸透させようと、ハチミツを少しとクリームを入れることを思いついた。

ロブスタ種とアラビカ種

コーヒーノキからとれる豆にはほかにも60種類ほどあるが、この2大品種が市場を支配している。ロブスタ種はその名が示すとおり、丈夫な木の果実だ。その名は力強さと硬さを思わせるが、アラビカ種ほどの風味はないし、なにより渋みがある。そこでおもにブレンドに使われる。栽培期間はより短い。アラビカ種にはより繊細で複雑なアロマがある。高地を好むため、ラテンアメリカ（ブラジル、コロンビア、コスタリカ、グアテマラ）、アフリカ（エチオピア、ケニア、タンザニア）、ベトナム、インドネシア、ハワイ島、ジャマイカ島の高原で栽培されている。ロブスタ種は平原のほうがよく芽を出す。しかし、どちらの品種にせよ、苦味があるのは焙煎の際に火を入れすぎたということだ。

オスマン帝国宮廷からヴェネツィア共和国へ、コーヒーの流れ

最初のカフェがイスタンブールで開店したのは、1555年のことだった。50年後には同じ都市のなかで、500店舗以上になる。フランスでは、1644［入国が1644で開店は1672］年にパスカルというアル

メニア人がパリ最初の店［コーヒーハウス］をはじめたが、成功しなかった。イタリア人プロコピオ・コルテッリが以後名をはせるカフェ・プロコープで成功するのは、この飲み物が貴族階級で流行になり、ヨーロッパの宮廷がモカとよばれるものに夢中になる1686年を待たなければならなかった。店はしだいに大勢の人々を引きよせ、そのなかには、ヴォルテール、ディドロ、ボーマルシェらがいた。ヴェネツィアではフローリアンが1720年に開店したが、それはいまも名店のほまれ高く、サン＝マルコ広場の「オリエントからのコーヒー」への熱狂を物語っている。

イエメンのキシュル

軽く炒ったコーヒーの殻をしぼったものは、おそらくイエメンにもともとあった、もっとも一般的な飲み方だろう。ショウガとカルダモンで香りをつけたキシュルは、この国でいまも飲まれている。エチオピアにもこれに似たブーンがある。

世界をめぐって

スリランカやマレーシアでは、コーヒーノキの葉を使っていて、お茶のように飲む。ジャマイカのブルーマウンテンは長いあいだ、アラビカ種の世界一のものと考えられてきた。日本人がその生産のほぼ全部を買い占めている。

植民地時代

オランダ人は1690年に、エチオピアのアラビカ種の最初の栽培を、オランダ領東インドのジャワ島で、次いでオランダ領ギアナのスリナムで行なった。フランス人もそれに続いて、彼らの植民地であるアンティル諸島、モーリシャス島、そしてレユニオン島にこの貴重な種を植えた。

コーヒーは血圧を上げる？
➽正しくもあり、まちがいでもある。

コーヒーを飲むとその瞬間血圧は上がるが、時間がたつと下がる。科学者の研究によると、毎日１杯飲めば、喫煙者でなければ血圧を最高で９mmHg（水銀柱ミリメートル）まで低下させることができる。

インドへの大旅行

コーヒー栽培は長いあいだ、アラビア人によって原産地に制限されていて、彼らは17世紀までこの取引を独占していた。しかし、インドの行者ババ・ブダンが状況を変えた。種を数粒ひそかに手に入れて、バンガロールの南にあるマイソールの山岳地帯にまいたのだ。彼のおかげで、今日高級品とされている最初のインドアラビカ種が生まれた。19世紀には、インドは世界一の生産国となった！

ブラジルでの好都合な恋愛

1727年、ポルトガルの海軍士官フランシスコ・デ・メーロ・パーリェタは外交ミッションのためにフランス領ギアナへおもむく。ブラジルの総督に派遣された彼はコーヒーノキの苗を手に入れようとしていた。フランス王の代理人はこれを拒否する。命令によって禁じられていたのだ。そこで外交官は、カイエンヌの総督の妻、ドリヴィエ夫人を誘惑して、その手からやさしい愛情とともにコーヒーの実を得ることに成功した。赤道地帯における恋の戯れのおかげで、ポルトガル人たちはブラジルをコーヒーノキのプランテーションで埋めつくすことになり、やがてこの国は世界一のコーヒー生産国となる。その後ろには、コロンビア、ベトナム、インドネシア、メキシコ、コートジヴォワールなどが続く。

コーヒー占い

中国発祥の占い！

この占いの方法は、カップの底に残ったコーヒー滓の跡を観察し、そこに見える不思議な形を解釈することで未来を読むことができるというものだ。丸い形は、相当額の金が入ることを予測させる。そこから懐が温かいことを「丸をもつ」という表現ができた。ペルシアやトルコをへて、ヨーロッパでも採用されたこのタイプの占いは、中国が起源であるが、中国ではこれを茶で行なった。

トルココーヒー

トルコ式のコーヒーは、地域によってムーア、ギリシア、アラビア、アルメニア、オリエンタルの名でもよばれ、地中海地域でのコーヒーの飲み方としてもっとも古いものである。ジェズヴェという長い取っ手のついた銅製の鍋の水に、砂糖をまぜた細挽きのコーヒーを入れる。２、３分煮ると、表面はムース状になめらかになり、底に滓が溜まる。トルココーヒーは、2013年にユネスコの無形文化財に登録された。

「コーヒーは飲まないでいると眠ってしまう飲み物だ」アルフォンス・アレー
［1855–1905、ユーモア作家］

カルロ・ゴルドーニ（1707–93、イタリアの喜劇作家）の「カフェ」（原題「ラ・ボッテガ・デル・カッフェ」）

カーニバルの期間中、ヴェネツィアのある小さな広場を陰謀と噂がかけめぐった。とくに言葉と表彰の場所であるカフェにおいて。「そこではいくつもの行為が一度に行なわれ、何人もの人々が別々の関心によって集まっている」と劇

作家はその『回想録』のなかに書いているが、この劇において、カフェは議論の余地なく主役であり、背後に孤独への恐怖が透けて見える、このまことにイタリア的コメディのタイトルとなっている。

「牝牛にコーヒーを飲ませて乳をしぼれば、カフェオレが出てくるだろう」
ピエール・ダック［1893-1975、ユモリスト、喜劇役者］

コーヒーにかんする
イタリア語小事典

アルプスの向こう側イタリアには、すくなくとも30とおりのコーヒーの飲み方がある。

イタリアの定番コーヒーには、象徴的なエスプレッソがあるが、決してそれだけではない。

カフェ・ビチェリン：トリノの名物で、コーヒーとチョコレートとクリームを同量ずつ混ぜたもの

カフェ・コレット：グラッパ、その他の蒸留酒をくわえる

カフェ・ドッピオ：コーヒーの量を２倍にしたもの

カフェ・ラテ：スチームドミルク［エスプレッソマシンなどの蒸気で温めたミルク］をくわえたミルクコーヒー

カフェ・マキアート：泡立てたミルクを少量くわえた、フランスのカフェノワゼットと同じようなもの［ノワゼットは、フランス語でヘーゼルナッツ。コーヒーとミルクの混ざった色がヘーゼルナッツのようなので］

カフェ・モカ：エスプレッソ、熱いココア、蒸したミルクをそれぞれ３分の１ずつくわえて混ぜる

カフェ・リストレット：濃くて、甘くて、コクのあるエスプレッソで、熱烈なファンがいる。

カフェ・シャケラート：エスプレッソを、シェーカーを使って冷やしたもの

カーポ・インB（ビー）：カフェの町といわれるトリエステの名物で、エスプレッソ・マキアートをシェーカーで冷やして、グラスで供するもの。イタリアのコーヒーの30％がトリエステを通って輸入されている。

エスプレッソ・コン・パンナ：泡立てたクリームで薄くおおったエスプレッソ

エスプレッソ・ロマーノ：レモンの皮をそえたエスプレッソ

ヨハン・セバスティアン・バッハ（1685-1750）

このカントル［プロテスタント教会の音楽監督兼オルガニスト］は、美味しいものが好きで、ライプツィヒ市の中心にあるゴトフリート・ツィマーマンのカフェへ規則的に通っていた。当時非常にはやっていたこの飲み物を愛するあまり、

コーヒーカンタータと称される世俗カンタータ（BWV 211）を作曲した。ドイツの詩人で台本作者ピカンデルの台本に音楽をつけた。コーヒーを飲みすぎる娘をとがめる父親の話を、皮肉をこめて語っている。この飲み物に耽っていると結婚できなくなるとおどす。娘は父の意向にしたがうが、ずる賢いやり方で、結婚の契約に夫が彼女にコーヒーを飲むことを禁じることができない、という約定を入れる。というのも彼女にとって、「コーヒーの風味は千の口づけよりうっとりさせるものなのだ」

日本のインスタントコーヒー、アメリカのソリュブル（可溶性）コーヒー

この方法は1899年に、シカゴ在住の日本人加藤サトリによって、アメリカ人のために発明された。彼の初期の試みは、インスタント緑茶だった。10年後、グアテマラで暮らしたことのあるベルギー系のアメリカ人ジョージ・コンスタン・ワシントンが、インスタントコーヒーをはじめて商品化した。1930年代の初頭、ブラジル政府の要請により、スイスのネスレ社が、過剰生産を保存する方法の発見に取り組んだ。1938年には、マックス・モーガンタラーのチームが、レマン湖畔のヴヴェイの工場のために、ネスカフェの名で知られるフリーズドライの方法を発見した。この新しい製法によって、よりよく味わいを保つことができるようになった。

インドネシアの糞高いコーヒー

コピ・ルアクは、ニューギニア島のインドネシア領［ニューギニアはインドネシアとパプアニューギニアの２か国の領土］、イリヤンジャラの森のなかの野生の状態で生育するコーヒーの実（アラビカ種）を使うところを特徴とする。だが独特なのはそこだけではない。この赤いコーヒーの実は、ジャコウネコに食べられ、その胃や腸のなかで自然に発酵してから糞に混じって排出されるのだが、こうして得られた飲み物を味わうには、1880年からパリでコーヒーの焙煎をしているヴェルレ商店によると、キロあたり250ユーロ覚悟しなければならない。ブラジルの人々は鳥の糞からとれるジャクーバード・コーヒーで同様にしている。タイにいたあるカナダ人は、同じ方法でブラックアイボリーという貴重な甘露を造ったが、これは象の糞からである！

アイリッシュコーヒー

1940年代、アイルランド、リムリックのフォインズ飛行場で、そこにあるパブのシェフだったジョー・シェリダンが、砂糖で甘くしたコーヒーにアイルランドのウィスキーと泡立てた生クリームをくわえたカクテルを考案した。この飲み物のおかげで、飛行士も乗客も元気を回復し、体を暖めることができた。この発明者は、次に、西ヨーロッパの先端に位置しているため大西洋横断飛行の乗り換え空港となっていたシャノン国際空港のバーテンダーになると、彼が洗礼名をつけたアイリッシュコーヒーが、世界をかけめぐるであろうことを疑わなかった。

ドイツ

カフェインをとりのぞいたコーヒーは1905年にさかのぼるドイツの発明で、翌年特許をとった。デカフェの商業化は、コーヒー仲買人でありコーヒー文化の擁護者だったルートヴィヒ・ローゼリウス（1874-1943）の業績である。ブレーメンの商人だった彼の父が早くに世をさったのは、医者たちによるとカフェインをとりすぎたせいだということだった。そこで息子は緑のコーヒー豆の段階からのカフェイン除去の方法を考え出した。

日本でコーヒーを飲むこと

「イタリアンコーヒー」をこよなく愛し、フランスとイタリアに次いでコーヒーの三番目の輸入国である日本では、消費者はモカのすぐれた目ききである。1877年にはじめて輸入されたコーヒーは、漫画家の創作意欲も刺激する。『珈琲どりーむ』という作品は、ひらまつおさむと花形怜による５巻本の漫画で、茶商の息子の「悪魔の飲みもの」への情熱を語る。主人公は、すでにコーヒー愛好家である人々には産地別の豊かさを知らせ、未来の愛好者にはコーヒーの楽しみ方を指南する。また豊田徹也の『珈琲時間』は、アラビカの香り高い上質のコーヒーの味わいだ。コーヒー好きの人々のコーヒーにまつわるさまざまなストーリーや彼らの波乱に富んだ人生を語るとともに、読者に焙煎の技法も教えてくる。

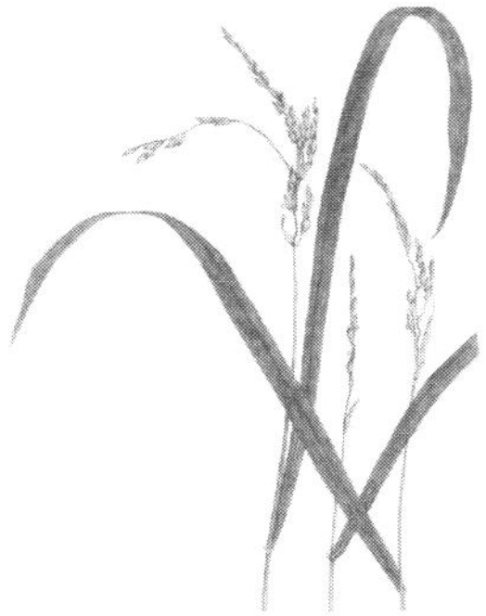

コメ、イネ Riz（リ）

学名：*Oryza sativa* イネ科

5000年以上前から栽培されているコメは、アジアの風景と社会を作った。おもな品種が3つある。もっとも古く、北インドと中国東部にみられる*Oryza indica*インディカ種、*Oryza japonica*ジャポニカ種、そして*Oryza javanica*ジャバニカ種である。人類の半分の主食であり、生命維持に必要なエネルギーの源であるこの穀物は、今日、科学者の目に、健康的な食事法のためのほぼ完璧な食材であることがわかってきた。

神話、信仰、伝説

貴重と謙遜を表彰する、古来のこのイネ科の植物は、歴史を背負っているように見える。超自然の起源をもつ、この「神々からの贈り物」は天上の力で悪霊を追いはらうといわれる。とくに、家を建てる前がそうである。したがってコメはたんなる地上の食物ではない。名高いその美味しさを超えて、聖なる食物であり、国民的誇りである日本の丸い粒には、魂がある。西洋においては、コメは幸福の同義語で、結婚式の招待客が、新婚夫婦に向かって祝福のコメをひとにぎりずつふりかける風習がある。

映画「にがい米」（1949）

ジュゼッペ・デ・サンティス（1917-97）のこの新写実主義（ネオレアリズモ）映画は、パドヴァの平野と田植えをする女性たち、ポー川流域の稲田で働く女性たちの存在を世に知らしめた。それは貧困のくびきに屈服させられた女性たちの世界だ。名優ヴィットリオ・ガスマンとラフ・ヴァローネだけでなく、とくに盗みを働く悩殺的な田植え女を演じるシルヴァーナ・マンガーノ（1930-89）がすばらしい。霧に包まれたこの風景のなかに、ルキノ・ヴィスコンティ（1906-76）の元助手だった映画監督は、ヒロインの燃えるような官能性を超えて、女性労働力搾取を告発している。

各国のコメ料理

ところが変われば、コメは、それぞれの土地の味覚や伝統的な調理法に調和している。フランスのプール・オ・リ、スペインのパエリア、インドのピラフ、イタリアのリゾットはその例のほんの一部にすぎない。蒸すにしろ、炒めるにしろ、薄焼きや麺にするにしろ、しばしば野生（ワイルドライス）のこともある抽水性水生植物の穂からとれたこの穀物は、さまざまな香辛料や調味料によくなじむ。スフレのようにふくらませたり、フレークにしたりしたコメが、インドやインドネシア（ココナツの実と）、タイ、北アジアの素敵な朝食となっている。あちこちで米粉が、麺や薄焼きクレープのようなものを作るのに使われている。ベトナムの透きとおるコメ製の薄い皮で包んだ生春巻きや、揚げ春巻きもその例だ。粘りがあって甘い、円形で大粒のものは、美味しいスイーツを作るのに使われる。最近ではヘーゼルナッツの風味があるブラウンライス（玄米）のほうをよいとする傾向もある。タイの非常に香りの高い（ジャスミンに似ている）コメが、パンジャブ地方で育てられた大粒で繊細でデリケートな果実の香りのある、インドのバスマティと競っている。1685年に新世界から導入された細長いアメリカ米も、すくなくとも2000年前から日本列島で生産されてきた円形に近い短粒種の日本米も、すぐれた生産条件の恩恵を受けている。

ヴェネツィアのリジ・エ・ビシ

かつては、総督（ドージェ）の食卓に、静謐なるヴェネツィアの守護神聖マルコの日に供された、リジ・エ・ビシ（グリーンピースのリゾット、ヴェネツィアの名物料理）が、今日では造船所地区で、大衆レストランの常連を魅了している。マルセル・プルーストも、大好きな母親といっしょに、ゴシック建築の宮殿を高級ホテルに改造したダニエリで、イカとイカ墨の入った黒いリゾットを楽しんだことがなかっただろうか？

イタリアのよき穀物

イタリアはヨーロッパにおける、コメの最大の生産国である。15世紀には肥沃なポー、ロンバルディア、ピエモンテ、ヴェネト地方で、あきらかに稲作がはじまっている。これらの水が豊かで温暖な地に、水田ができた。この比類ない穀物は、アレクサンドロス大王が、紀元前4世紀に地中海地域にもたらしたといわれている。アジア原産のコメは、すでにローマ人にも知られていたが、この時代には家畜の飼料にしか用いられなかった。

シチリアでは、この恵みの穀物を普及させたのはアラブ人だといわれている。だが、かなり長いあいだ、イタリアのコメは地元特産（ノストラーレ）として特定の場所にとどまり、とくにスープやポタージュに使われていた。その後、ドミニコ会修道士がフィリピンから白い別の品種をもちこんだこと、政治家カミッロ・カヴールが1853年に灌漑システムを設置し、ポー川とマッジョーレ湖の水を運ぶ運河を建設したことで、19世紀には一般的になる。カヴール伯は、ポー平原の沼地の排水に貢献したレオナルド・ダ・ヴィンチの仕事を稲作のために継続した。

数多いイタリア米のなかで、細かいサンタンドレア、中程度のヴィアローネ・ナーノ、特別細かいアルボーリオ、バルド、イタリア米のプリンス、カルナローリなどがリゾット用のコメである。ヴィアローネ・ナーノはしなやかで軽く、ヴェネトではよりスープに近いリゾット（アルオンダ［波立つといった意味］）や甲殻類を使ったリゾットに評価が高い。ふっくらとして艶のあるアルボーリオはもっともよく知られていて、イタリア国外でも簡単に手に入る。くれぐれも注意すべきなのは、デンプンをそこなわないように、どのコメの場合も洗わないことだ。これがリゾットにあのなんとも美味しいクリーミーな粘り気をあたえるのだから。

リゾット

料理の武勲詩というものがあるなら、この料理の緩慢さと創造性と厳格さをたたえるだろう。選ばれた食材の良さを十分に引き立たせるこの一皿は、どこへ出ても正々堂々と戦える。このイタリア半島の古典的料理を作るには、ほとんど愛情といっていいほどの辛抱強さが必要だ。あらゆる性急さから無縁の、献身的で情熱的な物語をともにするのだ。コメディアンで友人同士でもあるアメデオ・ファゴとファブリッツィオ・ベッジアートに、「リゾット」という演劇作品があるが、1978年の初演以降、彼らはその献立を何度も舞台に乗せている。飲みながら、おしゃべりしながら1時間ほどかけて実際に調理する劇で、最後に観客と分けあうという趣向である。

アラビアとフランコの名物料理

スペインのバレンシア地方の一皿料理パエリアは、まずその地方で13世紀から作られていた短粒種のコメとサフランという、アラビア人によってもたらされた2つの食材で構成されて、それにレシピによって、魚貝類、野菜、若鶏、ウサギなどをくわえる。パエリアという名称は、最初は入れもの、広くて深く、大きな厚手の両手鍋のことだった。スペイン総統フランコの庇護のもと、大衆の観光旅行の飛躍的増加によって、パエリアはヨーロッパ人にとってスペインの代表的な料理となった。

あらゆる形で

たんに食糧にするだけでなく、茎を稲藁として、乾燥させ、強く圧縮したものが畳床に利用されるほか、コメは食卓用の飲み物にもなる。中国にはコメから作った強い酒があって、食後に小鉢に入れて出される。韓国のマッコリは、朝鮮半島ではもっとも古い大衆的な飲み物だが、ミルクのような色ですぐそれとわかる。砂糖をくわえて発酵させたコメからできる。そのほかにもソジュのような蒸留酒が、サツマイモかコメで作られている。中国と日本の料理に欠かせないのが、米を原料として作る米酢である。白酢と赤酢［酒粕を使い、より香りが深い］があるが、いずれも芳香を残す。米ぬかを使って野菜などを塩漬けにもできる。コメから抽出した油はコレステロール値を下げる。米粉［フランス語で米粉＝プードル・ド・リには白粉の意味もある］は、肌をやわらかくする。そういえば、書道の名人の必需品である薄くて上質な紙も、ライスペーパー（の一種、半紙）とよばれるのだった。

ユーラシアの透きとおるような美肌

コメについての噂のなかで、酒の醸造所で働く女性たちの肌の伝説的ななめらかさは別として、この穀物デンプンを主体とした白粉（おしろい）（米粉パウダー）は、ヨーロッパにおいて、化粧をするような優雅な女性たちを魅惑している。われわれの祖先も、肌をなめらかにしようと、顔にこのよい匂いのする化粧品をぬったものだった。

おにぎり

日本の伝統的軽食である「おにぎり」は、ご飯で作る小さなサンドイッチのようなもので、ノリ（ごく薄い板状に乾燥させた海藻）で包むことが多い。だれでも知っている人気の食品で、スーパーや駅の売店でも売られている。旅行や簡単に食事をすませたいとき、たいへん便利だ。三角形または楕円形で、なかには一般的に、梅干しや魚類が入っている。

アジアにおける食べること

中国語、日本語、ラオス語、タイ語、ベトナム語では、食事をすることを「ご飯を食べる」という表現をする。「ホーおじさん」の国では「ご飯を残す」というと、「食欲がない」の意味になる。アジアのモンスーン地帯に稲田の10分の9が集中している。

日本のライスワイン

日本の酒は、コメで作る醸造酒であって、蒸留酒ではなく、長いあいだ、神々

（神道の神性）と祖先のネクトル［神々の飲む不老不死の酒］だと考えられてきた。奈良時代（710-94）には宮廷社会のために、その後は裕福な家族向けにつくられるようになる。甘口でも辛口でも、アルコール分は約15度。季節やその酒のもつ味や香りなどによって、好みで冷たいまま（8度から12度）あるいは温めて（45度から50度）飲む。香り豊かな繊細なタイプの酒は温めないほうがよい。通は常温を好む。どのコメを使うか、精米の度合、水質、醸造の方法でそれぞれの酒の品質が決まる。北部ではどちらかというと辛口で軽く、南部では甘口でコクがある。酒を評価するのに色調を見るが、やや青みがかって見える美しく透きとおった酒を、愛好者は美味というより「美しい」という。甘口の酒は調理にも使われる。コメの発酵によって甘みを出した味醂は、料理にコクをくわえる。

酒の起源について、若い乙女たちがその唾液で、固く炊いた飯を長いあいだかんだ後、ねかせることでこの巧妙な発酵が起こった、という伝承がある。実際のところ、2400年ほど前に中国から来たか、あるいは2000年ほど前に日本で創り出されたとみられている。

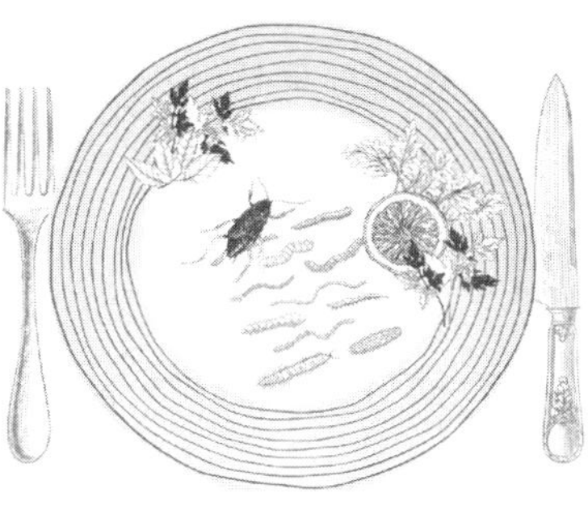

昆虫 Insectes（アンセクト）

皿のなかの

語源：ラテン語のinsectus

コオロギ、ゴキブリ、甲虫、セミ、コガネムシ、クロアリ、バッタ、イモムシ、蛹、カイコ、サゴヤシの虫［幹に棲みつくヤシオオオサゾウリムシの幼虫を食用にする］、ミールワーム、竹虫、その他の幼虫がおもにアフリカ、アジアだけでなくラテンアメリカでも食用とされている。20億近い人々が、タンパク質、ビタミン、ミネラルが豊富なゆえに虫を求め、こうした昆虫食は熱帯全体に広がっている。アフリカでは、昆虫の採集とともに消費が農村地帯で多い。そこにはシロアリやイモムシがたくさんいるからである。ブラックアフリカにおいて、イモムシをベースにした食事にかかる費用はブッシュミート（野生動物から

得る食肉）の場合の5分の1ですむ。タイや中国やメキシコの市場の台の上には、キャンディーや揚げ物となって山と積まれたシロアリが幅をきかせている。この21世紀の初頭、急激に増大する人口に直面して、西洋人も徐々に、タンパク源の代替物として虫への関心を深め、そこに食糧供給の解決法の1つを見ている。

昔は

すでにギリシア人もローマ人も、ハチミツでくるまれたバッタの誘惑に屈していた。ギリシアの哲学者アリストテレス（前385-22）はセミの幼虫（tettigomètres）に目がなかった。昆虫が古代ローマにおいて選りすぐりの一皿であったことの痕跡を見つけるには、大プリニウスの『博物学』に没入する必要がある。古代ローマの百科事典執筆者は、昆虫にほぼ1巻全部を捧げている。甲虫類［実際はチョウ目］のなかで、大きな白いボクトウガの幼虫は、コムギ粉をあたえて太らせると美味の一皿となったと証言している。虫は食物であり薬でもある。彼は書いている。「アリの卵も単独で用いるが、これにも薬効がある。病気のクマがこれを食べて快復することは確かである」。モンテーニュ（1533-92）は『エセー』のなかで、当時は「新インド世界」とよばれていたメキシコのオアハカの名物料理、グリルしたバッタに言及している。

レユニオン島（フランス海外県）

スズメバチを捕獲する仕事には、これを大好物とする客がいる。揚げて白いご飯をそえて食べるのだ。ヘーゼルナッツ風味のスズメバチの幼虫のグリルもたいへん評価が高い。

タイのコガネムシ

古のシャム王国の東北部に位置するイサーンでは、タイのgudjiとよばれる甲虫が高く評価されている。バンコクの行商人はそれを細かくくだいたものを売っている。トウガラシを混ぜていることも多い。

メキシコ

チャプリネスは、塩、トウガラシ、レモン、ニンニクで味つけしたバッタのグリルで、アペリティフとしてサクサクと食べられる。南部の都市オアハカ・デ・ホゥアレスは、ライム味の乾燥させたバッタとメスカル酒［リュウゼツランを原料とするが芋虫を入れることも多い］で名高い。

フランス

20世紀初頭のブルジョア文化爛熟期、ベル・エポックの時代、ほろ酔いの踊り子たちは白ワインだけでなく、大流行していたコオロギ入りのチョコレートによる誘いにも弱かった。

中国

伝統医学の教えによると、サソリは苦痛をやわらげ、血行を刺激するという。山東省では、30個所ほどの養殖所で乾燥させたサソリを全国に供給している。

世界の屋根チベット

冒険家アレクサンドラ・ダヴィッド＝ニール（1868-1969）によると、モンススズメバチの幼虫は、「チベットの人々の大好物」である。捕まえたら「バターで揚げて」、それだけで、あるいはコメをそえて食べる。

カンボジア

オオツチグモは、毒牙をとりのぞいてからコメのアルコールで溺死させ、香辛料に漬けてから揚げる。これが好きな人は、この大きくて毛深いクモの、頭より脚のほうをより好む。

ちょっと憂鬱（カファール）な話［フランスの慣用句でcafardゴキブリは、憂うつやふさぎの虫の意味］

国連の食糧農業機関は1900種の食用になる昆虫を数え上げ、昆虫を食べることを奨励している。というものこれは未来の食物となる（かもしれない）からだ。大都市には、さまざまな昆虫のタパス（つまみ）やコガネムシの寿司、バッタの蒸し焼きを出すレストランもある。オランダでは、昆虫にかんする国際的な機関［昆虫養殖協会］が、人間や動物の食糧としての昆虫の生産に参加する15社ほどの企業と大学を結集させた。ただしそれより早く、1970年からケニヤに設立された国際昆虫生理生態センター―（ICIPE）が、アフリカの貧しい人々の食糧の安定供給、ヒトおよび家畜の健康改善、自然環境保全および生物資源の効率的利用を研究している。

サ

魚 poisson（ポワソン）

DONNENT LA PÊCHE ! 元気をくれる［ペッシュは同じつづりで漁とモモを表わす。モモのようなピンクの顔色から元気なこと］

海の魚、淡水の魚、大海の回遊魚、のんびりと跳ねまわっている魚、脂肪質といわれる青い魚（カタクチイワシ、ウナギ、ニシン、サバ、イワシ、サケ、スプラット、マグロなどの遠洋魚）、低脂肪といわれる白い魚（タラ、ハドック、ポラック、モトマコガレイ、メルラン、ヒラメなど底生の魚）は、恒温であることが発見されたアカマンボウ以外はみな冷血だ。魚は25000種以上、先史時代から人間はそのなかから豊かな資源を得ていて、古代世界、アッシリア、エジプト、クレタ島の人々はすでに多様な漁法をマスターしていた。

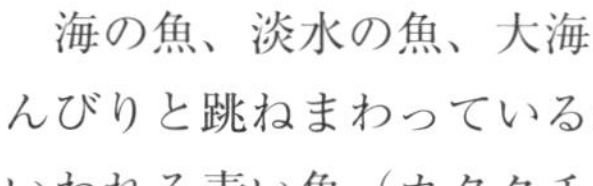

ギリシア人はエイやマグロやサメのトロの部分の美味を知っていた。ローマ人はメカジキ、チョウザメ、ウツボ、ターボット（カレイ）に目がなかった。ムスリムの人々はとくに塩漬けによる魚の保存法を考え出した。ユダヤ教徒は、鱗とひれのある魚だけが「清浄」であって、食べることができると考えた。キリスト教徒は肉などを断つ小斎日に魚を食べる。ヒマラヤの仏教徒は魚を食べないが、これは、かつて死者の遺体が猛禽類や魚にあたえられていたからで、近親者や知人を食べているかもしれない生き物をとって食べるなど、考えもおよばないというわけだ。

4月の魚

フランス語でエイプリルフールを4月の魚（ポワソン・ダヴリール）というが、この冗談は1564年にさかのぼる。シャルル9世が、それまで3月25日を元日としていた暦を変えて、1年が1月1日からはじまると決定した。そこで臣民は新年のしるしに贈り物をしあうことも、お年玉もなくなったので、慣習を続けるため、4月1日にいたずらをするようになった。魚のほうは？　鳥獣の肉を断つ四旬節の終わりごろだったからか、あるいは魚座の月だったからか、または魚の産卵期を保護するため、4月は漁が禁止されていたからか？　ほんとうのところはだれも知らない。

ラテン語piscisから

魚の帝国

中国は魚の養殖生産で世界一であるだけでなく、世界一の消費国であり、最大の輸出国でもある。輸出国として、タイとノルウェーがそれに続く。

オランダのことわざ

« Haring in't land, dikteraan de kant.»
「ニシンがあるところでは、医者は遠い」

どの季節にもその魚が

美味しく味わう旬は…

春：サバ、アジ、プタスタラ、クロジマナガダラ

夏：カタクチイワシ（アンチョビ）、イワシ（サーディン）、ビンナガ（ビンナガマグロ、ビンチョウマグロ）、ターボット（イシビラメ）

秋：ハドック（コダラまたはモンツキダラ）、ヒメジ

冬：スズキ、ドラード・グリーズ（タイ科メジナモドキ）、メルルーサ

一年中：ナメラビラメ、ポラック、シロイトダラ、エイ、マス

悪臭を放つ美味、くさや

日本語でまさに「臭い」という「くさや」は、日干しにした魚の干物である。この臭いが鼻をくすぐる名産品の材料としてムロアジとトビウオが使われる。太平洋の波しぶきのもと、首都東京から飛行機なら約１時間の南にある

伊豆諸島の新島と八丈島が、この強烈な味の食べ物で有名だ。内臓を抜いて洗い、魚の汁を発酵させたニョクマムのようなものに数時間漬けてから干した、臭くておいしい自然食品は、着色剤も保存料も使わないが長もちする。アルコールをたしなむ高齢者にお勧めだ。

『ヒラメ（ドイツ語Der Butt デア・ブット）』

「四旬節の王者」の異名もあるこの高貴な魚から着想を得て、1977年に、ノーベル文学賞作家ドイツのギュンター・グラス（1927-2015）は、このようなタイトルで小説を書いた。「漁師とその妻」をおおまかな土台として９つの生、９人の妻、９人の料理人の2000年にわたる料理を物語る。

鱒（ドイツ語Die Forelleディ・フォレレ）1817年、作品32の歌曲

オーストリアの作曲家フランツ・シューベルト（1797-1828）の作品で、透きとおって清らかな水のなかを泳ぐ魚を歌っている。オーストリアの山間部の街シュタイアーでこのリートを書き、

「矢のように泳ぎまわる気まぐれな鱒」を音楽にした。「小川の澄みきった水のなかで、鱒は楽しげに飛び跳ねる」

魚拓

魚の姿を直接紙や布に写しとるという、日本でよく行なわれている不思議なやり方がある。ギョタクの「ギョ」は魚、「タク」は押しつけて型をとることである。墨の黒と、写しとる紙や布の白さ、あるいは白っぽさが、この風変わりな手法の特徴となっている。これがはじまったのは、江戸後期、なみはずれて大きな鯛を釣ったことによるといわれている。藩主に送るため、その魚の美しさと魂がわかるようイメージがとらえられた。それ以降、日本の釣り人たちの、最高の獲物を記念する手段となった。これは芸術としては、マイナーで原始的で通俗的で、むしろ余暇の楽しみだ。これには短い詞書きや、釣った場所と獲物のサイズがそえられることが多い。

日本の命にかかわる毒（ポワゾン）をもつ魚（ポワソン）

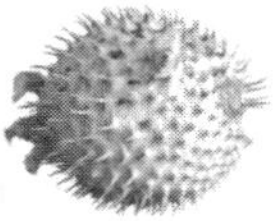

フランス語で、ポワソン・リュンヌ（月の魚）とかポワソン・グローブ（球体の魚）とよばれるフグは、日本の愛好者の無上の喜びである。フグには100ほどの種類があるが、そのうち有名なのがトラフグである。フグの肝臓、腸、生殖器官のなかには、デトロドトキシンという解毒剤のない毒が存在する。不幸にもさばき方が悪いと、中毒死の危険があるので、特別のフグ調理師資格をもった料理人のみが取り扱うことができる。卸売商には、素人の購入者のために魚をさばける人がいる。本州の端、山口県の港町下関には、世界最大のフグ市場がある。朝の３時から、仲買人や卸商が、沿岸で獲れた、あるいはおもに養殖池で育った何トンものフグを取引する。生け簀のなかで大事にされた後、多くはその場で処理され、その他は生きたまま国内の料亭などに送られ、そこで透きとおった薄切りの刺身になったり、鍋料理になったり、鰭酒（焼いたフグのヒレを熱い酒に入れたもの）になったりする。このごちそうは驚くほど値が張る。というのも日本では、危険なものは高価だからだ。

コイが象徴するもの

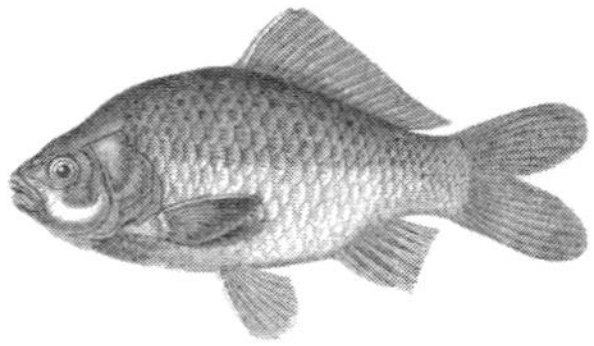

日本では、コイは愛と男らしさを象徴する。趣味の魚として観賞用に池のなかで飼われ、静かな庭園の雰囲気の一端を担っていることも多い。中国では、この淡水魚は命と多産を体現する。伝説によると、コイは障害をのりこえ、河川をさかのぼって、龍に変身するという。ベト

ナムでは、旧正月テトのとき、各家庭のかまどの神様が玉皇大帝［道教の最高神］に報告に行くため、コイにまたがって天に戻る。インドの伝統的医学アーユルヴェーダ（サンスクリット語で、「生命の科学」の意味）では、コイの胆汁が性的不能を治すという。といっても、ベンガルの料理人はこの肉づきのいい魚でふつうにカレーを作っている。そしてもちろんコイのファルシ（ゲフィルト・フィッシュ）も忘れてはならない。これは中央ヨーロッパのユダヤ教の伝統的なお祝いのメニューだが、彼らにとってもコイは豊かさの象徴なのである。

➽「右まわり」と「左まわり」

ヒラメやカレイのように平らな魚たちも、生まれたときはほかの魚と同様、目は両側についている。だが、成長するにつれて、一方の目が反対側へ移動する。シタビラメやモトマコガレイでは、左の目が右側へ移る、つまり「右まわり」、ターボット（イシビラメ）やナメラビラメでは右の目が左へ行く「左まわり」。

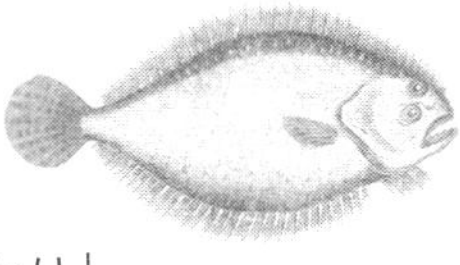

うなぎ

日本の今村昌平（1926-2006）監督のこの映画は、1997年カンヌ国際映画祭で、イランのアッバス・キアロスタミ（1940-2016）による「桜桃の味」とともに、パルム・ドールを受賞した。吉村昭のベストセラーが原作で、過去に犯罪を犯した男［妻の不倫現場を目撃して、怒りを抑えきれずに殺害してしまった］が、現在はウナギをペットとして飼いながら静かに暮らしている。空虚で不条理な生活のなかで、物語は魚の視線と女性の神秘のあいだをゆれうごく。

マグロ、外海の気ままな旅人

長距離スイマーで、ハイレベルのスポーツ選手のような体つきのマグロは、地球の3つの大洋を何千海里も泳ぎまわることができ、集団で漂流する。フェニキア人はこの魚を塩漬けや燻製にして食べていた。ギリシア人やローマ人も、ボスポラス海峡の入り口にあるビザンティウムの港にいたるまで、この魚が地中海にたくさんいたので、たらふく食べていた。ところで、通はトロという脂肪分が霜降りになった部分を好むが、これはとくに刺身にするとすばらしく美味である。その他の部分もタヒチではマリネにして、インドでは煮こんで、タイでは炒めて、そのほかアメリカ風、バスク風、メキシコ風、シチリア風、プロヴァンス風、トルコのブレク［詰めものをしたパイのようなもの］や中

国の鍋料理にも、マグロは世界中のあらゆる場所の料理に登場する。マグロ類には、キハダ（*Thunnus albacares*）、ビンナガ（*Thunnus alalunga*）やマグロの王様タイセイヨウクロマグロ（*Thunnus thynnus*）などがある。地中海において、タイセイヨウクロマグロは臆面もない乱獲のせいでいなくなってしまうところだった。現在は、漁獲量を制限するための割りあてが設定されて、消滅の危機からは救われているように見える。この魚は日本では特別に人気が高く、2013年、東京の魚市場で記録的な価格が出現した。222キロのクロマグロに、競りで1億5540万円、換算すると120万ユーロの値がついたのだ！

イワシ Sardine（サーディン）

冒険好きな魚群
（*SARDINA PILCHARDUS*）

その繊細でよい香りのする柔らかい肉質は、考えただけでもよだれが出る。新鮮なものは、こうした長所のため頭から尻尾まで丸かじりできる。イワシは環境や海流や、食料とするプランクトンの卵や幼虫の多寡に非常に敏感で、それに合わせて、大西洋、地中海、インド洋、太平洋を移動する。大旅行家であるが、単独行動はしない。群れになって、水をきらめかせながら、たえまなく動きまわる。初夏を迎える頃、イワシの大群は海岸に近づき、湾から湾へと食物を求めて移動する。スラリと優美な体に似あわず、大食漢なのだ。

サルデーニャのぴちぴちした魚

サーディンという名はラテン語のsardinaから来ているが、これはサルデーニャ島の名による。というのも、ローマの人々はこの島の沖でイワシを獲っていて、このほんとうに美味しい肉ぬきの食事には高名な信奉者たちがいた。「上等の肉に高い価値をおいていたわれらの良王アンリ4世は、新鮮なイワシをとくに好んでおられたようだ。プロテスタントを棄教してカトリックに改宗してからは、断食日のふだんの昼食にこれを召し上がった」とアレクサンドル・デュマが『大料理事典』のなかで報告している。

➽アドバイス
どんよりした生気のない目のものは避けること

目が生き生きと輝いて、腹部が硬く光沢があるのを選び、腹が裂けていたりふくらんだりしているものは避ける。エラに血がなくて、肉がしまっているのは新しい証拠である。

缶詰の女王

運搬自在な缶のなかで押しあいへしあいしてならんでいるイワシは、皆が運命をともにしているわけではない。どこのものやらわからない解凍もの、品格のないものもあれば、ブルターニュの工場産ではあっても、地中海周辺の国々あるいはポルトガルで獲れたものもある。銘柄ものは、ていねいに手で扱われ、連想をかきたてる名前で缶詰工場から出てくる。ベル＝イロワーズBelle-Îloise［美しき島女］、ムエット・ダルヴォルMouettes d'Arvor［アルヴォルのカモメ］、キブロネーズQuiberonnaise［キブロンの女］…。洗って頭と内臓を除き、塩漬けし、乾燥させ、揚げて、水をきって、缶詰にする、こうして缶詰になったイワシは、光のあたらないところで油に浸かっているので、時間がたつとより美味しくなる。かつては小さな樽で塩漬けにされたものだった。

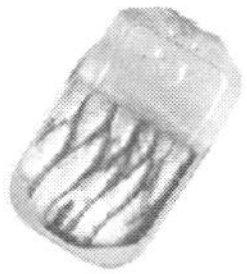

「大西洋と地中海がわれわれの官能に授けてくれる魚のなかで、美食家が新鮮なイワシほど高く評価するものはほかにはほとんどない。この愛すべき小さな魚は、海のズアオホオジロ［美味で名高い鳥で、手のかかった美味しい料理という意味にも使われる］というべきだろう。肉の繊細さとデリケートな風味は比べるものがない。海からとれたてのイワシを食べたことのない者は、この世における主要な天国の喜びの1つを味わったことのない者である」

ロラン・グリモ・ド・ラ・レニエール

『美食家年鑑』すばらしい食事をするためのガイド

Les puxisardinophilesピュクシサルディノフィル

この洗練されない単語の後ろには、イワシの缶詰の収集家が隠れている。製造年と缶詰工場にしたがって、この欲望の対象をほしがる人々だ。そして寿命の長いワインを保存している人が、ときどき瓶の向きを変えてやるように、彼らは缶のなかで油が均等にいきわたるように、大事な缶詰をときどきひっくり返してやる。ああイワシよ、われわれを缶詰めにしているのは君のほうだろう！

キャビア caviar

食卓の不死鳥

語源：キャビアという単語は、キャビアがドイツとイタリアを経由してロシアから輸入されたのにもかかわらず、トルコ語のチョウザメの卵を意味するハーヴィアkhâviarから来たといわれるイタリア語のキャヴィアーレcavialeによるとされている。だが、別の説では、タタール語あるいはペルシア語の、魚の卵を意味するハビアだろうとする。語源の謎はまだ解明されていない。

魅惑のチョウザメ

古代のギリシア人もローマ人もこの海の富を愛したが、中世には、コンスタンティノポリスの貴人たちの食卓だけでなく、ヴェネツィアの統領や教皇の食卓にも上った。フィリップ・ド・レミ（1210-65）の『ラ・マヌキーヌ（片手の女）』では、超能力をもったチョウザメが、その腹のなかに９年間ジョワという女主人公の手を隠していたのち、泉へもってくる［ある王が、死んだ妃にそっくりな女性と再婚すると誓うが、やっと見つけたその娘ジョワには片手がなかった］。プランタジネットの尊敬すべき代表、イングランド王エドワード２世（1284-1327）は、王令でチョウザメは王の魚であると宣言した。フランソワ・ラブレーとミゲル・ド・セルバンテスも、チョウザメを賞賛している。18世紀になると、移住してきた最初のロシア人たちに押されて、キャビアが徐々にフランスに入ってきて、19世紀には裕福な人々の舌を魅了した。アレクサンドル・デュマが、その著書『大料理事典』のなかで「アフロディテの喜び」と形容して、キャビアの認知と評価に貢献した。つい１世紀ほど前には、チョウザメはカスピ海にしかいなかったのではない。メスがジロンド川、ドナウ川、エルベ川にも産卵していた。

➽美食のアドバイス

傷みやすいので、いったん封を開けたら早く食べきること。キャビアは決して冷凍してはいけない。冷たくして、レモンをかけずに味わう。バターよりクリーム、シャンパンよりウォッカが合う。そしてとくに、銀の食器を使わないこと。この夢のような逸品の芳醇さをそこねることになりかねない。

アキテーヌとロンバルディアのキャビア

数十年にわたる河川の悲劇的な汚染と集中的な開発によって、天然のチョウザメはほぼいなくなり、いくつかの養殖場がこの高貴な生産物に希望をたくした。塩による伝統的な方法で、よく成熟した卵から念入りに作ったアキテーヌのキャビアは、平均的な粒の大きさで、色は黒灰色から金褐色である。養殖場で育てられたシベリアのチョウザメからとれたこのキャビアには、イタリアの北部にあるロンバルディア地方の、ブレシア市に近いカルヴィザーノという村にライバルがいて、そこでは毎年、5万匹のチョウザメが生まれている。これはロンバルディアの誇りである、というものここのキャビアは低温殺菌されない「フレッシュ・キャビア」であり、マロソル（ロシア語で薄味を意味し、塩分濃度5％以下）だからだ。イタリアは、キャビアの世界最大の輸出国である。

ロシアとイラン

両国は長いあいだ、どちらの国も接しているカスピ海のおかげで、政治や環境問題の点で危険があるにもかかわらず、世界の主要な生産国だった。ソヴィエト連邦の崩壊とイランの国際社会における外交的地位の失墜が、市場の激変をもたらした。1990年代初めの規制撤廃にあって、乱獲、不正取引、密貿易、模造品が、適正な供給を危険におとしいれた。その時期ロシアでは、旅行客がよくだまされたものだ。家に戻って開けてみると、楽しみにしていた缶づめの中身がタールだったりした。特別の店だけが、品質と素性を保証する。2006以降、アメリカに続いて、ヨーロッパでも天然キャビアの輸入が禁止された。それほどまでに、この古代魚の存在は危険にさらされている。

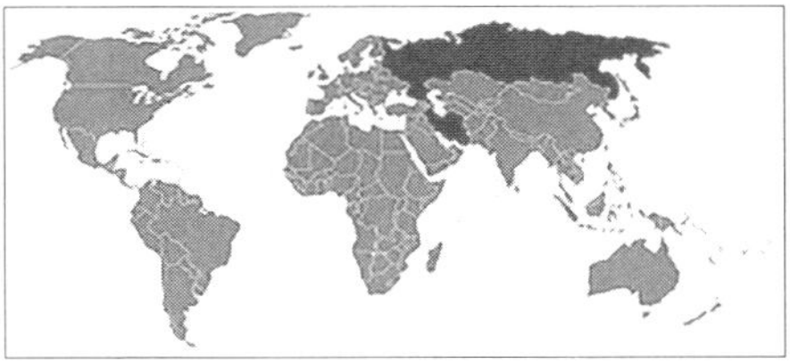

塩味の魚の卵

本物のキャビアのほか、フランス語で「赤いキャビア」は日本語でイクラ（サケの卵）、「地中海のキャビア」はガルガンチュアとパンダグリュエルが愛したアラブ原産のカラスミ（ボラの卵）のこと、またギリシアのタラマ、朝鮮発祥の日本の明太子（タラの卵）、マスの卵、さらにはトビウオの卵まで、さまざまな魚の卵がどこの国でも食習慣の違いにかかわ

らず、珍重されている。もっともよくみられるのは、ランプフィッシュ（ダンゴウオ）の卵（ランプフィッシュキャビア）である。

キャヴィアルデ［キャビアする］

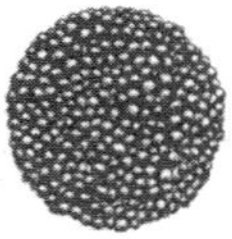

検閲にかける、とか黒くぬりつぶすことを意味する「キャビアを受ける」という言いまわしは、ツァーリの帝国から来ている。ニコライ１世の検閲が、秩序転覆のおそれがあると考えられた記述を、インクで黒くぬって読めないようにしたことから来ている。同様に「キャビア」を動詞化した「キャヴィアルデ」は、新聞業界の隠語的表現として、記事の一部を削除する、抹消する、あるいは制限すること。

どのキャビア？

チョウザメの卵であるこの漆黒の貴重なつぶつぶは、魚の種類によって３つにクラス分けされる。どれがほかより上等というわけではない。作り方（分離、洗浄、塩蔵）と消費者の好みによる。

ベルーガはカスピ海のもっとも大きいチョウザメからとる。大粒で、色は濃い灰色から明るい灰色まで、しっかりしてねっとりしているのが特徴。数が少ないため、もっとも高価である。

オセトラは、ベルーガより小さく、粒は中位で歯ごたえがあり、金色あるいは濃い褐色をしている、その繊細さとヘーゼルナッツの香りで通好みである。

セヴルーガは小粒で、灰色をしている、口に入れると独特の海の風味が広がる。

そのほかにキャビア・プレッセという、ずっと低価格で、熟しすぎたり形がくずれたりした３種のキャビアを混ぜたものもある。力強い味で、スクランブルエッグや料理のそえものとして申し分ない。

サケ Saumon（ソーモン）

良きにつけ悪しきにつけ

マグロと小エビに次いで、サケは世界中でもっとも商品化されている海産物の第３位である。天然のタイヘイヨウサケ属（*Oncorhynchus*）があるが、これはおもにアラスカ、日本、ロシアで捕獲されている。この呼称のもとに５つの種類がある。カラフトマス（ピンクサーモン）、日本で一般にサケとよんでいるケタ（シ

ロザケ、*keta*）、ギンザケ、ベニザケ、そしてもっとも味がよいとされているマスノスケ（英語でキングサーモンまたはチヌーク）である。

フラムール博士らが新しいモンスター、同種のものの２倍の速さで成長する遺伝子組み換えのサケを生んだにもかかわらず、養魚場で育てられたサケにふくまれる殺虫剤、寄生動物駆除剤、抗生物質を心配している消費者は、さらにはサケたちが大量に食べている肉骨粉のこともあって、天然のものを好む傾向にある。自由を奪われた同輩の３倍もオメガ３脂肪酸に富むということならなおさらだ。

しかしながら、天然の魚が、種類はなんであれ、まったく汚染されていないということはない。たとえば、水銀汚染がある。そしてヨーロッパで食べられているタイセイヨウサケ（*Salmo salar*、アトランティックサーモン）については、じつは大部分が養殖で、ノルウェー（69％）、スコットランド（20％）、アイルランド（６％）…そしてチリから来ている。世界第２位のサケ生産国チリは、太平洋側に海岸があるうえに、タイセイヨウサケも育てている！

ここにはべつにごまかしがあるわけではない。タイセイヨウサケとは種類を表すのであって、地理的な場所を表すのではないからだ。流通しているサケのなかで、天然のものは10％以下である。

プロレタリアの闘争

19世紀、天然のサケが大きな川にもふつうの川にもたくさんいたので、農場の雇い人やブルジョワ家庭の召使いたちは、契約のなかに「サケ」という条項を定めて、「厨房で新鮮なサケをもらえるのは週２、３回まで」と規定された。同じように、雇い主と従業員のあいだのとりきめに、［タラ目の淡水魚］カワメンタイが記されていることもあった。現代、高級魚となっているサケも、かつては名もない大衆魚で、もっとも貧しい人々に供されていた。サケは、今日フランスでもっともよく食べられている魚である。

バイキングの宝

淡水で生まれて淡水で死ぬ、この冷たい海の魚は、大昔から人間やクマの大好物だったが、苦労して母川に遡上する際、簡単に捕獲することができる。先史時代のかまどで、サケの骨が発見されている。ケルトの伝説でサケは、知識と普遍的学問のシンボルとされる。サケを最初に燻製にしたのはバイキングだった。石油に次いで、ノルウェーではサケの養殖がおもな財源となっていて、世界の取引の60％を占めている。それに続くのはチリである。スウェーデンでは、「海のソーセージ」との異名があるが、それほどにこの利益になるフィヨルドの間借り人は大衆化している。

アイルランドのことわざ

「鍋のなかの１尾のサケは川にいるサケ２尾に値する」

アイヌの重要な食料

日本の北の端、北海道には、生のサケを凍らせた「ルイベ」や、キャベツ、豆腐、タマネギ、春菊などを入れたサケの鍋物料理「石狩鍋」といった料理があって、アイヌ民族の食事文化をいまに伝えている。かつて、狩猟・採取をしていたこの先住民は、毎年、サケが太平洋とオホーツクの冷たい海から自分たちのところに戻ってくると、祭りをして祝った。100年近く前から、ジャガイモ、チーズ、乳製品、そして最高のカニも北海道の名産となっているが、サケはいまも重要な食材としてその地位を保っている。日本はこの回遊する魚の世界一の消費国であることも言っておこう。それに続くのはフランスだ。

フランス人の大好物

フランス人はドイツ人やイギリス人を抑えて、ヨーロッパでいちばんスモークサーモンを食べている。10人中９人以上が、お祝いやパーティーなどの食事で、お気に入りのこの食品をいつも口にしている。

お勧めの本

アン・ド＝ヒョン『鮭』［邦題：幸せのねむる川、藤田優里子訳］は、サケの一生を語る非凡な物語。著者は韓国の著名な詩人で、アジアに100万人以上の読者を獲得している。

「ぼくは鮭
前からずっとそうだけど、
いまわかった
だから言うよ

これはチャンスだ、ぼくにはそのことが
わかっている
鮭は子ども時代に川を上る、
愛するために
旅の終わりには愛がある
すごいことなんだ
ぼくはあの高いところから出発した
川の源、アリエ川の源から
ぼくはアリエ川の鮭なんだ
大きくて太っているのはアリエの鮭
アリエの鮭は気位が高い
大きい川に大きい鮭
小さな川に小さい鮭
ぼくの父と母が
オスの鮭とメスの鮭が
そこで婚礼のダンスを踊った
求愛の行動、大事な儀式
そしてぼくを置いた――卵のぼくを――
葉っぱでおおった巣のなかに
空気が通う、酸素がある、風通しのいい
産卵場の
ここがぼくの出身地
そして彼らは死んだ。その体が小さな雑
魚を育てるんだ
子どもの魚はみんな孤児
それを引き受けなきゃいけない。
ぼくは受け入れて喪の作業をする
アリエ川の鮭、闘う鮭だから」
フィリップ・アヴロン［1928-2010、フランスの俳優、作家］『ぼくは鮭』

サクランボ Cerise（スリーズ）

絵にも描かれた官能的な果実

原産はアジア

おそらくは中国を原産地として、多くのプラムの仲間たちと同様、サクラの木も極東では何世紀も前から栽培されていた。ヨーロッパでは、長いあいだ、野生の木にスミノミザクラあるいはセイヨウミザクラのような酸っぱいサクランボがなるだけだった。キリスト教の宗教画（イコノグラフ）、とりわけキリストの受難に用いられているこの天国の果実は、西欧においては中世の時代に栽培されはじめた。フランス国王シャルル５世（1338-80）が、パリの中心地にサクランボ畑を導入した。マレ地区のスリゼ（サクランボ畑）通りは、オテル・サン＝ポールの庭があったこの場所にかつてサクラの並木があったことを思い出させる。

伝説によると

古代ローマで美食家として名高かったルクルス将軍が、小アジアでのミトリダテス王に対する遠征の帰りに、このすばらしくデリケートな果実を発見させたという。新石器時代についての発掘調査によって、それとは別の真実がわかった。ヨーロッパで暮らしていた先史時代の人々は、野生のサクランボを知っていた。この果実が好きな渡り鳥が、食べたごちそうの種を消化しないままやってきたと考えれば、この果樹がヨーロッパに存在することを説明できるだろう。

日の光のように美しい

丸くて、なめらかな皮に、官能的な唇のようなルビーの赤で、サクランボは大人も子どもも夢中にさせる。美味しそうで果汁たっぷりなサクランボは——それがこの果物の大きな長所であるが——夏の太陽の下であれほどに求められるさわやかさをあたえてくれる。甘いのも酸っぱいのも、その果肉は料理やケーキや糖菓によく使われる。だがとくに、サクランボは水に通しただけでそのまま食べるのが美味しい。フランソワ・ブーシェ（1703-70）の「サクランボを摘む人のいる風景」、あるいはポール・セザンヌ（1839-1906）の「サクランボと桃のある静物画」にみられるように、サクランボはまた、画家にとってもインスピレーションの泉である。

学名：*Prunus cerasus* バラ科

語源：口語（俗）ラテン語のcerisia、古典ラテン語cerisus、ギリシア語のcerasosから。この名前は、Cérasonte［Kerasosケラスス、現在のギスレン］というトルコにある町からきているといわれるが、栽培された最初のサクラの木がイタリアに入ったのがこの町からだったからだという。

Avoir la cerise

俗語で、「サクランボをもっている」というと、運がないことである。今日この言いまわしは忘れられて、ギーニュ guigneに道をゆずった。ギーニュというのは小粒で甘いサクランボの一種だが、今日では不運の同義語となっていて、「なんてこった（quelle guigne）!」などというときに使われる。

ケーキの上にサクランボ！さらによいことには、

サクランボは糖分に富み（14%）、イチゴの２倍の水分とビタミンＡとＢ、無機塩、とくにカリウムが多いうえに、満腹感をよび起こすので、ダイエットに適しているともいえる。

侍の心

春の魔法と自然の目覚めに敏感な日本の人々は、9世紀［平安時代］頃からサクラの開花に情熱をささげてきた。彼らにとって、まだ冬の雰囲気が残る風景のなかに、ピンクと白の花が一斉に咲きはじめるのを見るのは、まったくの喜びなのだ。そのつかのまに消える木のよそおいは、日本の心を象徴する。サクラの花のはかなさは、仏教的伝統における存在の無常観の表現である。人生はつかのまであり、花の命はあまりに短く、色あせる前に散っていく。サクラの花は、若い盛りの栄光の頂にあるときに潔く消えていく、侍精神の象徴でもある。このようなサクラの花の季節に、人々は貴族階級がはじめた伝統的な楽しみとして、花見（文字どおり花を見に行く）をする。これは家族で、友人たちと、仕事場の仲間といっしょに戸外で弁当を広げて、ピクニックを楽しむよい機会でもある。

中国医療の効果

中国の伝統医学は、サクランボをリューマチ、腰痛、手足の麻痺に勧める。

恋とパリ・コミューンのシャンソン

サクランボの実る頃（シャンソンの抜粋）

「サクランボの実る頃になれば
陽気なウグイスもモノマネツグミも
みなお祭りのよう
きれいな娘たちは浮かれ
恋するものの胸にも希望があふれる
サクランボの実る頃
ツグミの声は一段と高く
けれど夢見ながら2人で摘みに行く
サクランボの季節は短い
イヤリングのように
そろいの服の恋のサクランボは
血の雫となって葉の下に落ちる（…）」
ジャン＝バティスト・クレマン（1836-1903）［クレマンは1871年3月18日から5月28日にパリ・コミューンに参加。同じ季節を歌っているが、このシャンソンは1866年作］

イギリス海峡の両側

甘いものや甘くないもの、サクランボには100以上の品種がある。ビガロー、ビュルラ、クール・ド・ピジョンやその他のギーニュは甘いサクランボのグループに属し、消費の90％を占め、ムリーズ（セイヨウミザクラ）やサクラの木からとれる。しかし、グリオットやモンモランシーなどの酸っぱいグループのサクランボもある。そしてスリーズ・アングレーズやスリーズ・ロワイヤルのように、小粒で少し酸っぱいサクランボはとくにブランデー漬けにされる。サクランボをベースにした名高いリキュールやアルコール飲料に、アルザスのキルシュ、アンジューのギニョレ、プロヴァンスのラタフィアなどがあるが、とくに忘れてならないのは、イギリスのチェリーブランデーである。

「紫禁城においては、果物と菓子を出されるともうじき退去する合図だった。(…) サクランボは一年で最初に見る果物だった。それは今日市場で売られているものには似ていない。もっと大きくて、熟したプラムのように紫色をしていて軸がなく、丸くて、近くで見ると羽毛に包まれていた。酸味が強く、種が大きくて身が少ないので、見た目はとても美しいが、実際には美味しくなかった。わたしたちはそれを山のエンドウ豆ともよんだ」

Jin Yi『紫禁城のある女官の回想』
［*Mémoires d'une dame de cour dans la Cité Interdite*, 1992年］

桜の園（ヴィシュニョーヴィーサード）、アントン・チェーホフ（1860-1904）

ロシアの劇作家は、この遺言的な作品［初演の年に死没］の中心に、幸福な過去と悲劇的な思い出に満ちた、魔法にかかったような果樹園を置いた。日本のサクラの花の象徴と同様に、「精神科医」であったチェーホフは、「すべてのものにこの世での終わりがある」ことを意識していて、この4幕の劇に、人間ももの状況も永続することはないという思いをこめ、サクランボの果樹園が売却され、最初の斧の音がサクラの木の伐採のはじまりを告げるまでを描いている。

サフラン Safran

クロッカスの仲間の花からできる香辛料

学名：*Crocus sativus* アヤメ科

ドイツ語safran（ザフラン）、英語saffron（サフラン）、イタリア語zafferano（ザッフェラーノ）、スペイン語azafrán（アサフラン）、ヒンディー語kesar（ケーサル）

語源：黄色を意味するassfarから派生したアラビア語のzahafaranに由来する中世ラテン語のsafranumから。

古代と伝説

古代の学者たちに「花々の女王」と称された、この起源がたどれないほど古くからある植物は、カシミール地方に4000年以上前から存在する。ファラオの医者はこれを薬として使った。紀元前1600年頃のエーベルス・パピルス［古代エジプト医学について記した最古で最重要なもので、19世紀になってドイツの学者エーベルスが購入したためこうよばれる］が、それを証言している。クレオパトラは肌を美しく保つために使い、愛人たちを魅了するための練香、有名なキフィーの原料にもした。アレクサンドロス大王は、インダス川を越えて遠く東方への遠征の際、サフランに魅惑されるとともにおそれたといわれている。伝説によると、宿営地内で、花が突然に一晩で開いたことで、征服者の勢いは削がれた。マケドニアの王は、魔力をみたように思って、この自然の至宝の前に道を引き返したのだ。大プリニウスは「サフランはトロイ戦争のとき、すでに一目置かれていた」と明記し、詩人ホメロスがこの花を称賛した、とつけくわえている。著書『博物学』の数ページ先で、博物学者で作家の彼は、「前もってサフランを摂取しておけば、酔いの重苦しさを感じないで、酩酊することもないだろう」と請けあっている。ギリシア人やローマ人は、この植物を料理だけでなく、染色や芳香剤として使った。これを焚いて、神殿を清めたりもした。伝説では、皇帝ネロが通るとき、ローマの道をサフランのエッセンスで香らせたという。もっとずっと後、インドでもムガール帝国皇帝たちがその宮殿をサフランの芳香で満たした。ペルシア人、ムーア人、クレタ人のおかげで、サフランの栽培はヨーロッパに広がった。

はかなげな花は知恵と富のシンボル

　1グラムのサフランをとるのに、200個の花が必要だ［同属の観賞用のクロッカスは本種と区別してハナサフランともよばれる］。花は手で摘まれ、香りと染色作用のある貴重なめしべの柱頭を集めるのだが、これは「貧乏人の金」とよばれることもある。ある地方の農民にとっては、ただこれだけが収入源になりうるものだからだ。この芳香のするオレンジがかった赤い繊維であるサフランは、世界一高価なスパイスである。キャビアよりも高い。

神話的な出現

　ゼウスの息子で、商人の神であるヘルメスには、若くて美しい遊び仲間がいた。円盤投げをしているとき、この友人が致命傷を負った。彼の血が地面に落ちるとクロッカスの花が生まれた。こうしてギリシアの神々の領分であるオリンポス山に、この神々しい花が誕生した。

なんという(quelle)

サラダ！ salade!

［quelle saladeはまぜこぜ、支離滅裂の意味、フランス語でサラッドはサラダ用葉野菜一般をいう］

キク科ほか

語源：プロヴァンス語のsaladaから。イタリア語のinsalataからの借用で、salage（塩をかける、塩漬けにする）を思わせる。

「やさいを食べればやまいにならず」

　ガロ・ロマン人はすでに野菜畑で、チコリ、クレソン、レタス、ルッコラ（フランス語でロケット、和名キバナスズシロ）、マーシュ（ノヂシャ）など、何種類かのサラダ用の葉野菜を栽培していた。今日ではナントの特産であるマーシュは、以前サルデーニャやシチリアのものだったようだ。サラダは、苦味のあるもの、軟らかいもの、緑色、赤、黄色、白、紫色の葉野菜をさすのと同時に、野菜や葉野菜、ハーブなどを一般的に生で塩と油と酢で味つけした料理のこともさす。したがって緑色でないグリーンサラダもあるし、サラダボールに入れられるものなら、果物でもなんでもかまわない。ロシア風サラダ、ニース風サラダ、それにもちろんマセドワーヌ［マケドニア風］やリヨン風もあり、この最後のものなどは、野菜というより羊の脚や、鶏のレバー、固ゆで卵、ニシンなどが入っている。ところで、フランス語の「サラディエ」は、サラダボールのことを意味するより前の17世紀まで、香草を売る商人のことだった。

「サラダ
アマディス・ジャマンへ
君の手を洗え、白くて、達者で、清潔な手を
ナプキンをもってついてこい
サラダ菜を摘みに行こう。季節の収穫を
われわれの年齢にも見せてやろう（…）」
ピエール・ド・ロンサール『第２詩集』

悪魔よ、去れ

ローマの詩人オウィディウス（前43−後17）によると、ルッコラは「好色な」植物で、中世においては、ずっと修道院の野菜畑の、好ましからざる葉野菜だったほどだ。ビンゲンの聖ヒルデガルトは、「愛の戯れへの欲望をそそる」本性があるとして、このピリッとするサラダ菜を修道女たちに禁じていた。反対に、ピタゴラス主義者たちに言わせると、レタスは、男性の欲望をきっぱりと失わせる「去勢の植物」だ。リビドーを殺すレタスには2000近くの品種がある。同じ仲間でもパリパリした歯ごたえがありながら硬すぎないローメイン、軟らかいバタビア（チシャ）、金色や緑や赤、色とりどりの葉もの野菜がある。

雑草スカンポ［栽培種はオゼイユ、和名スイバ］

この食用になる濃い緑のツヤツヤした葉の草は、古代から料理に使われ、酸味のあるややピリッとした味が好まれてきた。長いあいだ、とくに古代エジプトで、消化を助けるということで野生の状態で採取されていたが、中世から畑で育てられるようになった。フランスにおいては、中世の食卓の上席を占めた。その頃は、ソースに、詰めものに、ポタージュに、スカンポの酸っぱくて甘い風味をそえるのが流行だったのだ。スカンポはとってきたら、かならず新鮮なうちに食べなければならない。時間がたつと、危険な有害物質を発生させるからだ。

La mâche マーシュ［和名：ノヂシャ（スイカズラ科）］

葉は厚みがあってビロードのように軟らかい。この小さな植物はヨーロッパやアジアで自生している。古代から草食動物と同様に、人間も楽しませてきた。この「子羊のレタス」を詩人たちは、「ドゥーセット」「ブランシェット」「ガリネット」「クレレット」「シャモワーヌの草」などとよんだ。ロンサールも、この「生い茂ったノヂシャ」をたたえて歌った。冬の葉野菜は18世紀から栽培されはじめ、品種の改良のおかげでナポレオン３世の第二帝政の頃には食卓で確固たる地位を獲得した。

サラダの規範

「サラダは、イタリア料理のなかで、もっとも重んじられている特別な料理だ。ミント、マヨナラ、チャービル、レタス、クレソン、キクヂシャ（チコリ）のようなあらゆる種類のハーブを入れて、油と酢と塩で巧みに調味する。この調理には技が求められるが、それは『レッジェ・インサラーテスカ』、サラダの規範とよばれ、当時の料理本はどれも非常に重く扱っている」

クリスティアン・クーロン

『モンテーニュの食卓』

セイヨウタンポポ
pissenlit（ピッセンリ）

この名前はおそらく、利尿作用があるという特性からだろう。タンポポ、フランス語でピッセンリはかつてピス＝アン＝リ（ベッドでもらす）と書いた。一般に、ライオンの歯（ダンディライオン）、偽チコリ、犬のレタス、モグラのサラダなどともよばれる。野菜畑にはびこる雑草だが、これは庭師も歓迎するし、牧草地のロバたちだって喜んで食べる。文学では、ヴィクトール・ユゴー（1802-85）が『レ・ミゼラブル』のなかに書いて、タンポポの名を高めた。「死んでいるということは、タンポポを根のほうから食べることをいう」

チコリ（キクヂシャ）La chicorée

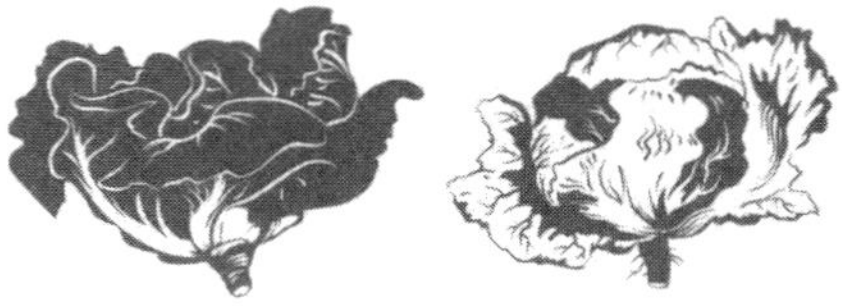

ギリシア人は、チコリの薬効を評価していた。ローマ人はチコリを「肝臓の友」とよんだほど、穏やかな苦味が胆嚢の働きを刺激し、消化を助けると考えられていた。アンディーヴ、スカロール、フリゼは、野生のチコリの子孫である苦味のあるサラダ用葉菜類の仲間である。その味とはっきりした性質で、トレヴィス

と、チコリの名をとどめるレッドチコリは、イタリアのヴェローナ産の赤チコリや、ヴェネツィア県のキオッジャ産の赤チコリとならんで、サラダのスター的存在である。それとは別に、コーヒーが西洋に伝わって以来、代用として根を乾燥・焙煎して黒い飲み物を抽出するために、チコリが栽培されたこともある。

白いブリュッセル野菜の行程

アンディーヴは、北方ベルギーで野生のチコリから生まれた。その地ではchiconシコンともよばれている。陽光を好まず、日陰で育つので、あの青ざめた美しい白さを保つのだ。ベルギーでの、フランドル語の名前witloofは「白い葉」という意味である。最初はブリュッセルのチコリの株とよばれたアンディーヴは、ベルギー園芸協会の会長だった園芸家フランシスカス・ブレジエの実験から生まれた。1850年彼は、ブリュッセルの植物園で、野生のチコリの根もとに土をしっかりかぶせて、冬のあいだ貯蔵庫で保管してみようと思いついたのだった。

［日本や英語圏では一般に、チコリをエンダイブ、アンディーヴをチコリとよぶ］

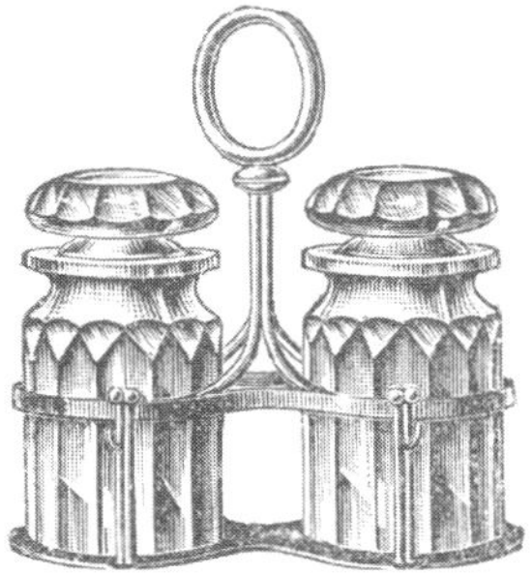

塩 Sel（セル）

「海があたえてくれたきらめき」

塩で支払う

ヘブライ、ラテン、キリスト教の伝統において、塩は清めを意味する。聖書解釈学では、知恵を表す。塩は悪から守る。エクソシスト（祓魔師）は悪魔や悪霊と闘うのに塩を用いる。イエス・キリストにとって、使徒たちは「地の塩」だ。古代ローマにおいて、レギオンの兵士たちに給与を支払うのに、一部塩が使われた。ラテン語でいうSalariumのことで、そこにフランス語salaire（サレール［サラリー］）の語源があるが、もともとは、兵士の給与としての「塩の割りあて分」、そして塩を買うために金で支払われる給与、の意味だった。プルタルコスのいうもっとも高貴な食物である塩は、貴重な結晶としてつねに渇望の的だった。ローマ人によるガリア征服もそのことと無関係ではない。中世には、錬金術師たちが、この食べ物を「地球の海が蒸発によってあたえくれた火（輝き）だと考えた」

色あざやかな粒

一般に、台所や食卓で使う塩は、精製された白か泥や有機物が混ざった灰色である。だが旅に出て、「他人の味」［goût des autresは映画の題名、同名のレストランチェーンもあり］を探せば、食料品店でヒマラヤのピンクソルトとブラックソルト、ハワイのブラックソルト、レッドソルト、キプロスのネロという黒い塩、ペルシアのブルーソルトなど、新しい発見があるだろう。

ドイツ語Salz（ザルツ）、英語salt（ソールト）、スペイン語sal（サル）、イタリア語sale（サーレ）、オランダ語zout（ザウト）、日本語では塩

塩に支えられた暮らし

シカ、ヤギ、ウシなどの草食動物もこの無臭の調味料が好きだ。われわれが食べている塩は、おもに塩田の水が蒸発してできた海塩である。大昔の海の塩の化石である岩塩もあって、なかでもたとえばヒマラヤの塩の鉱脈など、評価が高い。19世紀まで、塩化ナトリウム、つまり塩は、食料を保存するのにもっとも重要な役割を果たしていた。これがなかったら、農場での食肉の塩漬け、船倉での魚の塩漬けはできなかった。この海と太陽と風の産物なしでは、ニューファンドランド沖でのタラの捕獲は考えにくかった。塩がなかったら、スイスのグリソン乾燥肉も、イタリア、ロンバルディア州の渓谷産の生ハム、ブレザオラも、アルザスの塩漬け肉ピッケルフライシュも、トルコ原産で、ユダヤ人によって中央ヨーロッパからアメリカにまで広まったパストラミ［塩水に漬けてから香辛料で調味した牛肉や鶏肉などの燻製］も、存在しなかっただろう。

語源：ラテン語のsalからで、ソーセージ、サラミ、サラダなども同じ語源をもつ。塩味のきいた食べ物、塩漬けした肉、塩で味つけした料理などを意味する。

豆知識

海水を蒸発させて得られる粗塩（グロ・セル）が、塩業のおもな生産物である。これは、野菜をゆでるとき、ポ・ト・フー、魚などを少量の水でゆでる、あるいは煮るとき、または塩をかぶせて焼くときなどに理想的だ。

細かい塩（セル・ファン）は、食卓塩あるいはキッチンソルトともよばれ、粗塩を乾燥させてくだいたもの［日本とやや分け方が異なる］。

塩の花（フルール・ド・セル）は極上品で、結晶の細かさと白さ、ヘーゼルナッツのような風味と軽いスミレの香りで、ほかとは一線を画す。塩の花は、風のそよぎの下で、天日塩田の表面に形成されるもので、採集は真夏に行なわれるが、細心な手際のよさが必要だ。ルースとよばれる特別の道具を使ってかき集められる。

映画「地の塩」

ヴィム・ヴェンダースとジュリアーノ・リベイロ・サルガドが制作したドキュメンタリー映画は、ブラジル人写真家セバスチャン・サルガドの世界をめぐる旅を追っている。飢餓、紛争、悲惨に直面した素朴な生活の状況について、そして切り返しショットとして虐待された自然と、それでもなお非常に美しい大地についての、証言の旅である。

塩の道

西地中海のフェニキアの商人は、このどうしても必要な食物を売るためにバルティック海の岸まで行っていた。野営の隊商、ベドウィン人は兄弟の絆のしるしに、塩をそえたひと切れの種なしパンを分けあって「塩の契り」を行なった。ザルツブルク（塩の町）は周辺の塩鉱で採取された「白い黄金」の取引からその名、富、威光を得ている。塩鉱は鉄器時代にすでに、最初の採取者ケルト人によって開発されていた。ヴォルフガング・アマデウス・モーツァルトを生む町に大司教たちが来るよりずっと前のことである。

日本で

相撲は日本の神話に深く根を下ろす儀式的な意味あいもある闘技であり、それが行なわれる際、力士たちは対決の前に所定の動作をする。神道（自然の力を崇拝する日本独自の宗教）の領域に入る前にある一定の礼式をするのだ。力をあたえてくれる水で口をすすぐ。それから、神々の注意を喚起するために手をうち鳴らし、手のひらを天に向けて開いてなんの武器も隠していないことを示す、それから一方の足を上げて、魔物を立ちさ

らせるために、それを力強く下ろす。そして、ひとにぎりの塩を、土俵とよばれる戦いの場所である聖域に向けて投げる。この清めの塩は、地面に住み着いている邪悪な力を追いはらう。けがをした場合の殺菌の効果もあるという。それからやっと巨人たちの格闘がはじまる。

ベトナムの調味料

非常に個性の強い琥珀色の調味料ヌクマムは旨味のある発酵させた魚の汁で、塩のかわりに使われ、タンパク質も豊富である。ホーおじさんの国と同様、東南アジアのほかの国々にも多くのバリエーションが存在する。北部ではそのままで、南部ではライムのしぼり汁、甘みをつけた水、ニンニク、トウガラシ、細くきざんだショウガをくわえて、ヌクマムは大部分のベトナム料理に味をつけている。春巻、米粉の餅菓子、牛肉のスープ、スペアリブ…。古代ローマで愛され、評判が高かった調味料ガラム（塩漬けし発酵させた魚の内臓をベースに、マスタードの粒、ローリエ、キノコなどをくわえる）に似ている。ヌクマムはベトナム各地で作られている。もっとも有名なのは、カンボジアとの国境に近いベトナム南部、タイランド湾のなかにある、フーコック島産のものだ。そこでは家族総出でヌクマムを手作りしている。海塩で作った高濃度の漬け汁に、カタクチイワシ（アンチョビ）を大量につめこむのだが、日なたで何か月も漬ける（4か月から12か月）ため、あの強い臭いが発生する。

塩田の労働者はソーニエsaunierかパリュディエpaludierか？

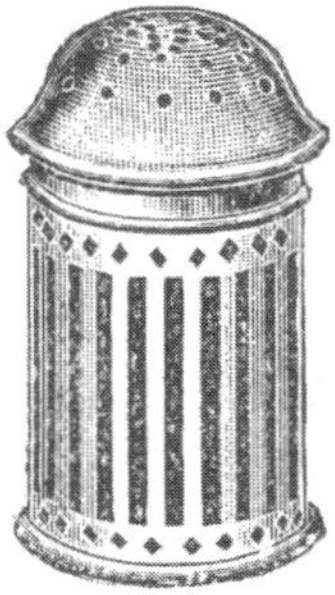

どちらも塩田を利用して働く人々をさすが、前者はロワール川の南で使われる言葉で、ラテン語で「製塩所にかかわる」という意味のsalinariusに由来し、塩の商人をさす。後者は、ゲランド地方（ロワール＝アトランティック）で使われる言葉で、ラテン語の沼地を意味するpalusに由来する。したがってpaludierが、塩をふくんだ沼地、つまり塩田で働く人、ということになる。

塩税（ガベル）

塩に課税していたローマ帝国や中国の施政者にならって、アンシャンレジームは、1341年からガベルという塩の売り上げに対する間接税を創設し、地方間の公平な供給を統制するため、国家による専売制をとった。この税制は国民の支持を得られなかったが、革命のときまで廃止されなかった。ガベルを徴収し密売人を摘発する塩税吏はガブルーとよばれたが、この言葉は税関吏を示すのに使われることもある。

インド解放への「塩の行進」

ガンジー（1867-1948）は、大英帝国からインドを解放するため、非暴力と市民的不服従運動を訴えた。とくにイギリスの塩の専売制度への抵抗を示すため、1930年3月12日、彼は長い「塩の行進」を開始する。マハトマ（「偉大なる魂」の意味）は、80人近い支持者たちをともなって、300キロ以上を歩いてインド洋に面したグジャラートの西海岸に到着したとき、海に足をふみいれ、両手で少量の塩をすくいとった。この象徴的かつ政治的行為によって、同胞に対し、国の専売に違反するよう、つまり塩税を払わないようよびかけた。彼はこうして植民地の権限［塩をみずから作る権利］を明確にした。インド亜大陸すべてにおいて、民衆はこれにならった。ガンジーほか多数が投獄されたが、むだだった。自分たちで塩を集めることによって、インドの人々は、1947年8月15日に実現される独立に向けて最初の1歩をふみだしたのだった。

シチメンチョウ

Dinde（ダンド）

出身はインド？　それともアメリカ？

学名：*Meleagris gallopava* キジ科

メキシコのコッコ

1518年、メキシコを征服したスペイン人エルナン・コルテス（1485-1547）はテノチティトラン（現在のメキシコシティー）の市場で「クジャクのように大きい鶏」を発見した。彼の前にクリストファー・コロンブスが、おそらく1502年にホンジュラスに上陸した際見ていたと思われるとはいえ、ヨーロッパでは、北アメリカのキジ科のこの鳥は知られていなかった。アステカ人たちは、トトリンとよんで何世紀も前から飼育し、カカオのソースで調理したり、mole poblano de guajolote（モレ・ポブラーノ・デ・グアホローテ：シ

チメンチョウのプエブラ風煮こみ、メキシコ伝統料理）というスパイスや薬味を主成分とする煮こみにしてトウモロコシのパンとともに食べたりしていた。コンキスタドールたちは、この家禽を「プール・ダンド（インドの雌鶏）」あるいは「コック・ダンド（インドの雄鶏）」とよんだ。この土地をインドだと信じていたからだ。そこからダンドという耳に心地よい名前が生まれた。

北アメリカでは、先住民たちが肉を食べるだけでなく、矢を作るのに使う羽をとるためにもシチメンチョウを追い求めた。シチメンチョウは大洋を超えて飛ばないが、カラベル船に乗ってスペインに上陸し、大々的に飼育をしたイエズス会のおかげで旧大陸を征服した。トルコを通って不思議な迂回をしたため、英語ではturkeyターキー、セルビア＝クロアチア語ではtchourkaチュルスカといい、一方、トルコではhindiヒンディー、またシチメンチョウがペルーから来たとされるポルトガルではペルーという。フランスへ公式に入ったのは、1570年に、シャルル９世とオーストリアのエリザベートとのメジエールにおける結婚式でフランス王の食卓に上ったときである、と主張する人々がいる。ほかの見解では、もっとずっと前の1549年に、王太后カトリーヌ・ド・メディシスのパリの祝宴で、「東インド」のトリがハクチョウ、ツル、クジャクとともに、会食者に供されたと主張する。シノン生まれの学識ある修道士で、医者で、人文主義者でもあったフランソワ・ラブレー（1486-1553）が、1548年に出版された『ガルガンチュア』の第２版のなかですでに「プール・ダンド」に言及している。料理の歴史家たちは、きっとこの解けない謎にかんして、シチメンチョウの詰めもの（喜劇のまぬけ役）なのだろう。

17世紀になると、シチメンチョウはとくにオランダ、スペイン、ドイツ、ヴェネツィアで地歩を固める。アメリカのトリ、シチメンチョウは数々の祝宴をへて、最初イギリスで、続いて大陸で、クリスマス用のガチョウにとって代わった。クリまたはトリュフ入りフォアグラの詰めものをしたシチメンチョウは、年末の祝いの食事の象徴的な料理となっている。アフリカ原産で、古代からカルタゴ征服後のローマ人によって調理されていた、ホロホロチョウと混同しないこと。こちらは、のちにポルトガル人によってヨーロッパに再導入されることになる。

「シチメンチョウは不合理なトリだ。１人分にはたぶん多すぎるが、２人分としては十分でない」
ヴィクトール・ユゴー

Le Dindonシチメンチョウ(だまされやすい男)

バーレスクの巨匠ジョルジュ・フェドー(1862-1921)によるこのどんでん返しの喜劇は非常識、うそ、取違えにたくさんの分け前をあたえている。そして過激な不倫劇の最後に、この夫婦喜劇におけるダンドン(まぬけ)はだれかがわかるのだ。

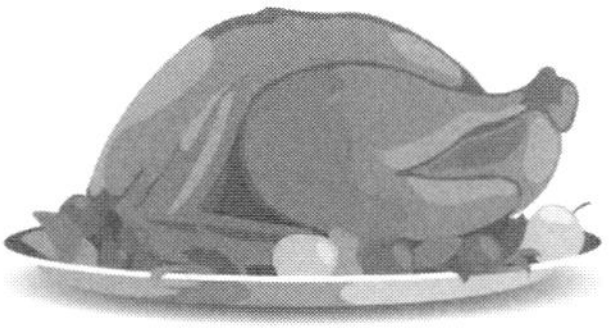

アメリカ先住民にとって

北アメリカのプレーリーからカナダの広い地域まで、先住民の人々は、雄のシチメンチョウが象徴的に男性の力を表し、雌のシチメンチョウは母体の多産をあらわすと考えているという。

「シチメンチョウは、新世界が旧世界にくれた、まちがいなくもっともよい贈り物の1つである」

アンテルム・ブリア=サヴァラン

『味覚の生理学』

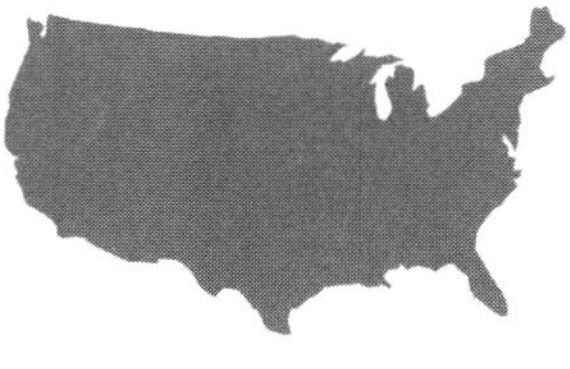

感謝祭

アメリカは、11月の最後の木曜日を感謝祭として祝う。この日付は1863年にアブラハム・リンカーン大統領によって定められたが、1620年にピルグリムファーザーがニューイングランドのプリマスに到着したことを記念している。最初のおそるべき冬を迎えたとき、食物不足のため彼らの半分が命を落とした。助かった人々に、イロコイ族が狩猟をすること、魚をとること、土地のものを栽培することを教えた。これがなければ彼らは生きのびることができなかっただろう。入植者たちは、このように知識を伝えてくれたことをイロコイ族に感謝し、彼らを招いて食事をともにする。部族の人々がそのとき、贈り物として野生のシチメンチョウをもってきた。それ以来シチメンチョウは感謝祭の定番となり、今日では詰めものをしたものが、一般にジャガイモかサツマイモのマッシュ、クランベリーソースをそえて出され、デザートにはパンプキン(シトルイユ)パイが続く。

シナモン Cannelle（カンネル）

月桂樹の仲間の樹皮

学名：*Cinnamomum zeylanicum* または *Cinnamomum casia* クスノキ科

ドイツ語Zimt（ツィムト）、英語cinnamon（シナモン）、スペイン語canela（カネラ）、ロシア語koritza（コリツァ）、ヒンディー語dal chini（ダルチーニ）

語源：小さな管を意味するイタリア語のcannello［シナモンはcannella（カンネッラ）］から

軽く収斂性があるシナモン（ニッケイ）の樹皮は、とくにカレー、パン・デピス［スパイスのパンという意味でハチミツ、香辛料、砂糖漬けの果物などを入れる］やケチャップに用いられるほか、ヴェネツィアのリゾットの味を引き立て、アジアではおもに塩味の調理に使われる。シナモンはスイスやドイツでホットワインに香りをそえ、スペインのサングリア、その他紅茶やコーヒーなどにもあちこちで入れられる。数多くのデザートの材料として、またシンプルにリンゴやナチュラルヨーグルトとよく合う。だが、広くどこにでもみられるようになる前、シナモンは貴重で、渇望の対象だった。

「シナモンが地面のあちこちにちらばっている。発展途上国にいることを思わずにはいられない。ここでは香辛料もお茶もコーヒーもそのほかのものも、すべて同じやり方で扱われている。衛生0点。ほとんどの農園で、シナモンのスティックを、使い古しの麻袋に入れて運んでいる。セイロンニッケイの枝を切るときと、シナモンの粉が食料になるときとで、プロセスに違いがない」
ニコール＝リーズ・ベルンエイム
『シナモンの色、セイロンのシナモン農園』
［2002年、著者はフランスのジャーナリスト］

レシピ

オー・ド・カンネル

割合：蒸留酒２リットル、水1/4リットル、レモンの皮、甘草の根15g、砂糖500gを水１リットルに溶かしたもの、シナモン30g

「上質のシナモンを水と蒸留酒に、レモンの皮と甘草の根とともに1週間浸しておく。それを少しずつ滴らせるようにして砂糖水と混ぜて、こす」
アレクサンドル・デュマ『大料理事典』

古代の利用法

紀元前3000年頃、シナモンはすでにシルクロードを通って取引されていた。モーセは塗油にシナモンをくわえた。エジプト人は、遺体を防腐保存するためだけでなく、香辛料や医薬品としても使っていた。ギリシア人ヘロドトスは、歴史の父と考えられているが、著書のなかでこの香辛料に言及している。ローマでは、皇帝ネロが皇后ポッパエアの死に際して、死者の身分が高いことを貴族や平民に示すために、大量のシナモンの樹皮を焼いて荼毘に付した。皇帝が行なったこの貴重な品の備蓄の破壊に、錯乱におちいって自身の妃を殺害してしまったことの後悔を見る見解もある。フェニキア人は、地中海地域ではじめてこの「神への供物」の売買をした。

セイロンのシナモン、中国のシナモン

シナモムまたはシンナムは、セイロンニッケイ（*Cinnamomum zeylanicum*）、今日のスリランカのシナモンを意味し、その甘い香りから、最高のシナモンと考えられている。それはインド、ジャワ島、マダガスカルにも生育する。ポルトガル人が16世紀にセイロンを植民地化したのは、このシナモンがあるからだった。というのも、それ以前アラビアの商人たちは彼らがどこで調達しているかを秘密にしていて、もっぱらヴェネツィア人としか取引をしなかったからだ。17世紀の中頃、オランダがポルトガルに代わり、取引を統制した、シナモンの取引はそれほど利益が大きく、許可なくこれを売れば絞首刑だった！　専売権が東インド会社に、なんと1833年まであったのだ！　甘い木の香りがするシナモンのスティックは、体の機能を活発にし、ものが腐敗するのを防ぐ効果のほか、催淫性があるといわれる。紀元前2500年より前から、賢いインドの人々は、高ぶった神経をやわらげるために、これを煎じて飲んでいた。混合香辛料ガラムマサラにも入っている。もっと驚くのは、ニッケイの葉が、多くはとろ火で煮こむような伝統的な調理法にとりいれられていることである。カッシアというのは、シナニッケイ（*Cinnamomum casia*）につけられた名前である。セイロンニッケイより表皮の色が濃く、力強いが、同じようにさわやかな風味をもつ。伝統的な道教思想において、シナモンは陽（男性的）である。中国伝統の医薬品として珍重される一方で、道教の神々や仙人の食べ物だと考えられた。

ジャガイモ

Pomme de terre（ポムドテール）

アンデスの征服者

まことにフランス的なパルマンティエの名案

啓蒙の時代の人、アントワーヌ・オーガスタン・パルマンティエ（1737-1813）は、社会的身分としては薬剤師助手の、農学者で栄養学者だったが、フランス王国で大飢饉が起こった後、この作物を栽培することを提案した。彼は7年戦争の際、プロイセンで捕虜になったとき、これを食べていたのだ。そのときまで、ジャガイモはラブレーの国でブタの餌でしかなかった。しかもこれを食べるとハンセン病に伝染するといわれていた。彼は賢いことに、宮廷に向けてジャガイモをほめたたえる作戦を思いついた。それだけではなかった。パリとヌィイ＝

学名：*Solanum tuberosum* ナス科

ドイツ語Kartofel（カルトッフェル）、ロシア語kartopfel（カルトーフィル）、イタリア語patata（パタータ）、スペイン語patata（パタタ）、英語potato（ポテイトウ）

シュール＝セーヌのあいだのサブロンにある、軍用地、50アルパンの平地を、ジャガイモ畑にあて、わざと昼のあいだだけ武装した軍隊に警備させた。夜が来れば、こそ泥たちはやりたい放題だった。そこで、民衆はジャガイモを自分たちのものとするようになった。大胆さと策謀、今日ならこれを広報活動と評価するところだ。こうして、嫌われ者だったジャガイモによって飢餓と闘えるようになった。ジャガイモの花をボタン穴にさして、ルイ16世は言うことになる。「フランスは、貧しい人々のパンを見つけてくれたことについて、いつかあなたに感謝するだろう」

猛烈なアメリカ娘

アンデス山脈のペルーとボリビアの高原を故郷とする、大旅行家papa ――もとの名をケチュア語でこういう――

は、約8000年前に野生の状態で生えていたときも評判だった。13世紀、インカの人々がこれをアルゼンチンとチリの北部、そして赤道の南にいたるまで栽培していた。すでに、チチカカ湖の周辺では、農民たちが種（たね）を選別して、数多くの品種を育てている。スペインのコンキスタドール、フランシスコ・ピサロは、金を見つけようと、1524年にペルーに上陸した。結局、彼は新世界の農産物という宝を発見することになるが、そのなかにジャガイモがあった。ジャガイモは、ペドロ・シエサ・デ・レオンが1533年にセビーリャで出版した『ペルー記』のなかで、battataの名で言及されているが、その言葉がのちにスペイン語のpatataになる。数年後にイベリアの地にもちこまれたジャガイモは、もっとも貧しい人々を養った。徐々にヨーロッパに根づくのだが、最初は、当時スペイン王国の支配下にあったシチリアを介して、イタリア南部に、その後オーストリア、ドイツ、スイスに、それからカフカスを経由してユーラシア全域、アナトリア、ロシア、中国と朝鮮半島にまでも到達した。ヨーロッパ列強による植民地拡大もまた、アフリカでのジャガイモ栽培普及に貢献した。ヨーロッパ大陸に到着したばかりのころは、これを邪悪だと考えた修道士たちの誹（そし）りに迎えられた。ベラドンナやマンドラゴラ［マンドレイク］と同じくナス科に属するこの塊茎植物は、魔術師の草であって、数多くの害悪、梅毒やレプラ（ハンセン病）そしてペストのような病気までもひき起こすと思われていたからだ。

世界で4位

世界でもっとも多く食べられている食材のランキングで、ジャガイモはコメ、コムギ、トウモロコシに次いで第4位で、金銀銅ではないが「チョコレートメダル」を勝ちとれる。今日、世界のジャガイモの3分の1は中国とインドで生産されているが、インドの人々はこれが大好きで、大部分をカレーやサモサに入れている。

アイルランドで

1740年にアイルランドの人々を飢饉から救ったジャガイモは、農村部の主食として、地方の農業の導き手、とまではいわないまでも、援護者となった。だが19世紀なかば、破滅をひき起こす菌（ジャガイモ疫病菌 *Phytophthora infestans*）が蔓延して、食糧危機をひき起こし、飢餓のため100万人もの犠牲者を出し、人口の4分の1以上がおもにアメリカへの移住を強いられた。イギリス人たちは、この芋はブタとカトリック教徒だけに食べさせればいい、と考えていたというのに。

「なんとか食べられるこの根は、まずくて、粉っぽい。どんな場合にも人を喜ばせる食べ物のなかには入らないだろうが、栄養をとることだけを考える人にかぎっては、豊かな栄養物となる。ジャガイモを食べると腸にガスが溜まって困る、という人もいて、それはもっともなのだが、農民や肉体労働者の頑健な体にとって、放屁くらいなんだというのだろう?」
ドゥニ・ディドロとジャン・ル・ロン・ダランベール『百科全書』

粗野な野菜にあたえられた数々の美称
アガタ、アマンディーヌ、アンナ、アナベル、セリーヌ、シャルロット、シェリー、クレオパトラ、デジレ、エルヴィラ、エピキュール、フィアナ、フランシーヌ、マノン、マナベル、ミミ、モナリザ、ニコラ、オテロ、ピカソ、ポンパドゥール、ロザベル、ロジーヌ、サンバ、ヴァネッサなど、全部ジャガイモの名前である。

サツマイモ(パタート・ドゥース)、もう1つのアメリカ=ポリネシア生まれのイモ類(*Ipomoea batatas*)
俗語では、パタートはジャガイモのことをさす。しかしながら、これら2つの芋類、パタートとパタート・ドゥースには共通点がない[地下茎と塊根]。たいへんな思い違いだ。だれのせいだろう? ジャガイモをポテトとよぶアングロサクソンの人々のせいだ。南アメリカを原産地として、オレンジ色ややや紫がかった色のこの甘くて美味しい芋も2000年以上前からポリネシアで栽培されていて、クリストファー・コロンブスによってヨーロッパへもちこまれた。到着したサツマイモは、それから16世紀にこれをとりいれたポルトガル人のおかげでアフリカ、インド、日本列島へと旅を続けた。ラテンアメリカ、カリブ海地域、アジア、太平洋地域の主食として、もっとも消費量が多い品種は「ヴァージニア」と「マラガのピンク芋」である。

日本の美味しいサツマイモ
日本では、多くの菓子屋や総菜屋がこの甘い野菜を使った、きんとんという正月料理を用意する。

冬の季節には、焼き芋屋が街角に現れて、石の上で焼いたこの美味しい芋で、子どもたちを大喜びさせる。

フライドポテト、ベルギー・フリッツかフランスのフリットか？

ビストロのホールから小ぎれいなカフェレストランまで、お祭りの屋台からイギリスの有名なフィッシュ・アンド・チップスまで、円錐形や四角の紙パックで、フランドル地方やアルトワ地方の定番料理としてムール貝といっしょに、ビフテキにそえて、サンドイッチにして、と大量の油が流れる。だが、その起源についてはわかっていない。20世紀には、「貧しいリールの家庭の苦境を切りぬける手段」と形容されたこともあった。フライドポテトの起源はおそらくベルギーだったとしても、外国ではフランチフライとよばれている。ベルギー王国では、フリッツの名人たちがこれを聞いては胸を痛めている。ベルギーの作家クリスティアン・スーリによると「この小さな太陽のように輝く金色の棒は、つまるところ、議論の余地なく、ワロン［ほぼベルギー南半分］の土地からはじまったものである」。ほかの人は、フランドル地方［北半分］からだという。議論は続いている。正確を期すためにいうと、ここではイタリアの食文化評論家エドアルド・ラスペリによって、当然にも、あの「紙の味がする胸が悪くなるような揚げ物」とけなされたフライドポテトは問題にしていない。純正主義者たちが非難するファーストフード店の冷凍品と、愛情をもって調理された本物のフライドポテトを混同してはならない。

フランスでは、フライドポテトには長さと太さによって、異なる名前がついている。ポム・チップス、ポム・パーユ、ポム・アリュメット、グロス・フリット・アングレーズなど。それぞれに愛好者がいる。もっとも正統なのは、フライトポテト通によると、ポン＝ヌフというスタンダードなフライドポテトだ。パリでもっとも古い橋に結びついたこの名称は、フランス革命のすぐ後、揚げ物屋が街角の店で、揚げたジャガイモを売っていた時代にさかのぼる。

フランス語の慣用句から

注意すること。口語で「avoir la frite（フリットがある、もっている）」といえば、体調がよい、ついているという意味で、「en avoir gros sur la patate（イモの上にかさばるものがある）＝悲しみあるいは悔しさで胸がいっぱいの意」とは異なり、「recevoir une patate（イモを受けとる）」や「sac à patates（イモ袋）」ともまったく違う。

ジャガイモを食べる人々

フィンセント・ファン・ゴッホ（1853-90）が、ジャガイモ料理を囲んで食事をしている農民家族を描いている。彼の初期の成功作の1つと考えられていて、考えすぎ、荒削りすぎると見る向きもあるだろうが、ここに描かれた人物たちは、身分の低い人々の日常の暮らしを表している。これを描きながらゴッホは言う。「皆が庶民についての概念をもってほしいと思った、ランプの灯りで、皿から直接手でジャガイモを食べている人々は、みずからジャガイモが育つ地面を耕したのだ。この絵は、したがって肉体労働を思い起こさせ、彼らが自分の食べているものに、正当に値することをほのめかしている」

「人はわたしに言った、水には塩を入れたほうがいい。どうしてもというわけではないが、そのほうがいい。ガヤガヤというような音が聞こえる。水が沸騰して泡立つ音だ。水は怒っている、すくなくとも、不安の頂点にいる。猛烈に蒸気を吹き上げ、泡を吹き、やがて熱くなりすぎて、ピーとかツィーと音を立てながら、燃える石炭の上で暴れる。わたしのジャガイモは、そのなかに沈んでいて、ゆれて突然跳ね上がり、互いにぶつかりあってはののしられ、芯まで水が浸みこむ。おそらく、水の怒りはジャガイモには関係ないが、その影響をがまんして受ける。この環境から離れることができずに、すっかり変わってしまう（割れてしまうと書こうと思ったのだが…）。最終的に、死んだものとみなされる、あるいはすくなくとも、ひどく疲れている。もしそこからのがれられても（そんなことはあまりないが）軟らかく従順になっている。果肉から酸味がすっかり消えて、美味である」

フランシス・ポンジュ『小品集』

ショウガ

Gingembre（ジャンジャンブル）

おかしな地下茎

「ショウガは頭脳を明晰にし、あらゆる不純物を追いはらう」孔子

東南アジア、おそらくはインドあるいはマレーシアを原産地とする。大プリニウスは（エチオピアの）トログロダイト［穴居人］の国と考えていたようであるが。この香りの強い、官能をかきたてる花をつける熱帯向きの植物は、節くれだって、多少なりとも繊維の多い根茎で知られている。藁のような黄色をした薄い皮に包まれたクリーム色がかった白の根茎で、香りが高く、はっきりした味がする。インド（ヒンディー語でアダラク）や中国（北京官話でジャン）で3000年以上前から栽培されていた。ペルシア人がインドからもたらし、それからフェニ

キア人が地中海の国々へ導入したといわれている。西暦初頭、ローマ人は、このピリッとした、さわやかな味とレモンのような香りを比較的好んだ。ヨーロッパにおいては、中世になると、ショウガはパンデピスというハチミツ入りの香料パンの材料として使われるようになり、ヴェネツィア人が大規模に取引を行なった。10世紀には、イギリス人は味蕾を覚醒させるこの香辛料に惚れこんだ。ジンジャーブレッド、ジンジャービール、ジンジャーエール、ショウガ入りクッキー、クリスマスプディング、マーマレードなどに過度なまでの彼らの好みがうかがえる。同じ情熱がスカンディナヴィア人、ドイツ人、スイス人、フランスではアルザス地方の人々にも共有されている。

「ショウガは苦痛を予防し、もっとも古いものにいたるまで乗り越えさせてくれる。そして不快感を追いやる」

これは11世紀なかばにイタリアの有名なサレルノ医学校で、共同執筆によりラテン語で書かれた『サレルノ養生訓』Regimen sanitatis Salernitanumのなかの格言であるが、この学校は卓越した学者のグループによって9世紀に創設された。グループは、それぞれ1人ずつのギリシア人、ラテン人、アラビア人、ユダヤ人で構成されていたといわれている。

中華料理に欠かせない食材として

薄切りにしたり、きざんだりすると、汁気の多い塊から香りが広がる。香辛料として、ショウガは元気よくさまざまな料理（肉、家禽類、魚、野菜）を活気づける。インドではカレーにもくわえられる。砂糖漬けにすれば、砂糖菓子ができる。煎じ茶として、風邪や喉の痛みに効く。また、逆説的だが、極東の薬局方では、興奮作用という特性にもかかわらず、不安を緩和すると考えられている。

学名：*Zingiber officinalis* ショウガ科

語源：「角の形をした」という意味のサンスクリット語singabera（シンガベラ）から派生したアラビア語zanjabil（ザンジャビル）、ペルシア語zungebir（ズンジェビル）から出ているギリシア語zingiberis（ジンギベリス）を借用したラテン語のzingiber（ジンジベル）から

寿司の国で

ショウガは生で数多くの料理にそえられる。ごく薄切りにして米酢と砂糖に浸けたものはガリといって、寿司のお供に欠かせない。鮮やかなピンク色をしているのは、自然の色ではなく食品着色料によるものである場合が多い。

スイカ Pastèque（パステック）

豊満なアフリカン

学名：*Citrullus lanatus* ウリ科

語源：アラビア語のbatiha（バッティーハ）が、ポルトガル語のpateccaに、そして古フランス語のpatèqueからpastèqueへ

スイカまたは「ウォーターメロン」は、ナイルの谷から来たといわれている。このウリ科の巨漢は、徐々にマグレブ、中東、スペインをじわじわと征服し、宋王朝下の、中国北部の人々の舌をとらえ、シルクロードに沿った土地と、新疆ウイグルの土地にみごとに順化した。スイカを食べるとき、日本人は数粒の塩で味を引き立てる。ギリシア人はトーストをそえて食べるのが好きだ。アジアでは、種を塩味で焼いたのをつまんで間食にする。ベトナムでは、オレンジと同じように、カップルが子宝に恵まれるよう、若夫婦に贈る。その燃えるような赤は、詩人や芸術家の創作意欲を刺激する。

カスピ海のスター

ツァーリとソヴィエトの国では、スイカ（ロシア語ではアルブース）が飽満状態を象徴する。ヴォルガ川の河口、カスピ海に面した都市アストラハンでは、スイカ祭りが行なわれる。ウラル山脈の向こう側では、ウォッカしか飲まないわけではなく、スイカのビールも飲む！　ロシアは中国、インド、トルコとともに、この水分満タンの果物の大生産地である。

西瓜（Tian Bianyi duo yun［原題：浮気雲、気まぐれな雲］）

台湾の監督蔡明亮（ツァイ・ミンリャン）によって2004年に制作されたこの映画は、台湾を襲った酷暑の話だ。水不足のため、政府は喉の渇きを癒すのに水を使わずにスイカのジュースを飲むようよびかける。住民はむさぼるように、際限なくジュースを飲む、さらに…。こ

の「ジュースと果物がいっぱいのミュージカルコメディ」であるアダルト向け映画は、商品化されたときのセックスの卑劣さを明るみにだす。だが幸いなことに、この滑稽で、悲劇的で、常軌を逸した物語のなかにはスイカがある。

「ラテンの戯れと
ギリシアの逸楽の母なる
レスボス島では
投げやりな、嬉しげな
太陽のように熱く
スイカのように冷たい口づけが
輝かしい夜と昼を飾る
ラテンの戯れと
ギリシアの逸楽の母」

シャルル・ボードレール
「レスボス」、『悪の華』

タ

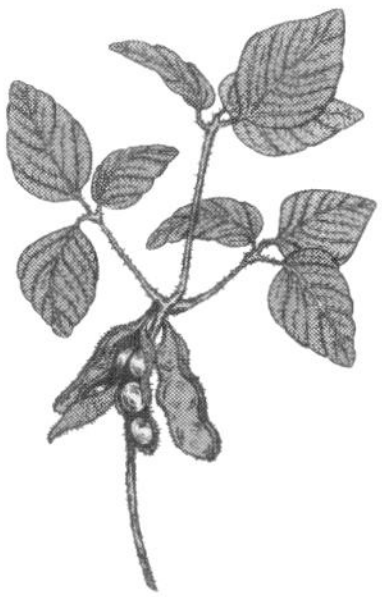

ダイズ Soja（ソジャ）

変化する豆

学名：*Glycine max* マメ科

ドイツ語Sojabohne（ゾーヤボーネ）、英語soybean（ソイビーン）、イタリア語soia（ソイヤ）、soja、発音はスペイン語（ソーハ）、ポルトガル語（ソジャ）とオランダ語（ソヤ）、中国語でdadu（ダードゥ）、日本語ダイズ

「中国マメ」「油インゲン」「畑の肉」などと名づけられたダイズとそれを原料とした食材には、数多くの可能性がある。

中国において、紀元前3000年から知られているが、満州あるいは東南アジアから来たと考えられている。極東において、標準食料となった。コメ、コムギ、オオ

ムギ、アワ・キビ類とともに、ダイズは中国文明の重要な５穀の１つである。日本がこの野菜畑の宝を知ったのは、７世紀である。ヨーロッパにかんしては、17世紀を待たなければならなかった。19世紀の後半から家畜の餌としてダイズの栽培を発展させたアメリカは、今日、世界一の生産者であるが、ほぼ全部の遺伝子が組み換えられている。

日本で

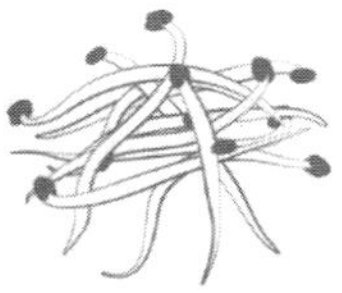

節分のとき、日本人はダイズを酷使する。住居のなかから邪気を追いはらうために、ダイズをまくのだ。また日本人がいらだちを遠まわしに表現するとき「豆腐の角に頭をぶつけて死んでしまえ」と言ったりすることもある。

驚くべき豊かさ

植物界でもっともタンパク質に富んだこの豆には、さまざまな使い道があり、全アジアにおいて多くの姿で賞味されている。20億を超える人々の最重要な作物として、油脂、粉、発酵したペースト、そして豆乳やチーズといろいろに形を変えてその力を発揮している。ダイズは食卓の楽しみを、なみはずれた豊かな栄養と結びつけてくれる。この豆はコレステロールをふくまず、人体に必須のタンパク質と脂肪酸に富んでいる。

ソージャ・ウェスタン（ダイズウェスタン）

ダイズはすぐれて文化の象徴でもある。イタリア製西部劇をマカロニ（スパゲッティ）ウェスタンというように、映画評論家たちがアジアのアクション映画や冒険映画を、ダイズウェスタンといったことはなかっただろうか。

キッコーマン

キッコーマンは、世界市場のトップ企業であり、醤油ブランドとしてもっとも有名な日本のメーカーで、300年以上前から、自然発酵させた、化学物質やグルタミン酸塩をくわえていないこの液体調味料を作りつづけている。1630年から、コムギとダイズを原料として、変わることなく絶妙な配合を提供している。汁物にもサラダにも、もちろん和食の調理にこれ以上のものはない。その上、本物の醤油は、着色料も、保存料も、合成香料も、甘味料もふくまないのだ。

いろいろな姿のダイズ

枝豆はさやに入ったままの若い新鮮なダイズだ。日本ではこれを沸騰させた湯に入れてゆで、軽く塩味をつける。食前酒のビールと最高によく合う。また、中国や日本には味噌がある。これはダイズやコメ、ムギに塩をくわえて発酵させたペースト状の調味料で、味噌汁に欠かすことができないだけでなく、野菜などにつけて美味しく食べることができる。韓国では、トウガラシ入りの味噌コチュジャンの人気が高い。

納豆は、日本人は大好きだが、外国人はちょっと苦手とする人が多い、ダイズを煮て発酵させたもので、強い粘り気と癖のあるチーズのように独特の風味がある。とくに朝食として、米飯とともに食べるのが好まれる。ヒマラヤ山岳地帯にあるダイズ発酵食品「キネマ」は、この納豆に似ている。

そしてダイズのミルク、豆乳がある。冷たくしても、温めても、そのままでも香りをつけて飲んでもいい。京都などの名産であるデリケートな湯葉は、豆乳の表面にできた薄い膜で、そのまま生で食べるほか、サラダや吸いものに入れてもいいし、アイスクリームにだってできる。はじまりは、動物性の食べ物が禁じられていた僧侶たちのささやかな楽しみだ。

豆腐は「気」によい

生の豆腐、乾燥豆腐、発酵豆腐、このダイズをすりつぶして固めた、パテのようなチーズのような見かけの、くせのない味の食品は、紀元前1世紀の頃からあったともいわれるが、揚げたり、スープに入れたり、熱い料理に、冷たい料理に、中国料理や日本料理の大黒柱として愛されている。中国医学では豆腐が「気」(生命のエネルギー)によいとされた。このダイズの凝固物は、ソースや調味料の味にデリケートになじむ。カロリーも脂肪も塩分も少ないが、豆乳を固まらせたものなので、良質のタンパク源となる。日本の古都、京都の老舗料亭のなかには、前菜からデザートまですべて豆腐だけを使った料理を出すところもある。フィリピンでは、豆腐を数か月塩漬けにする。カンボジアでは、ほかの東南アジアの国々と同様、発酵豆腐に盲目的な信奉者がいる。西洋では、マクロビオティックの菜食主義流行以来、アジア食品専門店以外でも知られるようになった。だが、ラベルをよく見て、有機栽培のものを買うようにしたい。北アメリカとブラジルは、中国がコメでしているように、遺伝子組み換えのダイズの大規模栽培を実施しているからだ。

醤油はアジアのソース

西洋の塩と同様、北アジアの食卓には醤油がなくてはならないもので、極東ではほとんどの料理に醤油が使われる。もともとこのやわらかい塩味の調味は中国のものだった。日本には13世紀の中頃に仏教の僧侶によってもちこまれたようだ。悟りを開こ

うと中国へ渡った覚心（1207-98）という禅僧が、この貴重な調味料をもち帰ったといわれている。中国のジャンユウを日本では醤油という。最初は大阪が生産の中心地となった。ダイズ、コムギまたはオオムギ、水、海塩で作られ、かすかにいぶした風味のある芳香を特徴とする。少量のワサビをそえた醤油は、寿司や刺身とは切り離せない。同じ日本でも、北よりの地方やかつての江戸（東京）の人々はより濃い色の、コクや香りも強いものを好み、京都の人々は色が薄く（コムギの炒り方を浅くしている）より軽いほうを、彼らの目にはずっと繊細であるとして高く評価する。溜まり（「溜まる」という動詞は「集まる」とか、「重なる」の意味）は、一般の醤油よりコクが凝縮しているが、これはコムギやその他の穀物をほとんど使わないで作られる。フランスでは、『フランスの料理人』を出版した、ルイ14世の宮廷料理人ラ・ヴァレーヌがすでに日本の醤油を使っていた。オランダ人によってラブレーの国へも伝わっていたのだ。

卵 œuf（ウフ）

そのハードな役割

家禽を飼育するようになるずいぶん前から、人間は鳥の巣から卵を集めていた。ウズラの卵、アヒルの卵、ガンの卵、ダチョウの卵（大きいものは、カラハリ砂漠でサン人の水筒に使われる）が食用になっている。しかし、緯度や文化や時代はさまざまでも、ニワトリの卵は、世界中の食卓に上る。今日では重さで選別されるとはいえ、殻のなかの白身に囲まれた黄身でしかない卵が、万物の誕生と創造の、普遍的なシンボルでありつづけている。

最初は

産卵鶏の祖先、セキショクヤケイ *Gallus gallus bankiva*が、紀元前7000年から4000年くらい前に、はじめて飼育された家禽であるといわれている。おそらくニューギニアか南アジアでのことだろう。

彼らは生物時計のおかげで、ほぼ毎日自然の奇跡をくりかえしている。受胎の有無にかかわらず、優秀な産卵鶏は年に300近くの卵を産むのだ。

卵が先か、ニワトリが先か？

ニワトリと卵とどちらが先に現れたかという、スコラ学的な質問には、ドイツの神秘的思想家、詩人のアンゲルス・シレジウス（1624-77）が「卵は雌鶏のなかにあり、雌鶏は卵のなかにいる」と答えてのがれているが、それよりずっと前に、インドの賢人がウパニシャッド（サンスクリット語で、おそらく紀元前800年頃に書かれた聖典）を読んで「卵は非存在から生まれた」と答えている。フランスの錬金術師ニコラ・フラメル（1330頃-1418）と大いなる業［賢者の石を作る］の仲間たちにとっては、哲学の卵はすべての変換の中枢にあるという。瞑想！

語源：ラテン語ovumオーウム

命の普遍的なシンボル

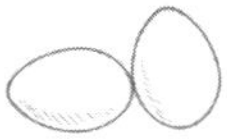

ジャック・プレヴェールが歌った、寝ぼうする朝の固ゆで卵をゆでる小さないとしい音の世界とは遠く離れて、卵は多くの文明において世界の起源を体現している。宇宙の完全性のイメージを表象するその創造の力は、数多くの神話、伝説を生み、芸術家や料理人の創作意欲を刺激してきた。神話はこの自然の贈り物を、生命の完璧な表出として賛美している。一神教誕生のずっと前に、ケルト、中国、バビロニア、フェニキア、インカ、チベットの神話は、世界の起源の同義語として、原初の卵をともなっている。殻は空を表し、膜は大気、白身は水、黄身は大地である。また、ペルシアで占いの儀式に、ヒンドゥー教では神の息吹にむすびつけられている。希望の同義語で、多産と完全を象徴する。エジプトでは、冬の後の復活である、春分の時期、卵は再生のときをもたらすとされていた。

数字と文字

卵の殻には消費者の疑問に答えるため、一連の情報が印字されている。どんなふうに？　どこで？　だれが？　最初の数字は産卵鶏の飼育法を示す。

- 0　有機養鶏（最低で95％有機飼料）で、戸外の運動場と解放された内部スペースがある
  有機農産物「AB」ラベルがこの等級を示す
- 1　屋外飼育と高品質食品の赤ラベル（ラベル・ルージュ）に適合、雌鶏は一日中、屋外を動きまわれる
- 2　雌鶏は閉鎖された室内の地面を自由に動ける
- 3　ケージ内での飼育

保証されたトレーサビリティー

それに続く2つの文字は、原産国を示す（たとえばFRはフランス）。最後のコードは、飼育地を明らかにする。パッケージの上には、推奨される賞味期限と、梱包センターの名称、住所とコード番号、卵のサイズ、飼育法、鮮度を示すAという文字を明記しなければならない。というのも卵は新鮮（産卵後28日以内）、あるいは非常に新鮮（産卵後9日以内）な状態でなければ出荷できないからだ。この最後の表示はウフ・コック［半熟よりゆで時間が短いゆで卵］、その他マヨネーズなどの生卵をベースにした製品向けである。産卵日が記載されている場合もある。

アレルヤ

宗教的行事での扱われかたが、信者と食物との関係を決めているとするなら、卵はそのかごのなかで最高の位置をしめる。キリスト教の復活祭あるいはユダヤ教の過越（すぎこし）の祭りでの存在感を見れば、それがわかる。

ヨーロッパで

フランスの卵関連産業は2013年、EU随一で、同年143億個の卵を生産した。

ペサハ

ユダヤ教の過越（ペサハ）は、ヘブライ人がエジプトから脱出し、イスラエルの子孫が紅海を渡ったことを記念する。モーセに導かれた、奴隷状態からの解放である。奴隷時代に流された涙と苦しみの思い出に、灰のなかで部分的に黒くした固ゆで卵が、ペサハの最初の2晩、セデル（伝統的な家族の食事）のテーブルに置かれる。ユダヤ教において卵は重要な地位を占めている。とくに葬儀のときだが、『ユダヤ教事典』の著者アラン・ウンターマンによると、「それは丸い形が車輪を思わせ、そこから敷衍して、誕生から死までの人間の人生の過程を連想させるからだ」

アルメニアで

カトリックとプロテスタントがグレゴリオ暦を採用したのに対して、アルメニア使徒教会は、宗教上の祝日を正教会にならって古いユリウス暦で祝う。なかでも復活大祭（ザディク［アルメニア語で祭りの意］）はもっとも重要である。

「日曜日、ミサの後、信者のひとりひとりに卵とチョレギという伝統のブリオッシュが渡されます。信者たちは教会の出口でKrisdos hariav i merelotz『キリストは死者のなかからよみがえった』と叫びながら卵を割ります。復活祭の食事も卵ではじまります。思い出すかぎり昔から、わたしたちはいつも卵合戦（havgitakhagh）からはじめました。食卓の上に運んでこられた皿のなかから色をぬった固ゆで卵を選ぶと、それをまっすぐに立てて持って（これが挨拶にあたります）から、自分の卵の両端を隣の人の卵にカチンとぶつけて割ろうとします」

ナタリー・マリアム・バラヴィアン

『アルメニア料理』

ヨーロッパにおける卵の生産（2013年）	
フランス	143億個
ドイツ	128億個
スペイン	118億個

復活祭の卵

復活祭の時期、肉類を断たなければならない四旬節の小斎日の後、キリスト教徒は（卵に象徴される）キリストの復活を祝う。起源は中世にさかのぼる。肉類にくわえて、動物性の脂肪、乳製品、卵も「脂っこい」と考えられて、教会によって禁止された。けれど雌鳥は卵を産みつづける。灰の水曜日から聖土曜日まで、四旬節中日をのぞいて40日間も卵が食べられることがない。そこでおもに、クレープやビューニュなどの揚げ菓子を作るのに使われた。その後は、蜜蝋や溶かした脂肪のなかで復活祭の日まで保存されたが、農民たちはそれに絵を描いて、だれかに贈ることを思いついた。こうして復活祭の卵が生まれた。19世紀からは、ケーキ職人や糖菓製造者は、卵に福音書の場面や幾何学模様を描くという伝統に着想を得て、また春の再訪をたたえる異教徒の慣習を参考に、チョコレートで卵を作るようになった。

そうした過去の何世紀ものあいだ、悪い霊がそこに隠れていないか確かめるために、殻は皿の上で割られた。そして、中世の迷信を超えて伝承が残り、子どもたちを魅了している。ヨーロッパでは、キリスト教の伝統で、聖週間の終わりにその国の宗教にしたがって、ウサギやノウサギ（ドイツではウサギが特別な役割をもっている）やカッコウやキツネが卵を置いてくれることになっている。アルザスではコウノトリである。このような特別の動物がない地方でこの役割を担うのは鐘である。ローマへ旅立った鐘が、復活祭には卵をたくさんたずさえて戻ってきて、子どもたちのために庭に運んでくれる、という伝説があるのだ。鐘が聖週間の終わりを告げると、子どもたちは天からの贈り物を探しに行く。

性欲

卵の滋養に富んだ性質は、高級娼婦や悔いあらためない遊び人たちを魅了した。木版刷り（インクナブラ）の魔術書に書かれた秘密の媚薬の調合に、この栄養食品はひんぱんに登場していた。ポンパドゥール夫人もほかの恋する女性にならって、容姿を保つために卵黄を大量に飲んでいたという。卵の催淫効果を推奨するカーマスートラの教えにしたがったのだろうか。

メキシコ

世界一の卵消費国。

卵の１人あたり年間消費量	
メキシコ	347個
日本	329個
中国	300個
フランス	216個

（出典：IEC 2014 – Annual Review 2014）

世界で１兆個

世界のニワトリの卵の生産は2013年、6830万トン、１兆個に達した。国際連合食糧農業機関（FAO）の統計によると、世界一の生産国は中国で、１国で全世界の生産量の36％を占める。だいぶ離れてEU、アメリカ、インド、日本が続く。（出典：CNPO/IEC）

中国の卵の苦難

英語でセンチュリーエッグ（100年卵）といわれるピータンのように、卵が驚くべき外見になることもある。なんと漆をかけたような黒と、翡翠のような緑色だ。長いあいだ、皇帝の食卓用だけだったこの特別な食物は、ショウガと醤油で食べるとじつに美味だが、じつは、アヒルの卵を石炭、粘土、籾殻つきのコメ、茶の葉、灰、香辛料で包んで数か月保存しただけのものだ。

➽豆知識

もし水に入れて水平に沈まなければ、その卵は新鮮ではないから食べられない。殻の色の違いは産卵鶏の品種の違いによる。殻の色で味が決まったり、品質に影響したりすることはない。卵は、アミノ酸が豊富なタンパク源としてすぐれていること、また糖質をふくまないのでカロリーが低いことが特徴である。しかしながらとりすぎはいけない。実際、卵黄は脂質を多くふくむ。最後の点として、殻は多孔質でおもに無機質（ミネラル）でできているので、匂い移りのするものといっしょに置かないことを勧めるが、もちろん卵に繊細な香りを移してくれるトリュフは別だ。中世に、悪い霊を住みつかせないように殻が割られていたのは、おそらくこうした理由によるのだろう。

模範的な産物

単純でいてすばらしい、この壊れやすい食材はさまざまな方法で調理される。スクランブルエッグ、ココット焼き［小さな容器に入れてオーブンで蒸し焼きにする］、目玉焼き、半熟卵、ポーチドエッグ、オムレツ、固ゆで卵、揚げ卵…。古代ローマの高名な美食家、ハチミツのオムレツをはじめて作ったルキウス・リキニウス・ルクルス将軍（前106頃-57）や、カスタードプディングをはじめて作った、ぜいたくなマルクス・ガビウス・アピキウス（前25頃-37頃）の後を継いで、ラブレー、ラ・ヴァレンヌ、グリモ・ド・ラ・レニエール、エスコフィエら大臣級の料理人たちが、このだれからも好まれる食材を、数えきれないほどの調理法でたたえた。

タマネギ Oignon（オニョン）

SOIT QUI MAL Y PENSE 悪意をいだくものに災いあれ［文頭にHonniがつく格言。オニとオニョンをかけただじゃれ］

束にされて、あるいは1個ずつばらで、白、黄色あるいは赤紫の、いずれにせよタマネギは5つの大陸で栽培され、ほとんどどんな料理にも使われる。生はピリッとし、煮たり酢に漬けたりすれば甘く、薄皮をむきさえすれば、薬味にもなるこの野菜は、個性が強いにもかかわらず協調性を見せる。

ニンニクのいとこにあたる古代の聖なる植物は、アラル海沿岸あるいはアフガニスタンから来た。シュメール人はこれを紀元前3000年より前から栽培していた。古代エジプトでは、ピラミッドを建てていた奴隷たちが、日当としてタマネギを受けとっていた。あの世への、不死の岸への長旅にそなえて、死者は棺のなかに食糧としてタマネギをもつことに

学名：*Allium cepa* ユリ科

ドイツ語Zwiebel（ツヴィーベル）、英語onion（オニオン）、スペイン語cebolla（セボリャまたはセボジャ）、イタリア語cipolla（チッポラ）、サンスクリット語bhutagnas（意味は怪物を殺すもの）

なっていた。古代ローマ人がタマネギの食べ方を知ったのは、このファラオの国でのことだった。彼らは自分の庭でも育てたが、とりわけガリア、アフリカ、マルシ族のもの、アミテルヌムやポンペイ産のものを好んだ。フェニキア人は非常に甘く、よい香りのする、軟らかいタマネギを生産したので、地中海におけるうまみの多い取引を、エジプトの貿易商たちから奪うことになった。シャルルマーニュが西ローマ帝国を統治していたとき、タマネギはヨーロッパの野菜畑のなかで特別な地位にあった。栽培が簡単だったからだ。

バラモンの国で瞑想

ベンガルの賢人、ヒンドゥー教の神秘主義者ラーマクリシュナ（1836-86）は、このユリ科の野菜に、卑しい臭い、エゴの表象を見たという。皮また皮で、結局タマネギにはその中心に核がないことが露呈される。不変の自我というものが存在しないのと同じで、タマネギは植物の世界で、世界の空虚を体現している、と。

調理の秘訣

タマネギを相手にして涙が出ないようにするには、冷たい水を細く流しながら切る、前もって水に浸けておく、皮をむく前に冷蔵庫か冷凍庫に10分ほど入れておく、などの方法がある。調理の後、手に匂いが残らないようにするには、塩かレモン汁でこするだけでいい。

ジェームズ・クック、通称キャプテン・クック

サンドウィッチ諸島を発見した後、このイギリスの航海者（1728-79）は、ハワイで先住民との争いのすえズタズタにされて命を落とすことになるが、その前の1779年2月のある日、ヴェネツィアの水夫たちから、彼とともに船で世界をめぐる乗組員たちが壊血病にならないような、タマネギと酢を使った食習慣を教わった。

極東では歓迎されなかった

タマネギはニンニク、ネギ、アサツキ、リーキ（ポロネギ）、その他ニラなどのユリ科の野菜と同様、仏教寺院のベジタリアンの台所から締め出されている。インドのヨガ行者たちも同じようにこれらをつつしんでいる。風味が強烈すぎると考

えられて、精神的修行を行なうのに有害だというのだ。この球状の野菜は神経を熱するといわれ、ある朝鮮の尼僧によれば、「生のタマネギは怒りを助長させ、煮たタマネギは興奮させる」。瞑想の実践にマイナスに働く可能性があるものは遠ざけられるが、それにはある種の食物もふくまれ、そこにタマネギも入るということなのだ。

「それらはみな涙を誘う匂いをもっている」
大プリニウス

タマネギの崇拝者たち

「われわれの宗教は1929年に、同志フランソワ・トマによって創設されたが、彼は荷車引きであり写真家であり会計係もしていた。ある日、ルアーヴルで、青物商の陳列台の上に、芽を出しているタマネギを見た。これが彼にとってほんとうの啓示だった。天のしるし。人間にはまさにタマネギのように死をのがれる力があることを理解した。また、死が約束されている新しい存在を、たえず生みつづけるのはばかげていることを理解した。この単純なタマネギは彼に、誕生と死を不可能とすることで、人類を安定させる方法を示したのだった」
ギー・ブルトン『パリの神秘の夜』

茶 Thé（テ）

精神の葉

学名：*Camellia sinensis* ツバキ科

ドイツ語Tee（テー）、英語tea（ティー）、イタリア語tè（テ）、オランダ語thee（テイー）、中国語と日本語茶（チャと発音）、インド［ヒンディー、ウルドゥー］語チャーイ、チベット語ブージャ、ペルシア語チャイ、インドネシア語テー、ロシア語チャーイ

雲南かアッサムか

ツバキ属の低木で、花が長くもつチャノキには、2つの主要な品種がある。同じ種類に、雲南原産の中国のチャノキCamellia sinensisと、アッサム原産のインドのチャノキCamellia assamicaで、後者は葉がより大きく、おもに紅茶に使われる。

ツバキの国で

中国南部から来て、日本やインドに伝わり、それからアジア全域、中東、ロシアに広がった茶は、最初、消化や利尿の薬効のある植物として用いられ、血液の循環と神経組織を刺激するとして、数千年前からアジアの日常生活によりそってきた。中国の南北朝時代（420-589）に、茶は一般的な飲み物となった。中国語でチャン、日本語で禅、サンスクリット語でディヤーナ、チベット語でサンテン、ベトナム語でテイエン、朝鮮でソンとよばれる瞑想の宗派に属する仏教徒の共同体のおかげだった。

伝承によると、インドの師、ボーディダルマ（菩提達磨）というこの瞑想の宗派の実践者が、その教えを520年頃に中国に伝えただけでなく、この飲み物の創始者だという。史実としては、茶の技術はもっと前である。賢人は覚醒しているために、茶の葉をかんだか、煎じたものを大量に飲んでいたにちがいない。中国の別の伝説では、茶を発見したのは神話伝説時代の神農大帝といわれる。木の下で湯をわかしていると、葉が何枚か落ちてきて鍋に入った。それを飲んでみた大帝は、嬉しい驚きを味わった。以後、茶を飲む喜びは多くの人々に共有されるようになった。茶は水に次いで世界でもっともよく飲まれている飲料である。

ヨーロッパには17世紀の初め、オランダ東インド会社によって伝えられた茶が、イギリスに注目すべきデビューをした。イギリス人は苦味のある茶葉を独り占めし、ミルクで薄めて飲んだ。彼らは中国にもまさる、世界一の茶の消費者となる。フランスに入ったのは、イタリアを経由して17世紀のことだった。枢機卿マザランとグラモン元帥が、イタリアから、このエキゾティックな飲み物のエキスパートである２人の料理人をよんだおかげだ。当時はまだ薬剤師の調剤室にだけ置かれる医薬品でしかなく、枢機卿は痛風の痛みを避けるために飲んだ。当時はまだ、マルセル・プルーストが、『スワン家の方へ』を書いてこのお茶を飲むという「重要な行為」を生き方にまで昇格させてはいなかった。

日本の茶の湯

高度に体系化された儀式と哲学で茶の儀式（ティーセレモニー）は調和、敬意、清澄、静寂をたたえ、内面の平穏に到達することをめざす。所作の正確さが、身体に精神性がきざまれた体験を授ける。茶道は、中国から日本へ来て純化され高められた。インド発祥で、日本の僧侶たちによって変容した仏教の宗派である禅宗の精神が浸透している。茶の湯は自然をうやまう。仏教徒にとって最重要である無常を象徴する水が、このすぎゆく時間への頌歌（しょうか）に寄与している。とろりとした泡だつ抹茶が瞑想をうながす。隠者の住まいになぞらえて、茶室は花と書だけが飾られた閉ざされた空間だ。柄杓、茶巾、茶杓、茶入れなど、必要な道具のみが畳の上に置かれる。そして茶碗は、侘び、謙虚と簡素を賞賛する閑寂の美学の表現である。

茶をたたえる歌

「最初の1杯は、やわらかく唇と喉を湿らせる
2杯目は寂しさを遠ざけ
3杯目は心の重苦しさを消しさり
いままでに読んだすべての本から得た感化が現れる
4杯目で軽く汗ばんで
人生の苦悩は毛穴から飛びちっていく
5杯目でわたしの存在のすべてが浄化され
6杯目で不死の境地
7杯目で終わり…
これ以上は飲めない」
盧仝（795?-835）中国・唐代末期の詩人

奥義

「湯をわかすことだけ、茶を点てることだけ、それから飲むことだけ。知るべきことはこれだけです」。「それならわたしはもう全部知っています」とそれを聞いた人が無邪気に言い放つと、「もしほんとうに知っている人がいたら、その弟子になりたいものです」と師匠は答えた。

にせ満州人の中国における艱難辛苦

茶についての中国の独占に依存するのを望まなくなった、慈愛深きイギリス女王陛下の政府はロバート・フォーチュン（1812-80）を中国に送りこむことにした。満州人に変装し、中国の官話を話す、この特殊な諜報員は、スコットランド出身の植物学者かつ冒険家で、中国で貴重な植物の栽培の秘密を盗むという任務を負っていた。当時、チャノキおよび茶の製法を知ることは外国人には禁じられていたが、のちにこのイギリス人にあたえられた。任務は1848年に果たされて、植民地インド、おもにアッサムと、セイロン（スリランカ）に茶の栽培が導入されることになる。

西ベンガルの庭

ダージリン（チベット語で「雷の町」の意味）の監督官、アーサー・キャンベル医師（1805-74）は、大英帝国の尊敬に値する代表者だったが、自分の領地に茶の種子をまいた。それが2000メートルの高地までの茶の大冒険のはじまりになろうとは、夢にも思わなかった。今日、ヒマラヤの支脈では、87の茶園が２万ヘクタールをカバーし、世界でもっともすぐれた茶の１つを生産している。

国によって違うお茶の飲み方

文化や社会や時代の影響を受けるため、お茶の入れ方も飲み方にもそれぞれの国によって違う。だが、どんなお茶であろうと、美味しいお茶の風味を味わう秘密は、水質とポットの選択にある。

イギリス式は、軽く香りがついていてあまり強くなく、砂糖とミルクをくわえて、ティータイムに陶器の茶碗で飲むか、１日をとおして大型のカップで飲む。古い俗謡にもうたわれたア・ナイス・カップ・オヴ・ティーは、ヴィクトリア女王（1819-1901）が創設した慣習で、ほぼ社会的儀式のようなものである。同じ19世紀に、ベッドフォード公爵夫人アンナは、空腹を抑えるための軽い間食のついたくつろぎの時間、ファイヴ・オクロック・ティーをはじめた。

インド式、またはマサラチャイは香辛料入りの紅茶で、伝統にはミルクと砂糖をくわえて煮出したものに、カルダモン、シナモン（肉桂）、クローブ、コショウの粒で香りと風味を増す。

モロッコ式またはアラブ式は、緑茶にミントをくわえたもので、非常に甘くして小さなグラスで飲む。スルタンや昔日の権力者たちがこれを飲んだことがあったとはいえ、はじまりはかなり最近のことである。クリミア戦争（1854）によって、イギリス人はスラヴ世界と通商ができなくなった。大英帝国の商人たちは、乾燥させた茶葉を大量にかかえて、途方にくれたが、そのとき、モロッコのマガドールやタンジールの北アフリカ市場へ売りこむことを思いついたのだ。モロッコ人は苦味をやわらげるためにミントをくわえ、たちまちのうちにそれをわがものとした。

ロシア式は濃縮紅茶を、まるで祭具のようなサモワール（ロシア語で「わかす」）のお湯を使い、その周囲に置いたグラス

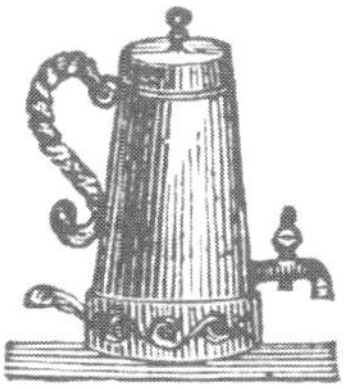

のなかで好みの濃さにして味わう。7世紀から茶を飲んでいたモンゴル人は、シルクロードの隊商として、中央アジアにこれを広げ、ロシアのすぐそばまでせまっていた。1689年にロシアと中国の政府間で結ばれたネルチンスク条約に続いて、この2つの帝国間で通商条約も結ばれ、ロシアの商人たちは、ついに中国との国境で毛皮と交換で茶を買うため、隊商を組んで旅に出ることができるようになった。ロシア人は中国から来るこの美味しい飲み物に夢中になった。

チベット式の茶は、煉瓦のように長方形に、あるいは丸くて平たい形に固めて保存し、それをくだいて熱い湯に入れる。寒さと戦うため、高原で暮らす人々は茶を、塩、ドリ（牝のヤク）のミルクやバターと混ぜて撹拌したものを、スープのように飲む。それにショウガをくわえることもある。

ベトナム式の茶は、蓋つきの碗で供される。花の香りがついていることが多い。

映画に出てくるお茶

タイトルに「お茶」という言葉が入っている作品が多いことでもわかるように、この飲み物は映画において特別人気がある。

茶の味	石井克人	2004	日本
ムッソリーニとお茶を	フランコ・ゼフィレッリ	1999	イタリア
シェルタリング・スカイ［フランス版ではLe thé au Sahara（サハラでお茶を）］	ベルナルド・ベルトリッチ	1990	イギリス・イタリア
千利休　本覺坊遺文	熊井啓	1989	日本
Le Thé au harem d'Archimède（アルキメデスのハーレムでお茶を）	メーディ・シャレフ	1985	フランス
Le Thé à la menth（ミントティー）	アブデルクリム・バフルール	1984	フランス
八月十五夜の茶屋	ダニエル・マン	1956	アメリカ
お茶と同情	ヴィンセント・ミネリ	1956	アメリカ
風雲のチャイナ（原題：The Bitter Tea of General Yenイェン将軍の苦いお茶）	フランク・キャプラ	1932	アメリカ

茶のいろいろ

ホワイトティー、白茶は希少なため、茶のなかでも特選品である。若芽か若葉の軟らかい先端部分を使うからだ。もっとも高名なのは「白毫銀針」パイハオインチェンとよばれ、春の一番摘みを使う。中国の福建省で生産される。

緑茶は発酵させない茶で、天日または蒸気で乾燥させる［日本では蒸してからもんで茶葉を整えながら乾燥させる］。非常にさわやかで、日本では抹茶といわれる粉にしたものを茶席で使う。日本で生産される茶の99％は緑茶である。産地として、古都京都に近い宇治や、富士山の麓の静岡が名高い。

半発酵茶の代表として尊敬すべき烏龍茶がある。「黒い龍」という意味［茶葉が烏（カラス）の羽のように黒く、龍のように曲がりくねっていることから］で、台湾産がもっとも評価が高い。中庸の道を行くことは中国の思想にもなじみ、緑茶の繊細さと紅茶のくっきりした香りが愛されている。

紅茶、英語で**ブラックティー**は完全発酵させた茶である。いくつかの工程をへて製造される。プーアル茶は雲南省で、丈の高い古木に生える葉から作られる。この葉からは緑茶に近い［酵素が完全には失活していないため時間がたつにつれ発酵が進む］「生茶」と、発酵させた「熟茶」のどちらも作ることができる。

フレーバーティーでは、2つが有名だ。1つは、中国古来の調合によるベルガモットの紅茶を、外務大臣のエドワード・グレイがイギリスにとりいれたもので、いまやすっかりイギリスのクラシックとなっているアールグレイだ。もう1つは福建省の福州市が原産のジャスミン茶で、緑茶または烏龍茶に生の花で香りをつける。

『茶の本』

1906に出版されたこの作品は古典となった。「かぎりなく繊細な感受性をもつ」日本人著者、岡倉覚三（岡倉天心）によって英語で書かれ、知恵と美の教えが示されている。茶道と日本の美意識を語るのに、道教、禅宗などの諸宗派の仏教の影響に立ち返る。著者が書いているように「茶は芸術作品であり、その高貴な資質を表すには名人の手を必要とする」

チョウセンニンジン（オタネニンジン）

Ginseng（ジンセン）

「命の根」

学名：*Panax ginseng* ウコギ科

この根は赤または白色で、朝鮮や中国東北地区の冬が厳しい山岳地方を好む。北アジアにおいて、チョウセンニンジンは催淫性があることでよく知られている。中国の伝統医学では、まずは予防することで、食物によって病気と闘うことができる。陰（女性）と陽（男性）の対立するエネルギーが、人間の関係もふくみすべての均衡を調整している。それぞれの性質によって、チョウセンニンジンのような温める食物は陽であり、冷やす食物は陰である。極東では、チョウセンニンジンは男らしさに結びついているが、陽であって、代謝を刺激する作用があるからだ。大韓民国の雪岳山（ソラク）でとれる特別に成熟した本物の野生種は、10万ユーロにのぼる値で取引されることもある。

トウガラシ

Piment（ピマン）

口のなかが大火事

熱帯と亜熱帯の国の燃える実であるトウガラシは、穏やかなものも非常に辛いものも、五大陸の料理を引き立て、肉に味をつけるだけでなく、長もちさせる。乾燥させて、漬けて、煮て、太くて長いものから丸いもの細いもの、ピリッとした味と、熟する前なら緑の、熟せば赤の彩りをもたらす。

歴史を少し

アメリカ大陸、おそらくはメキシコ原産のこの植物は、トマト、ナス、ピーマンと同様多年生［日本など温帯では一年生］で、何千年も前からトルテカ族やアステカ族、マヤ族、インカ族の人々によって栽培されていた。コロンブス以前の遺跡から種が見つかっている。トウガラシは、ヨーロッパに15世紀の終わり頃、クリストファー・コロ

学名：*Capsicum annuum*（アマトウガラシ）、*Capsicum frutescens*（赤トウガラシ）、*Capsicum chinense* ナス科

英語Chilli（チリ）、スペイン語chile（チレ）、ドイツ語roter Pfeffer（ローター・プフェッファー）あるいはspanicher Pfeffer（スパーニッシャー・プフェッファー）、イタリア語pepperoncino（ペパロンチーノ）、カンボジア語mate phlaokrim

語源：スペイン語のpimiento（ピミエント）、香辛料を意味する後期ラテン語pigmentumから。

生の新鮮なものなら、しっかりしてなめらかで艶があるものを選ぶのが好ましい。粉末では辛さが減る。乾燥させると1年保存できる。

ンブスによってもたらされたが、彼にとって「トウガラシはコショウより味わい深い香辛料だ」った。当初、この新しい植物は地中海周辺部で、庭の装飾としての姿を見せた。16世紀の中頃になると、料理人たちはその力と色に興味をもつ。スペインのトウガラシ入りソーセージ、チョリソーがその美味しい証拠である。

ピマン・ド・ラ・ジャマイカ（ジャマイカのトウガラシ）

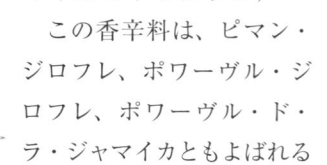

この香辛料は、ピマン・ジロフレ、ポワーヴル・ジロフレ、ポワーヴル・ド・ラ・ジャマイカともよばれるが、ピマン（トウガラシ）でもポワーヴル（コショウ）でもない。カリブのある木［フトモモ科］の実を乾燥させたもので、クローブ、シナモン、ナツメグの香りがして、アメリカの人々に喜ばれている。アングロサクソンがこれをオールスパイスと名づけた。

ピリ辛の一節

「わたしたちは全員でいっしょに食事をしました。人が、わたしにピメントという名前の果実のようなものを食べさせようとしました。それは指のように長くて、ひどくピリッとして、少し口に入れただけで、口中火がついたようになります。ピメントは、辛味をとるために、塩と酢のなかに長いあいだ漬けるということです」

マリー＝カトリーヌ・ル・ジュメル・ド・バルヌヴィル、ドーノワ伯爵夫人『スペイン旅行記』

地獄の味

トウガラシにこの独特でおそるべき風味をあたえているのは、化学物質であるカプサイシン、刺激性のアルカロイドだ。辛味を抑えるためには、種となかの繊維を抜くことを勧める。そして、決して水を飲まないことだ、むしろヨーグルトか乳製品がいい。カプサイシンは脂肪のな

かで溶けるからだ、そうでなければパンかご飯を食べるといい。トウガラシを扱うときは、ひりひりする痛みをひき起こすおそれがあるので、顔にさわらないようにすること。

➽豆知識

防腐作用があり、ビタミンAが豊富で、ビタミンCはさらに多い。トウガラシは低カロリーで、消化を活発にし、唾液の分泌を刺激し、発汗をうながす。満足感と快感をもたらす。モルヒネに似たオピオイドという物質をもっているといわれる。少量を食べること、なぜならあまり多く摂取すると、胃粘膜を痛める可能性がある。このことで人生に少しピリッとした趣をそえるのがさまたげられることはないはずだ。

エスプレットのトウガラシ

かつては、ポトックというバスク地方の有名な小さな馬の市で知られていたエスプレットの村は、世界に名を轟かすトウガラシも誇りにしている。ラブール地方の山麓のこの村の、家々の外壁で自然に乾燥させたエスプレット村のトウガラシ、バスク語でEzpeletako biperraは、生ハムを使った伝統料理ペプラードに欠かすことができない食材として、細長い形と比類ない風味が特徴である。

ところでプープル・デュ・ペイ・バスク［エスプレット村のトウガラシの呼び名で、「バスクの赤紫」］のトウガラシはピレネーの最初の支脈に自然に根づいた。温暖で湿り気のある海洋性の気候が適しているのだ。160の生産者がこの宝物を分けあっている。作家で旅行家のピエール・ロティがこの地方を通って、1897年にその著書『ラムンチョ』のなかで、この色鮮やかな陳列棚のことを書いている。「(…) あちこちの壁に、美しい珊瑚の数珠のように、赤いトウガラシの輪飾りが干してある」

地球をめぐる驚くべき旅

ポルトガル人とスペイン人のおかげで、トウガラシ栽培は非常な速さで世界中に広がる。だがまた、政治とカトリックの協定のおかげでもあった。ボルジア家の剣呑な人物、教皇アレクサンデル6世のもと、1494年に、カスティーリャとポルトガルとのあいだで結ばれたトルデシリャス条約は海の2強国の植民地への野望を制限し、紛争を避けるのに貢献した。ベルデ岬諸島から西へ370レグアの子午

線を境界に、西で発見されたすべての土地はスペインに帰属し、東はポルトガルに帰属する。こうして2国は世界を分けあったのだった。ポルトガルの征服者たちは、日出ずる東方の国々へ向かったが、船倉には新世界からの食物が積まれていて、そのなかにトウガラシもあった。

この調味料は、アフリカとアジアに到達した。そしてすぐさまインド、中国、タイ、マレーシア、インドネシア、韓国の料理にとりいれられた。どの大陸においても、数多くの調理法となったが、その例として、ハンガリーのパプリカ、北アフリカのハリッサ、インドのカレー、アングロサクソンの国々のピクルス、アメリカのチリやタバスコなどがある。

韓国のキムチ

深紅のトウガラシを使うのが、韓国の国民的料理キムチ作りでもっとも重要な点である。塩と香辛料とくわえた白菜を、魚介類とニンニクとショウガの漬け汁のなかで発酵させたキムチは、どの食事にもいっしょに出される。李氏朝鮮の時代から伝わることわざに、「女がいなくても男は生きられるが、キムチなしでは生きられない」というのがある。作り方は、味つけ、材料、発酵方法、季節、地方によって、200通り以上あるという。昔は、冬にそなえて、白菜だけでなく大根も、地面に埋めた大きな壺のなかに漬けた。ソウルにはキムチ博物館があり、また、毎年、朝鮮半島の南西部に位置する光州（クワンジュ）で、盛大にキムチをたたえる「光州世界キムチ祭り」というイベントも催されている。

ハリッサ

北アフリカの料理に欠くことのできない調味料で、この非常に辛い赤トウガラシのペーストはクスクスやスープに使われる。アラビア語でハリッサは、つぶすとかくだくことを意味する。

パプリカ、マジャールのスター

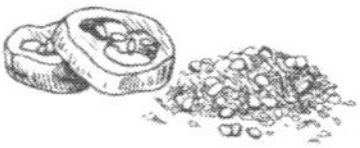

乾燥させた赤トウガラシを粉末にしたハンガリーの名産パプリカは、この国の象徴以上のものである。ハンガリー語でパプリカは、この土地でとれるトウガラシをさすだけでなく、この粉のほうもさす。ポーランド語のピエプシカpierprzyca［アブラナ科コショウソウの仲間］から来ている。18世紀には、ハンガリー人はこれを「イエニチェリ［オスマン帝国の常備歩兵］のトウガラシ」とよんでいた。この新世界から来た香辛料をもたらしたのが、オスマン帝国だったからだ。帝国の軍がウィーンの入り口に到達したときのことだった。国民食的な牛肉の煮こみ料理グーラーシュgoulashの材料として、パプリカはハンガリーのコショウとよばれることもある。ハンガリーの生理学者センジェルジ・アルベルト教授は、これ

からビタミンCを抽出した。

ロンボク島のトウガラシ

インドネシア料理に避けて通ることのできない食材として、トウガラシは一般にコメやスープやポタージュにそえられる。インドネシア諸島のなかの、バリ島に面したロンボク島は保護された環境で、原住民のササク人が肥沃な大地に、マイルドな長い赤トウガラシであるチャベ・ロンボクと、激辛のトウガラシ、ロンボク・ラウィットを栽培している。トウガラシの島なのだから驚くにはあたらない。ロンボクとは、インドネシア語で「トウガラシ」をさすのだ。

タバスコ、ケイジャン［米ルイジアナのフランス系住民のこと］の食材

すりつぶした赤トウガラシに、塩と砂糖と香辛料をくわえて、酒精酢に長時間漬けたもので、この非常に辛いソースは1860年代の終わり頃、ルイジアナ州（アメリカ）のミシシッピ川のデルタにあるエイブリー島で生まれた。メキシコではない！　エドモンド・マキルヘニーは、レシピを考案しながら、地元の料理にピリッとしたものをくわえることを思いついた。これがまたたくまに、アメリカとイギリスで成功を納める。それから何世代かたったが、家族企業はいまもケイジャンの国の中心で、180以上の国で売られているこのホットソースを作りつづけている。

ブータンの野菜

ヒマラヤの小さな王国ブータンでは、料理のおもな柱としてトウガラシがあるが、ここではトウガラシは完全な野菜の１つと考えられている。大量に栽培されていて、それを家々の屋根の上で乾燥させる。この丸ごとのトウガラシは、ブータンの言語であるゾンカ語でエマとよばれる。赤トウガラシをチーズ（ダツィ）を溶かしたソースのなかで煮たエマダツィは、ブータンの国民的料理である。敏感な舌の持ち主はひかえめに！

➽旅するトウガラシ

トウガラシには何百もの品種があり、ピマン・ド・チリ（チリペッパー［英語ではトウガラシもコショウもペッパーとよぶ］）、ピマン・ド・カイエンヌ（カイエンヌ［フランス領ギアナの首都］ペッパー）、ピマン・シュセット・ド・プロヴァンス、ピマン・タイ（タイペッパー）、ピマンシノワ（中国トウガラシ）など世界のあちこちの名前がついている。小さいものは辛味の強いものであることが多い。

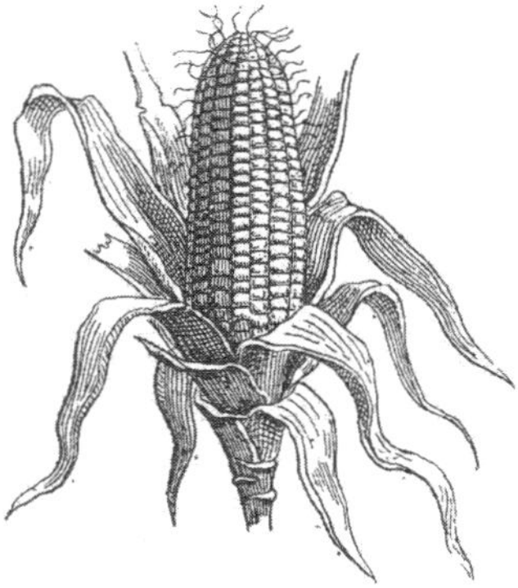

トウモロコシ

Maïs（マイス）

インカの黄金

発祥地、力強いシンボル

トウモロコシのもっとも古い足跡は、直訳すると「人間が神々に変わる都市」という意味のメキシコのテオティワカンの高原とペルーのクスコの谷である。栽培がはじまったのは紀元前およそ7000年にさかのぼる。アメリカ先住民の基本となる食物として、クレープ状にして、穂のまま灰の下で焼いて、あるいは粥にして食べられたトウモロコシは、コロンブスによる発見以前の文明の繁栄に寄与した。

アメリカ先住民はトウモロコシに対し真の愛着をいだきつづけた。アステカ人もマヤ族もこれを崇拝していた。トウモロコシは太陽と世界と、マヤの神話によればその体がトウモロコシの粉とヘビの血でできている人間とを同時に象徴しているからだ。トウモロコシは、幸運を体現するものでもある。

学名：*Zea mays* イネ科

語源：スペイン人がハイチのアラワク語族系のタイノ語から、mahisという言葉を借用した。Maizと書かれたりmaiziと書かれたりしていたが、やがてmaïsとなった。チリとアルゼンチンでは、トウモロコシの穂はchicloというが、これはアンデス山地の高原に住む人々の言語、ケチュア語のchojlloから来ている。

「新世界の旧世界に対するもっとも有益な贈り物であったジャガイモの後、トウモロコシを拒否することはできない」
アントワーヌ・オーギュスタン・パルマンティエ（1737-1813）

新世界の植物

クリストファー・コロンブスは、西へ向かった旅でインドの地にたどり着いたと信じていたので、彼が1493年の最初の航海から戻ったときスペイン王国にもち帰った

ものを、同時代人は「インドのムギ」とよぶことになる。1492年10月27日にキューバを発見していて、航海日誌のなかで言及している。「マイスとよばれる麦のようなものは、かまどで焼いたり、乾燥させたり、粉にするが、たいへん美味だ」。たしかに、この栄養豊かな穂を見つけたのはコロンブスだが、ヨーロッパに伝えたのはメキシコを征服したエルナン・コルテス（1485-1547）だ、という主張もある。［カナダを発見した］フランスの航海者ジャック・カルティエ（1491-1557）はこの穀物を「ブラジルのキビ［イネ科の雑穀の総称］」と名づけた。どちらにせよ、トウモロコシ栽培は16世紀になると地中海周辺に位置を占めた。ヴェネツィア人はトルコ人を相手にこれを商売し、トルコ人は黒海地域にキビに代わってトウモロコシを植えた。そこから、トウモロコシのことをよく「イタリアのコムギ」とか「トルコのコムギ」とかいうようになった。ケベックでは「インドのコムギ」という言葉が一般に使われる。この穀物の栽培は、カナダからカリブ、メキシコからアルゼンチンのアメリカ先住民が熟達していた。さらにこの美しいイネ科の植物は、スペインやポルトガルを通ってゆっくりとヨーロッパに定着した。イタリアはこれを受け入れた最初の国の１つである。

イタリアのポレンタ

粉にしたトウモロコシの粥でできたこの料理は、北イタリアのレシピで、ヴェネトとピエモンテ、ロンバルディアの名物だ。農村や山国から発祥したが、古代ローマの時代はオオムギの粉で、コルシカ島ではクリの粉で作られていた。

ペルーのチチャ

クリストファー・コロンブスは新世界発見の際、トウモロコシのアルコール飲料の存在に言及している。南米の先住民はトウモロコシを醸造してまずまずの強さの、アンデスのビールともいうべき発酵飲料チチャを作る。これはまた、サルサの調子をおびた音楽の名称でもある。また、チチャモラーダというノンアルコールの飲み物もあって、紫トウモロコシ、果物、クローブ、シナモン、レモン、砂糖で作る。

「チチャは宮殿の貯蔵室で発酵する
アルプハラの奥で油を貯蔵する
大きなかめに似た純金の壺のなかで
金でおおわれ、トウモロコシ畑で縁どられた太陽の寺院が国中を包むが
その穂の部分と茎も金でできている。
そして陶酔をあたえる奇跡に
皇帝さえも物思いにふけり

金塊の羊飼いがつれた金の羊がそれを食む」
ジョゼ=マリア・ド・エレディア
『トロフィー』

「ブルゴーニュのいくつもの場所で、とりわけ新しく着手された運河に沿ったところで、日雇い労働者は日に50スーまで稼いでいる。トウモロコシ粉をロンバルディアでのようにたくさん食べる。かの地の農民はパンよりポレンタのほうを好むのだ。ポレンタは夕食時に湯とトウモロコシの粉とで作られる」
スタンダール『ある旅行者の手記』

ケンタッキーの蒸留酒

北アメリカで、旧大陸から来ていた入植者たちは、おそらくアイルランドやスコットランドのウィスキーが恋しかったのだろう、18世紀のなかば、トウモロコシを蒸留によってアルコールに変えることを考えついた。こうしてバーボンが生まれた。話によると、バプティスト派の牧師エライジャ・クレイグは、もちろん聖書をたずさえていたが、それだけでなく蒸留器ももって大西洋を渡ったという。祈りと説教のあいまに、バーボン郡のジョージタウンでトウモロコシのウィスキーを製造した。そこからこのアメリカ製蒸留酒の名前がつけられた。

世界的な、それでもやはりアメリカ的な

トウモロコシはアメリカ（世界の生産量の40%）を先頭に、世界でもっとも多く生産されている穀物だ（コムギとコメがそれに続く）。生産性を上げるため、南北アメリカ、中国で交配種や遺伝子組み換えのもの（トランスジェニック）がますます作付けされるようになっている。GMO（遺伝子組み換え作物）への賛意を示すウクライナは、ヨーロッパの穀倉地帯における緑の時限爆弾である。一部はEUでも認められたが、フランスはしめ出した。各国がそれぞれの国土で禁止することができるからだ。19か国が、2015年4月24日から17種のGMOの商品化を許可するとした欧州委員会の決定に反対した。そのなかにはトウモロコシT25とNK 603を合体させたMON 87460がふくまれている。

トウモロコシはおもに家畜の飼料になったり、粉にしてとくにメキシコのトルティーヤやイタリアのポレンタの主材料となったりするほか、映画館でポップコーンの絶対的信奉者たちを満足させ、またもっと若い子どもたちを朝食のコーンフレークスで喜ばせている。

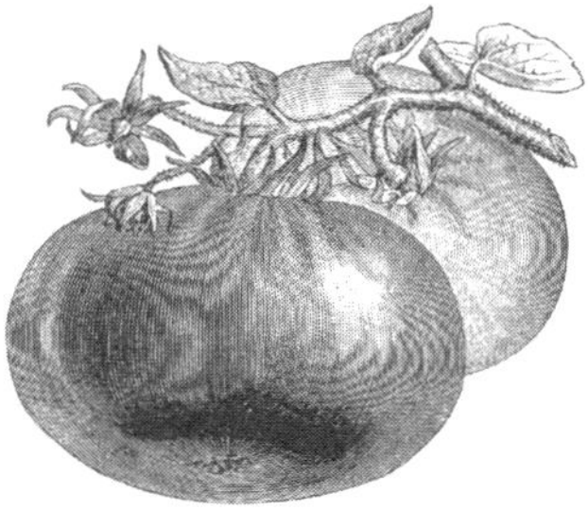

トマト Tomate

ペルー娘の危機一髪

困難だった旅

ペルー生まれの美味しそうなトマトは、16世紀にコンキスタドールによってアンデス地域で発見されてから、あっというまにヨーロッパに根を下ろした。ユカタン半島から来たこの実の初期の標本は、セビーリャのカトリック修道院の庭で、新世界の珍品として育てられる。あまりに美しくて肉感的なので、催淫性があると考えられ、禁じられた果実として誘惑の象徴とされた。

「愛のリンゴ」としてのトマトは、世界中を征服した。もともとは小さくて黄色だったので、そこからイタリア語では金のリンゴ（ポモドーロ）とよばれる。だが魔術に使われるというマンドラゴラと同じナス科に属するため、長いあいだ有毒と考えられていた。伝説によると、魔女たちは、空を飛べるようにするため箒（ほうき）をトマトの果汁に浸すという。トマトは蟻や蚊除けに植えるのであって、食べられないと考えていたイギリスの薬草販売人には迷惑なことに、食用と認められるようになったのだが、それはやっと18世紀末になってからのことだった。実際、われわれの皿のなかに場所を占める前は、ヨーロッパにおいて長いあいだたんなる観賞用の植物だったのだ。その後トマトはムーア人の仲介をへて、地中海の野菜となる。

学名：*Solanum lycopersicum* ナス科

英語Tomato（トメイトウまたはトマートウ）、ドイツ語Tomate（トマーテ）、スペイン語tomate（トマテ）、ノルウェー語tomat（トマッツ）、イタリア語pomodoro（ポモドーロ）、インカの言葉tomalt、アズテックの言葉ナワトル語でトマトゥル

果実それとも野菜？

植物学の答えは明白だ。トマトは野菜のように食べられる果実である。なんとややこしい！

「トマトの赤はイスタンブールの日没の悩殺するように燃え上がる炎の色。その透きとおる肌の輝くサテンの圧倒的な感動を歌おう。それは子どもの頬のような緻密で暖かい果肉の丸みの上に非のうち

どころなくピンと張っていて、6区の、アサス通りの、モンパルナスのフナック書店の上の、レインコートの店の向かいの、パリ・カトリック学院の、まだ傷ついていない最終学年の女子高生の、尻のように毅然として固い」
デプロージュ［1939-88、フランスのユモリスト］『またしても麺』（料理コラム）

おばあさんの処方

民間伝承によると、日焼けの後の肌にトマトをひと切れ置くと、炎症を抑えられる。

豆知識

インドの宗教的タブー

ヴェーダの精神的伝統において、聖職者のカーストに属するバラモンのなかには、トマトもテンサイ（ビーツ）も食べない人がいる。赤い色が彼らの目には、血の色と同じだからだ。

トマトの王国

マルマンド、サン＝ピエール、オリーヴェット、トマト・スリーズ、ポワール・ジョーヌ、トマトには驚くほどたくさんの色と形がある。昔からのものといわれている品種に、あらためて魅了される。トマト・アン・グラップという房になったトマトの成功の後、これは果実の旨みではなくよい香りの茎のおかげだったが、野菜畑で忘れられていたトマトたちが人気を得た。まずはクール・ド・ブフ（牛の心臓）、赤ら顔で軟らかくて果汁が多く、塩だけで食べるとじつに美味である。だが栄光の代償は支払わなければならない。今日では集約的に栽培されて、だんだん季節はずれの、デンプン質の多いものになり、あまり価値がない。1960年代に、傷みやすく、病気にかかりやすく、運搬がむずかしかったため、世界的にかえりみられなかった昔からの品種がある。交配によって生まれた模造品と混同してはいけない。本物の昔の品種は交配種よりすぐれている。たとえば、甘くてピリッとしたグリーン・ゼブラは原色の緑色に黄色の縞があって、その甘さと酸味のバランスがすばらしい。コルニュ・デ・ザンデスは細長いトウガラシのような形で先がとがっていて、中身がぎっしり濃い。トマト・アナナスは黄色くて少し酸味がある。豊満なローズ・ド・ベルンは、はちきれそうだ。

映画「フライド・グリーン・トマト」

アメリカの映画監督ジョン・アヴネットは、1991年に、ファニー・ブラッグの小説*Fried Green Tomatoes at the Whistle Stop Café* をもとに、アメリカ南部の小さな町での思い出の年代記を練り上げた。この映画のなかで、食物が重要な役割を担っている。撮影にあたって、料理スタイリストのシンシア・ハイザー・ジュベラは、3000個近くのサツマイモやモモやリンゴのタルトを作った。トマトを美味しそうに見せるため、揚げる前に緑色に染めた水のなかに浸けるようにした［フライド・グリーン・トマトは、スライスした青いトマトの衣揚げ］。

➽豆知識

年中美味しく食べるには

南向きに植えられて、太陽の光と熱を十分に受けた最上のトマトは、よく熟してから6月から9月のあいだに収穫される。畑や庭の太陽のもとで熟したものは、凝縮した甘味が出て、議論の余地なく口に最高の喜びをもたらしてくれる。よいトマトの秘密？　最大限熟した状態に近く摘むほど、美味しい。トマトが汗をかいているのは、冷たい部屋から出してきた証拠だ。愛好者は知っていることだが、トマトは決して冷蔵庫に入れてはいけない。冬季には、夏の光をいっぱいに吸収して、エキスが濃縮された乾燥トマトを使うほうがいい。

ノワール・ド・クリメ（ブラッククリム、クリミアの黒トマト）

丸い形で皮が薄く、大ぶりのこの品種は、酸味がないので好まれる。ピュレを作るのに最適だ。本物のノワール・ド・クリメは栄養価が高く、野菜売り場の棚を占領している同種の自然でないものに比べて味もすぐれている。

1876年、ほぼメイドインUSA

ケチャップはこの年に生まれた。すぐに大量生産されるようになり、子どもにもわかりやすいそのとろりとした味で、アングロサクソンの国々で成功する。もともとこの調味料は、17世紀の終わり頃からイギリスの水夫たちが、アジアの港に立ちよったときに覚えたものだが、魚などの塩漬けをベースにしていて、もっと辛かった。中国の「ケ・ツィアプ」とよばれる調味料である。ピッツバーグ出身のドイツの系アメリカ人ヘンリー・ジョン・ハインツが、（1844-1919）はこの調味料にヒントを得てケチャップを生み出したのだ。

ナ

ナス Aubergine（オーベルジーヌ）

世界を駆ける野菜

学名：*Solanum melongena* ナス科

イタリア語Melanzana（メランザーナ）、スペイン語berenjena（ベレンヘナ）、英語eggplant（エッグプラント）、日本語でナス。

語源：ナスaubergineという名称が現れたのは、18世紀の中頃になってからである。直接にはオック語のauberginoから。カタルーニャ語のalberginia（アルベルギーニア）、アラビア語のal-badinganまたはbadenjan（バーディンジャーン）から来ているといわれるが、それ自身、サンスクリット語のbhantâkiに近いペルシア語のbatinganからの借用である。

美しいインドの旅行者

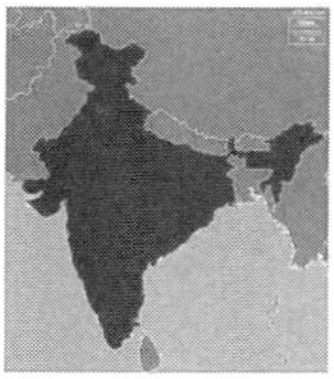

原産地がインド、より正確にはインド・ビルマ地域とマドラスであるナスは、ヘレニズムの地から極東の北部地域にいたる長い商業の道、シルクロードを通って、大旅行をはじめた。最初の休憩地は、古代ペルシアの高地にある肥沃な谷だった。しかし、ナスがわれわれのテーブルに届き、正当に評価されるようになるまで、まだ何世紀もかかる。アジアでは非常に古くから栽培されていたナスは、南アメリカ原産のトマトの遠いいとこにあたり、1200年以上前にアラビア人によって、地中海地域、とくに植物の夢のような天国であるアンダルシアの地に、そしてシチリア島にももちこまれたといわれている。オスマン帝国が、16世紀末から17世紀初頭にかけて、それがあちこちに一気にちらばるのに貢献することになる。オスマン帝国の食通たちは、ナスを燠火（おきび）で焼いて、おそるべき常備歩兵（イェニチェリ）に服従していた従順な臣民たちの食習慣にもとりいれさせた。イタリアには、ナスの栽培が15世紀から存在した。ヨーロッパの食通地理において、アルプス山脈の向こう側（イタリア）の料理は、中世から野菜畑でとれるものを優遇していた、といわなければならない。

世界で

艶やかで濃い紫色、ときには黒、赤紫色、白、黄色あるいは緑色をして、長かったり丸かったり、細いものもふっくら太ったものもあるナスは、地中海料理に欠かせない食材であり、有名なクレタ島の食事療法にも顔を見せる。ユーラシアの反対側にも、多くの変種がある。この野菜として食べられている果実は、それぞれの国の調理の慣習によって、さまざまに調理される。生まれ故郷のインドでは、とろ火でゆっくりと煮たものを裏ごしして、ジャガイモといっしょにカレーに入れる。中国人は炒めて蒸し煮にするが、タイ人は生で食べるのを好み、ベトナム人はインドネシア人と同様、ニンニクで炒める。ギリシア人はムサカ［ナスと羊のひき肉の蒸し煮にトマト風味をつけたもの］にし、イタリア人は、アマルフィ地方などではこれをデザートにするし、アルメニア人はジャムを作る。

トルコのことわざ

3個のナスの夢は幸運の前ぶれ。

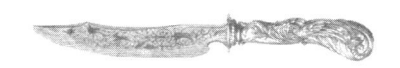

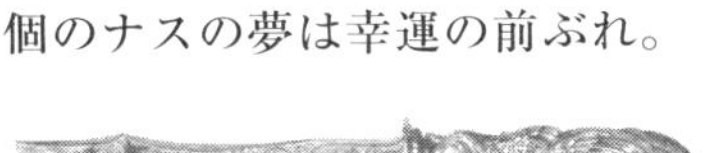

➽アジアの秘訣

えぐみをとるためにもっともよいのは、調理の前に皮をむいてから水につけること。

フランス王国では

最初、ナスは装飾用としてだけ庭に植えられた。農学者ジャン＝バティスト・ド・ラ・カンティニはルイ14世のためにヴェルサイユの野菜畑にたんなる装飾用植物として導入した。一方で、中国の貴族や富豪たちはすでに6世紀から、このエキゾティックな食品を堪能していた。

フランスにおいてナスが公の地位を得たのは、南仏の地で、17世紀のことだった。代表的プロヴァンス料理の衣揚げにしたナスが、ブーシュ＝デュ＝ローヌ県の、詩人フレデリック・ミストラルが生まれたマイヤーヌ村を有名にした。そこからあまり遠くないバルバンターヌの村は、有名な長くて紫色のナスの品種の名前となっている。ラタトゥイユに欠かせないだけでなく、ファルシ［詰めもの料理］にもグリルにもマリネにもキャビア仕立てにしても［焼いたナスをきざんでオリーブオイルであえる］、熱いのも冷たいのも、ナスは南仏のよい香りのものと当然によく合うが、とくにニンニク、オリーブオイル、トマトと相性がよい。

フランス革命とともに、ナスはロワール川を越えてパリへ上った。全国で食べられるようになったのは、総裁政府時代からである。パリでは、パレ＝ロワイヤルの庭にあるはやりのレストランで、アンクロワイヤーブルやメルヴェイユーズたち［フランス革命の大恐怖時代のあとの総裁政府時代、派手で突飛な流行を作った人々］が、つやつやした有望な珍品であるこの果実野菜に熱を上げる。調理された軟らかい果肉が彼らを恍惚とさせた。

インドの読みもの

バルバル・シャルマ［1952- ］の『ナスの怒り』――味わいと香りに満ちたインドの料理本で、地方や家庭のレシピものっている。

キリスト教の地では長いあいだ愛されなかった

かつては悪い病気になると思われていて、昔の人々には「人を狂わせる植物」「危険な果実」とさえいわれていた！その時代には、渋みやえぐみがあることと切り離せなかったことを考えるべきだ。そして摩訶不思議な力があると思われていた、危険で不気味なマンドレイク［地中海東部に分布するナス科の有毒植物］と混同されていたのだ。この「不遜な丸い形の果実」は、下品な植物と考えられていた。美食の枠の外に置かれ、その時代の著作家たちによれば、これに伝統料理のなかで選りぬきの地位をあたえている庶民あるいはユダヤ人共同体にだけ賞味されるものであるということで、その頃はだれもナスの独特の個性を知らなかった。

日本で信じられていること

新年の最初の夢に富士山か鷹かナスが出てくれば、縁起がよい、といわれている。

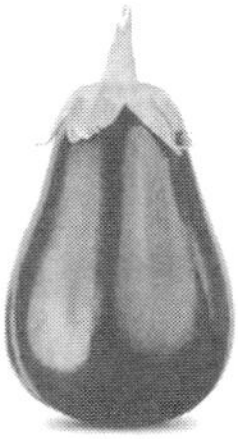

そのほかの地域のことわざ

アジアでは、「メロンの畑にナスは生えない」という。「この父にしてこの子あり」と同じ意味である。

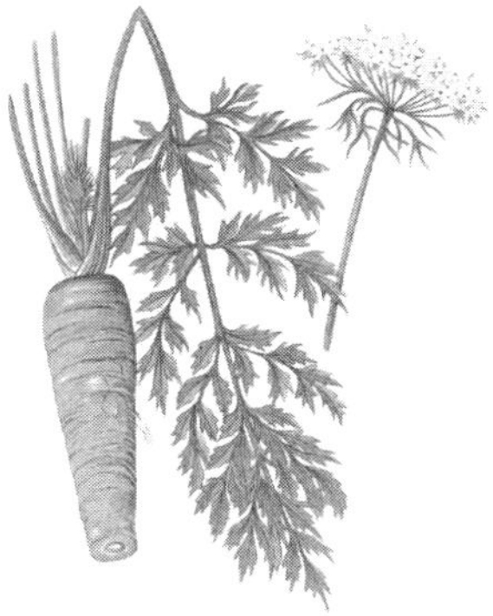

ニンジン Carotte（カロット）

とあとに残されるその葉や茎

ドイツ語Karotte（カロッテ）、英語carrot（キャロット）、イタリア語carota（カロータ）、スペイン語zanahoria（サナオーリア）、ポルトガル語cenoura（セヌーラ）、日本語ニンジン

学名：*Daucus carota* セリ科

語源：ギリシア語のkarôton（カロートン）から出たラテン語のcarota（カロータ）

食用野菜となった根っこ

ギリシア人がすでに利用し、栽培していたのだが、ローマ人の大プリニウスにとって、ニンジンは「ガリアの野菜」であり、野生の状態で生育しているやせ細った、あまり価値のない植物だった。催淫性があるかもしれないと、冒険してみた人々もいたことはいたが。ユーラシアの根菜であるニンジンは、ペルシアあるいはアフガニスタン原産とされているが、系統図はヒマラヤの西側支脈でとぎれている。もともとは白か、淡い黄色あるいは紫色をしていたので、ときにはパースニップ［ニンジンによく似た白いセリ科の根菜（和名アメリカボウフウ）。スープなどに使う］と混同された。とにかくニンジンは長いあいだあまり評価されていなかったが、それは皮が固く、えぐみが強いうえに、芯もあまり軟らかくなかったからで、まるで植物のふりをした牝牛の皮みたいだったのだ！

国境なき変身

今日われわれが知っているような、オレンジ色で甘みをもったニンジンが現れたのは、17世紀のオランダで、さまざまな交配の結果だった。ニンジンには、今も昔も多数の種類がある。スイス産キュッティゲンの白いニンジン、アジアの黒田五寸、アムステルダムの、ゲランドの、ナントの…。有機農業で育てられたものなら、葉や茎もスープにしたりニンニクで炒めたりして食べることができる。

『ニンジン』

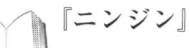

このジュール・ルナール（1864-1910）の自伝的小説は、ある赤毛の少年の、いじめられた子ども時代を語っている。いたずら好きで、残酷で、生意気で、不幸なわんぱく小僧だ。

ヌーボーロマンのなかのニンジン

「わたしの婿はキャロット・ラペが好きだ。アラン氏はほんとうにそれが好き。アランのためにキャロット・ラペを作るのを忘れないように。軟らかい…新ニンジンで。アランは軟らかいと思うだろうか？　彼は甘やかされている、だって、すごく繊細だから。細かくきざむこと…できるだけ細かく…新しい道具を使って…」

ナタリー・サロート『プラネタリウム』

ニンジン先生

中世の時代に、日本の女性たちが文学を一変させ、新しいジャンルを作った。最初の歴史小説である『源氏物語』がその証である。それは気高い紫式部によって書かれた。作者不詳の物語によると、宮中の、非常に繊細な筆力をもった文学者かつ詩人であったある女性は、弟子や愛人たちにニンジン先生とよばれていたという。彼女の姿と性格に、野の野菜の強さと心のやさしさ、ニンジンの葉や茎の香りがあったからだ。

ニンニク Ail（アーユ）

強烈な球根

レシピ

プロヴァンス風アイヨリ

aioli provençal

つぶしたニンニクとオリーブオイルを乳液状に混ぜたものに、卵黄とレモン汁をくわえたソースは、伝統的に「ポマード・デュ・ミディ」とよばれていた南仏のマヨネーズである。

このレシピはカタルーニャにもある。

ニンニクの遍歴

今日では世界中で栽培されているが、ニンニクの原産地は中央アジアのステップ地帯、

正確には、アルタイ＝モンゴルと中国西部とのあいだに位置する地域であるジュングル盆地（新疆ウイグル自治区北部）である。5000年以上前から、この植物の鋭い匂いは人々を魅惑するとともに困惑させた。ヘロドトスを読むと、ニンニクは古代からすでに広く食べられていて、労働者の健康に貢献していたようだ。とはいえ、アテナイの市民たちはこの匂いをあまり評価せず、ふつう「臭いバラ」とよんでいた。エジプト人はニンニクを野菜畑で栽培して、（ヘビ避けの神として）崇拝さえしていたという説もあるが、おそらくその匂いによるだろう。それはともかくとして、この民衆の食材はファラオの墓のなかでも発見されている。

学名：*Allium sativum* ユリ科

語源：英語Garlic（ガーリック）、ドイツ語Knoblauch（クノープラウホ）、スペイン語ajo（アホ）、イタリア語aglio（アーリョ）、ロシア語tcheknok（チスノーク）、アラビア語tsoum（トゥーム）、中国語suân（シュアン）、日本語でニンニク。フランス語のAilという語は、「熱い、燃えるような」という意味のケルト語allから来たといわれている。

熊のニンニク（*Allium ursinum*）

森の下草のなかに、強い香りで風味のよい、熊のニンニクとよばれる野生の植物が生えている。このユリ科の薄緑色の葉はニンニクの強い香りを発散する。スズランの葉に似ているが、スズランのほうは有毒なので、混同しないように注意が必要だ。

日本のニンニク、韓国のニンニク

韓国の人々はニンニクをたくさん食べることで知られている。町の庶民的なレストランのテーブルや夜市に置いてあるのがよくみられる。アメリカ人がピーナツを、地中海沿岸地方の人々がオリーブをつまむように、コメでできたアルコール（ソジュ）を飲むときに、これをポリポリとかじることが多い。

日本には、添加物も保存料もくわえずに海水に漬け、加熱熟成させた黒ニンニクというものがあって、甘く口のなかでとろけるようになるため、たいへん評価が高い。この凝縮された味わいは、おもに青森県と、かつて都だった京都で生産されている。西欧ではまだあまり知られていないが、軽いのにくっきりとしている独特の味覚がシェフたちの関心を引いている。

あらゆるソース向けの魔法の植物

色は白かピンク、あるいは紫色、クリームソース、濃いポタージュに、薄切りで、ガーリック・ソルトにして、漬けて、油で金色に炒めて、醤油漬けにして、パンに生のものをこすりつけてブルスケッタにして、サラダやスープに入れて。ニンニクはひかえめに使うと、料理にすばらしい風味をもたらす。そのものを味わうというより、感じるくらいがいい。おもに地中海料理と結びついているが、中東やアジアの料理にもとりいれられていて、この滋養強壮効果をもつ球根は心に情熱の炎をもたらしている。

保護作用

中央ヨーロッパ、とくにバルカン諸国において、ニンニクはお守りの力をあたえられていて、吸血鬼を追いはらうことになっている。地中海沿岸、インド、中国では、悪運から守ってくれる。料理の決め手となり、象徴的な意味を担ううえに、ニンニクには数多くの薬効がある。防腐、殺菌のほか、消化機能の障害を緩和し、睡眠を促進し、コレステロール値や血圧を下げる。しぼり汁は咳止めにも用いられる。

「ニンニクもタマネギも食べないことだ、臭いで田舎者だとわかってしまうから」
セルバンテス『ドン・キホーテ』

セーターとニンニク売り

19世紀末まで、パリの中央市場でニンニク売っていた人々は、独特の厚手の手編みセーターを着ていた。ほかの青物商も彼らのまねをして同じようなものを着るようになり、それを「ニンニク売りの服（ヴェトマン・ド・マルシャン・ダーユ）」を縮めて、セーターのことをシャンダーユとよぶようになった。

十字軍と愛の秘薬

ニンニクはキリスト教の修道院の野菜畑と同様、イスラム教文化にも受け入れられ、何世紀にもわたって権力者も庶民も魅了した。それほど身体に力をつけてくれるのだ。フランスへは、第1次十字軍の著名人、初代の「聖墓の守護者」だったゴドフロワ・ド・ブイヨンが、この非常に特別な植物をもたらした。アンリ4世が生まれたとき、その祖父アンリ・ダルブレは、孫の唇に「香辛料のプリンス」であるニンニクの塊をこすりつけたという。ロシア人にとって「命の球根」であるニンニクには、伝統や慣習に対する反順応主義で知られた詩人で作家のジョゼフ・デルテイユ（1894-1978）によれば、催淫機能もある。ニンニクを2粒きざんでパセリをくわえて一晩おき、それを翌朝パンにぬって食べる、という古くからあるじつに簡単なレシピは愛の欲望を高めるらしい。

女たらし、との異名のあったアンリ４世は、ジュランソン［ピレネー＝アトランティック県、アンリ４世が生まれたポーの隣町］のワインとニンニクで洗礼を受けていたので、そのレシピを必要としなかった！

➽アドバイス

この伝説的な農産物、このオリーブオイルとすばらしく相性のよい偉大な古典的食材を味わうには、いくつかの特性を思い出すとよい。ニンニクは炒めすぎると嫌な臭いになり、苦くなる。生で、繊細さを発揮する。小さめの固くて緻密なものを選ぶと、よりきわだった香りが楽しめる。芽をとれば、息が臭くなるのを避けられる。手についたニンニクの匂いをとるには、塩でこすってから石鹸で洗うとよい。

ハ

パイナップル

Ananas（アナナ）

愛嬌のあるやつ

学名：*Ananas sativus* パイナップル科

ドイツ語ananas（アナナス）、英語pine apple（パイナップル）、スペイン語piňa（ピーニャ）。ananasはアメリカ先住民のグアラニ族の言葉で、「香りのなかの香り」を意味する。

ポルトガル人の祝福された果実

ポルトガル人の庇護を受けて、パイナップルは旅をした。彼らはパイナップルをアフリカ、マダガスカル、インド、マレー諸島、ジャワ（インドネシア）、中東全体と、そして極東へもつれていかれた。

カイエンヌとカリブ…

パイナップルにはいくつもの品種がある。フランス領ギアナを原産地とするカイエンヌ（カイエン）が、世界中でもっとも多く栽培されている。カリブあるいはレッド・スパニッシュはそれより少ないが、ピリッとしてやや酸味のある風味が特徴的だ。小型で、香りが強く、ジューシーで甘みはカイエンヌより少ないクイーンは、南アフリカとモーリシャス島で作られている。もろくて白い果肉のアバカシあるいはアバカは、おもにブラジルと西アフリカで生産される。

アメリカ起源

頭に緑の葉の束をつけた、ちょっと滑稽な果物であるパイナップルは、中央アメリカのカリブ海地域で発見された。アメリカ先住民の人々のあいだでは、ホスピタリティーを表すシンボルとなっていて、歓迎のしるしとして住居の前に置かれることがある。クリストファー・コロンブスは乗組員たちとともに、棘のある鱗におおわれたこの大きくて変わった果実を食べたはじめてのヨーロッパ人だったといわれている。それは1493年、グアドループ島でのことだった。パイナップルは、ほんとうはおそらくブラジル原産だろうが、ペルーだという説もある。1555年に、フランスの旅行家で著述家のジャン・ド・レリが『ブラジルの地で行なった旅の物語』のなかではじめてはっきりと言及している。「このえもいわれぬ果物はブラジルの地でとれる」「まず、未開人たちにアナナと名づけられた果物がなる木は、グラジオラスに似た形をしていて、まわりをアロエの葉に似た細長い葉で囲まれている。その葉には大きなアザミのようなギザギザがあるばかりか、中くらいのメロンほどの大きさがある果実は、松かさと同様に立つ形でなるので、われわれのアーティチョークのようだ」。17世紀になると、イングランド、スコットランドおよびアイルランドの王チャールズ１世の庭師が自国の温室で育ててみようと考えた。エキゾティックなすばらしい実が、すぐにヨーロッパの王たちのテーブルの上に堂々と座るようになった。しかしながら、この「果実の王」がフランス王国の大テーブルで供されるようになるには、18世紀、ルイ15世の治世を待たなければならなかった。

クイーン・ヴィクトリア・パイナップル

クイーン種に属すこの品種は、果肉の色と甘い風味、軟らかい芯が好まれる。おもに1668年から導入されたといわれるレユニオン島、モーリシャス島、南アフリカで生産されている。クレオール料理、ベトナム料理、また太平洋の島々の料理では、甘い味のレシピにも塩味のレシピにも登場する。

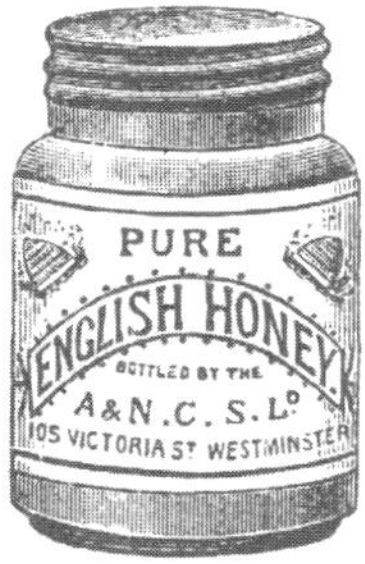

ハチミツ　Miel（ミエル）

その他の甘いもの

「あなたのひと目も、首飾りのひとつの玉も／それだけで、わたしの心をときめかす。わたしの妹、花嫁よ、あなたの愛は美しく／ぶどう酒よりもあなたの愛は快い。あなたの香油は／どんな香り草よりもかぐわしい。花嫁よ、あなたの唇は蜜を滴らせ／舌には蜂蜜と乳がひそむ」

旧約聖書「雅歌」（4・9-11）

巣箱から花弁へとクルクルと動く蜂の働きから生まれるハチミツは、甘美で、おちつきと精神的な賢明さの象徴であるが、また官能的幸福の追求を象徴することもある。今日、「ハチミツの月、ハネムーン」は新婚旅行を意味するが、かつてこの言葉は結婚後の最初の1か月のことで、概して、甘い快楽と同義だった。スカンディナヴィアの伝統的慣習では、この時期新婚のカップルは毎日ハチミツ酒を飲むことになっていた。

ゼウスはヤギの乳とハチミツで育てられた。ピタゴラスは主としてパンとハチミツを食べていた。ウェルギリウスは『農耕詩』のなかでハチミツを歌っている。ヘロドトスによれば、古代エジプトでは、いけにえにされた動物たちの最後は、ハチミツと香辛料をつけた焼肉だった。バビロン、クレタ、インダス、そしてシュメール文明において、高位の死者は、あの世への旅路にそなえてハチミツを入れた荷物を持っていた。

古代ローマ

ローマの美食家アピキウスの時代は、ハチミツ、干しブドウ、干しイチジク、ナツメヤシ、ブドウ果汁が料理に甘みをつけていた。アピキウスが『料理法』のなかでアドバイスしている。「にせのハチミツを見分けるには、なかにランプの芯を浸して火をつけてみることだ。もし偽造品でなければ燃え上がる」。詩人オウィディウスによると、この高貴な自然の産物、腐らないただ1つのものを見つけたのは、サチュロスたちをつれてマケドニアへ向かう道の途中の、ワインとブドウの神バッカスだった。ワインより先に、人を陶然とさせるハチミツ酒というものがあった。不死の、といわれたこのアルコール飲料は、人類史上もっとも古い。ハチミツと水をベースにしていて、ギリシア人、ローマ人、それ以外のヨーロッパの民族全部、またアメリカ先住民やアフリカの人々も飲んだ。

養蜂家（蜂の旅人）（原題「オ・ミロソコモス」）

1986年に制作されたテオ・アンゲロプロスの映画で、過去の生活をすてて養蜂家となって、旅に出たある男（マルチェロ・マストロヤンニ）がギリシアを放浪する話だ。蜜蜂の巣箱を置くための好都合な場所を求め、開花期に合わせて、出発する。老いゆく養蜂家は旅の途中、非現実的な恋愛に身をゆだねたりもするが、結局、蜂にみずから刺されての壮絶な最期を迎える。

アメリカの平原やアマゾン川流域の先住民

フランスの人類学者で民俗学者であるクロード・レヴィ＝ストロース（1908-2009）は、『食卓作法の起源』のなかで、北アメリカのシャイアン族はそのはじめ、「人類はハチミツと野生の果実で栄養をとっていて、空腹を知らなかった」と考えていたと書き、『蜜から灰へ』では、アマゾンの伝説を報告する。「最初の頃、動物は人間であり、ハチミツだけを糧としていた」

蜜をもたらすアシ

サトウキビを精製して作る砂糖が、しだいにハチミツにとって代わるようになった。この古いアシの仲間は遠くから来た。紀元前8000年頃、ニューギニアで利用されはじめたといわれている。そしてそこから2000年後、フィリピン、インド、そしてインドネシア――ここがすでにもう１つのサトウキビ利用地となっていなかったとしたらだが――にたどり着いたといわれている。本来の意味での砂糖の存在は、ずっと後になってから、前400年から350年頃のアメリカ先住民の文献で確認されたにすぎない。サトウキビの栽培は、それから、インドを通り、その後中東のペルシア、とくにトリポリ地域に根づいた。ユーフラテス川のデルタとインダス川のデルタのあいだを航行したアレクサンドロス大王の将軍の１人が、サトウキビのシロップとそれから作られた発酵飲料のことを語っている。アラビア人は、地中海周辺の征服地のすべてでサトウキビを栽培した。

「だが、すべての生き物のうち、最前列を維持するのは、そして正当にもわれわれがもっとも感心するのはミツバチだ。なぜならミツバチだけが動物のなかで人間のために生み出されたからだ。彼らは蜜という、非常に甘くて、非常に繊細で、非常に体によい液を集める。生活のなかでさまざまに利用される巣板と蜜蝋を作る労働を引き受け、巣を作り、集団社会と独特の会

議と群のリーダーをもつ。もっとも称賛すべきなのは、ほかの動物にない習性をもっていることである、つまり飼いならされてもいなければ、野生でもない」
大プリニウス『博物学』

インドの信仰

ジャイナ教は、紀元前6世紀、ブッダと同時代のヴァルダマーナ（マハービーク）が創設した宗教的潮流で、利他主義、非暴力、菜食主義を推奨した。信者にとってミツバチからハチミツを奪うことは、悪魔への転生をひき起こすことだった。

「どんな生きものも、人間でさえも、自分の生活の領域で、蜜蜂がやっているようなことを実現できなかった。そしてもし地球外の知的生命体が、生活の論理として地上でもっとも完璧なものを求めたとすると、質素なハチミツの巣板を紹介しなければならないだろう」
モーリス・メーテルリンク『蜜蜂の生活』

パリの屋根の上

1990年代の初頭から、農業で使われる殺虫剤の使用に関連して、世界中のミツバチの死亡率が極端に高まっている心配な状況の一方で、彼らはますます都会に住むようになっている。

600近くの巣と女王蜂がパリの高級住宅街を不法占拠している。モンソー公園、順化園［パリ、ブーロニュの森にある動物園］、リュクサンブール公園、ジャルダン・デ・プラント［植物園］その他パリの公園と、都会暮らしのミツバチは緑にひたっている。大きな変化は軽業師から起こった。1981年、高いところまで昇った最初のミツバチが、オペラ座の屋根の上に住み着いたのだ。2013年から、2人の若い養蜂家とその働きバチが、引退した道具方の後を継いだ。オルセー美術館、アンヴァリッド（廃兵院）、ノートル・ダム、グラン・パレ、エコール・ミリテール、パレ・ブルボンは、以後パリのミツバチの精選された住所となった。それ以降、よそのミツバチたちもマレ地区の市立信用金庫の屋根のほうへ移住し、そこで「おばさんのハチミツ（ミエル・ド・マ・タント）」を生産するようになった。農産地帯の農薬や化学肥料から離れて、都会のミツバチは抵抗し、まろやかな味の快いハチミツを生産している、たくさんのパリの花を自由に使えるわけだから。

「インドの塩」

砂糖をめぐる甘くて苦い対立…。一方は、ヨーロッパ人がサトウキビの砂糖を発見したのは、最初の略奪を遂行していたアラビア人を介してアンダルシアを経由して8世紀初頭のことだとし、他方は、十字軍がアンティオキアの占領の際、はじめてこの甘味を味わったのだ、と主張する。中世には香辛料と考えられていた砂糖は、「白い塩」あるいは「インドの塩」という名で、薬局で胃の痛みを治す医薬品として売られていた。最終的に11世紀、砂糖はヴェネツィアからヨーロッパ大陸に入った。この食品はしだいにより多くのヨーロッパ人を魅了し、ルネサンス期には流行となる。フランス人はイギリス人、イタリア人、とりわけアラビア人ほどではなかった。後になって経済的な見地から、フランス、スペインそしてポルトガルは、植民地であるアンティル、キューバ、ハイチ、カナリア諸島、カーボヴェルデ、ブラジルにおいて、砂糖の生産を発展させることになる。サント=ドミンゴでのサトウキビ栽培によって、フランスは18世紀の後半、イギリスを抜いて第一の砂糖生産国となる。

同じ時期、ドイツの化学者アンドレアス・マルグラフがテンサイ（甜菜）から砂糖を作るのに成功し、状況を一変させる。テンサイは食用植物で17世紀にはすでに、煮ると甘くなることが知られていた。マルグラフは、この砂糖の抽出法と品質を先進科学で改良した。歴史上の出来事がこの過程を早める。ナポレオン1世が1806年、大英帝国に打撃をあたえるために、ヨーロッパ全土に大陸封鎖を行ない、すべての商取引を禁じたが、そのなかにはイギリスの植民地からの砂糖の通商もふくまれていた。アウステルリッツの勝者ナポレオンは、そこで、フランスにおける広大な耕作地をもつテンサイの農業経営を優遇することにしたのだ。

花 Fleur（フルール）

善の華

花はあらゆる種類の欲望を刺激する。恋人たちはこれを言葉とする。花は目を楽しませ、香るだけでなく、食べ、かじり、飲むこともできる。たとえば、エリカ（ヒース、ヘザー）のスープやグラジオラスのサラダ…。その名が示すとおり蕾または蕾の塊全体を使うカリフラワーは味の追求者に霊感をあたえる。

コリコリしたり、ピリッとしたりするのを、煎じて、浸出させて、仕上げにそえて、煮て。花から抽出された香りは、思いがけないほど豊かなものとなる。

それらは野原の美しい花、道から離れて咲く、野原の女王としてデザートのクリームやアイスクリームに招き入れられ、セイヨウノコギリソウ、サン=ジョゼフソウ、ノコギリソウ（タンニンに富む）はオムレツに入れて、ラムソンの強い蕾はサラダを引き立てる。ラベンダーは煮てもだいじょうぶ。野生のサクラソウやスイートピーは生で賞味される。野生のスミレは牛肉のひと切れと相性がいい。ルリヂサ（ボリジ）の濃紺の星型をした花は、コメのサラダやムール貝のサラダにそえると、意外性のあるヨードの香りでよく合う。

ほかにもアーモンドを思わせる果樹の花がある。もっとも興味深いのはアカシアの花だ。柑橘系の香りに引きよせられてミツバチはハチミツを集め、人間は好んで、衣揚げやラタフィア（果実、花、種子などでつくる自家製リキュール）を作る。

ペルーの花

辛味をもつ花の仲間のなかで、キンレンカ（別名ノウゼンハレン。フランス語でカプシーヌ）は十分にスパイシーで葉や茎とともに食用にできる。この南米の美しい花は、かつて「ペルーの深紅の花」とよばれ、色は黄色、オレンジ色あるいは燃えるような赤で、味はクレソンを思わせる［そのためナスタチウムともよばれる］。おそらくそのせいで、20世紀初め頃には「インドのクレソン」ともよばれていた。ピリッとした味の実は細かくきざんで、ビタミンC豊富な葉とともにレタスのサラダなどの生野菜にそえられる。

中国の喜び

すでに殷王朝（前16-11世紀）の時代から、皇帝たちは宮殿でキクやランを賞味していた。老西太后（1835-1908）はハスやモクレンの花びらが好きだった。そしてもちろん「天子」の茶に香りをつけるジャスミンの花、バラの花のマーマレードやニッケイの花のシロップ煮。キクは昔から、中国伝統医学で、消化不良、肝臓病、さらには近眼を治す力があるといわれた。だがすべてのキクが食用というわけではない。*Chrysantemum indicum*［シマカンギク］と*Chrysantemum morifolium*［イエギク］だけが調理に使える。

野原のイヌサフランが花開く、花開く…［フランスのシャンソンの題］

ご注意！　このユリ科の花は、スズランやキズイセンと同様非常に有毒である。これらの美しい花はどれも食べられない。そしてほかの花も、食用にするときには決して花屋で買い求めてはいけない。非常に毒性の強い化学処理がほどこしてあるからだ。料理に使う花は、なんとしても処理加工されていないものにかぎる。

花を調理する、かぎりない可能性

キクの花びらは、パリのメトロのグラン・ブルヴァール駅のところにあるブラッスリ、ブレバンの料理長ルネ・ラセール（1912-2006）によって、テーブルにのぼる光栄を得たが、中国では薬効があるとされ、日本やベトナムでは催淫性があると思われている。ペルシアやインドでたくさん料理されるのは、バラだ。マグレブと中東では、オレンジの花が優位を占めている。イタリアのサラダには、マスタード（辛子）の花が入っていることがある。オレンジ色のきれいな花冠をもつズッキーニの花の風味は、メキシコ、東南アジア諸国、イタリア、バルカン諸国、そしてフランスのニース地方で評判がよい。花は衣揚げ、ファルシ、サラダ、ポタージュにされる。フランスのケーキ職人たちは、よい香りのする花びらに目をつけて、バラやスミレやオレンジの花びらでマカロンを、バラやキイチゴでルリジューズ［シュークリームとエクレアを上下に重ねた菓子。形が修道女（ルリジューズ）に似ている］を作った。

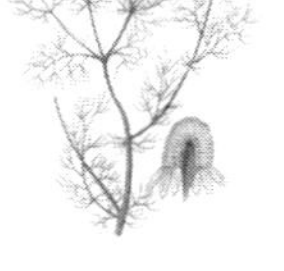

キンセンカ（スーシ）を食べるなんて、それはあんまりだ（ブーケ）！

［フランス語で心配事もキンセンカと同じく、スーシ souci という。C'est bouqet !（bouqet＝花束）は慣用句］

サフランを手に入れることができなかったローマ人は、貴重なそれと同じ色をしているキンセンカを使った。16世紀、キンセンカを入れたポタージュはウィリアム・シェークスピアの同時代人を喜ばせた。その黄色がバターやチーズに色をつけ、花びらがソースやデザートに香りをつけた。

ビビンバ

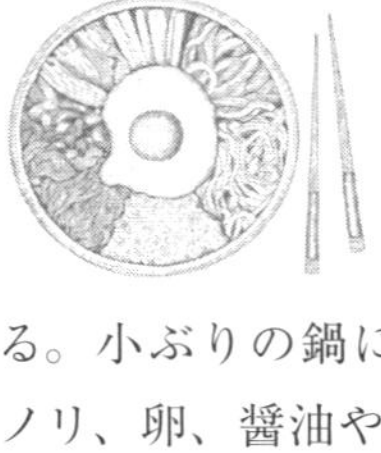

韓国料理の大定番ビビンバは、混ぜご飯のような料理で、シンプルかつ美味である。小ぶりの鍋に、ご飯を入れ、野菜、ノリ、卵、醤油やゴマ油で味つけをした薄切りの牛肉や、辛くした豚肉、シーフードなどをのせる。静かな朝の国、韓国では、ビビンバを花で飾ることもある。

バナナ Banane（バナーヌ）

インドネシア生まれの甘い果物

バナナとバナナ

調査によると、世界中のバナナの品種は1000を下らない。大きく分けておもにキャベンディッシュに代表される果物としての甘いバナナと、アジアのピサン・アワとアフリカのプランテンに代表される調理用のバナナがある。バナナは約４億人の主食となっている。

学名：*Musa acuminata* バショウ科

語源：ポルトガル語のbanana（バナナ）からだが、これはギニアのバントゥー語から借用されたといわれる。サントメの住民はabanaとよぶ。ルネサンス期に、この自然の贈り物に魅了された植物学者たちが、*Musa paradissiaca* と名づけた。

「チョコレート色のヴィーナスといわれたジョセフィン・ベーカーは、パリで、1925年にレビュー・ネーグル（黒人レビュー）、続いて1926-1927年にフォリ・ベルジェールで成功をおさめた。未開人のような衣装をつけ、胸をたえまなくふり、腰にはたっぷりの羽飾り、目はロト遊びの玉のよう、彼女は一晩で世界一有名な女性となった。（…）フォリ・ベルジェールで彼女が見せた名人芸は、腰のまわりに、アンティル島の人々がOh！là！là！mamanとよぶキングサイズの曲がったバナナをびっしりと12本着けて、それをふりながらレイ・ヴァントゥラのばかげたリフレインを歌うことだった」
ジャン＝リュック・エナン『果実と野菜の文学的でエロティックな事典』

バナナの木とブッダ

紀元前６世紀、ブッダの名で歴史に残っているゴータマ・シッダールタは、この草にものの無常を見た。一生に一度だけ実を結んで房をつけて枯れていくからだ。中国の伝統的なブッダの図は、バナナの木の下で、現世が空虚であること、ものが無常であることを瞑想する姿で描かれている場合が多い。

なんとすばらしい房！

バナナの木というのは、じつは木ではなく、15メートルに達することもある世界一大きな草本植物である。世界でもっとも消費量の多いこのトロピカルフルーツは、インドネシア生まれだが、インドまたは中国だという説さえある！　パプア、ニューギニア、フィリピン、カンボジアで野生のままのものがみられる。赤紫色の大きなバナナの花は、生またはゆでてサラダやスープの材料となる。アジアとオセアニアを通ったその旅路は謎のままだ。バナナをal vaneyraとよんだアラビア人によって、アフリカにもたらされたのではないかといわれているが、仮説でしかない。15世紀の中頃ポルトガル人が、このアフリカ大陸のギニアでバナナを発見して、カナリア諸島に、次にはブラジルに導入した。一方、スペイン人はカリブ海地域、最初サント＝ドミンゴで、ついでアンティル諸島で栽培するようになる。

バニラ Vanille（ヴァニーユ）

ランの甘美な果実

メキシコからタヒチへ

アステカ人は、バニラを彼らのチョコレート飲料の香りづけに使っていた。中央アメリカのこの弱々しいつる植物の実が、コンキスタドール、エルナン・コルテス（1485-1547）によってメキシコで発見されるずっと前のことだ。バニラは1510年頃スペインに上陸した。イベリア半島にやってきたこの新顔は、フランスに到達し、その後インド洋、東南アジア、そして太平洋地域に広がった。

バニラのつるは、ほかの木にからんで成長し、暑くて湿度の高い熱帯地域で花開く。日陰になった場所で繁殖する。鞘（さや）は採取されて天日乾燥されると茶色や黒い色になり、しおれていきつつ、果物や花の香りを放つようになるための変身を続ける。バニラには多くの品種があるが、そのうち15種ほどだけに芳香性がある。巨大なランに実るこの鞘の、風味を引き立てる力は驚くべきだ。この甘く快いアロマは、非常に多くのデザートによい匂いをつけるだけでなく、魚や甲殻類の調理に使われる。タバコや香水産業、製薬研究所においても恒常的に使われている。

学名：*Vanilla planifolia* ラン科

メキシコのミツバチとレユニオン島の少年

長いあいだ、バニラの花の受粉について謎があった。中央アメリカでは、土着であってほかのどこにもいない固有種の小さなミツバチ、メリポーヌ［ハリナシバチ］によって行なわれていたが、メリポーヌのいないその他の土地では不可能だった。1841年になってやっと、レユニオン島の奴隷の少年エドモン・アルビウスが、バニラの人工受粉を考えついたため、世界のいくつもの地域での生産が可能になる。原産地メキシコではいまも変わらず生産されているが、さまざまな苦労のあと、今日とくにブルボンバニラ［フランス語ではヴァニーユ・ブルボン。レユニオン島はフランス革命前、王朝の名からブルボン島とよばれていたため］として知られているバニラが、マダガスカル（世界の主要な生産国）を中心に、セーシェル、コモロ、レユニオンで栽培されている。

黒い鞘を意味するトゥリルクソチトゥルTlilxotchitlは、アステカ語でバニラのことをさした。ドイツ語Vanille（ヴァニレ）、英語vanilla（ヴァニラ）、イタリア語vaniglia（ヴァニリャ）、スペイン語vainilla（バイニーヤ）、タヒチ語バニラ、日本語バニラ

語源：「小さな葉鞘」を意味するスペイン語のvainillaから。ラテン語のvagina（鞘、外皮、膣の意味）から派生した言葉だが、これはフランス語のvagin（膣）という言葉の語源ともなっている。

甘くたまらない魅力のタヒチバニラ

1848年には、のちの海軍大将アムランが、当時スペインの植民地だったフィリピンの首都マニラから、最初のバニラの苗をタヒチにもたらした。この地に苗はすばらしくよくなじんだ。今日バニラはおもに、タヒチ島、ライアテア島、フアヒネ島、モーレア島、ボラボラ島、バニラ・アイランドとの通称もあるタハア島で栽培されている。南の海の穏やかさはバニラビーンズの甘い香りによく似あう。タヒチのバニラは世界的に認められる存在となっている。この繊細で優雅な

*Vanilla tahitensis*は、２つの品種*Vanilla planifolia*と*Vanilla odorata*の交配から生まれたといわれ、それでこのような卓越した香気をもつにいたったのだろう。

唯一無二のこのポリネシアの若いプリンス、小さな黒いバニラビーンズは、これを特別な産物と考える食いしん坊や美食家を魅了してやまない。このバニラビーンズだけは成熟前に裂けないので、香りを逃さずに保つことができる。この理由でも、世界一といえるだろう。

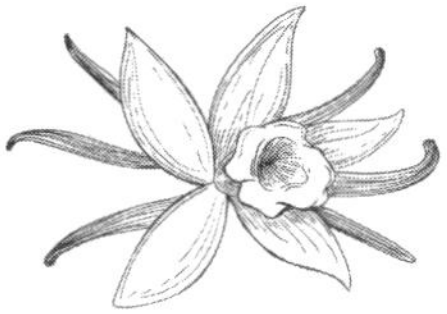

110品種がバニラとして数えられているが、バニラビーンズを収穫するために栽培されているのは、たったの３品種のみである。

8000トンというのが、天然バニラが世界で年間に生産される量である。市場に多少の変動があったとしても、バニラ生産の首位を争っているのは、マダガスカルとインドネシアだ。

バニラについて

「最初の言及は、アステカの王イツコアトル（在位1427-40）の年代記のなかにみられる。リオ・アンティガ地方のトトナカ族の国々を掌握したのち、王への租税の一部はバニラで支払わなければならないと明示している。おそらくは、何世紀も前から、メキシコにおけるコロンブスによるアメリカ大陸発見以前の人々は、貴重なバニラビーンズをカカオの苦味をやわらげるために使っていて、それなしではバニラも香りをもつ「香料」とはならなかったような処理法を知っていたのだと考えられる。15世紀の後半になると、アステカの若い国家連合は、この新しい土地の支配を強固にし、当時は野生状態でしかなかったこの香料の採取を積極的に進める」

ニコラ・ブーヴィエ［1929-98、スイスの作家、旅行家、図像調査士］

『バニラとよばれたランの、ほんとうの物語、かんばしい植物の艱難辛苦と美徳 1535～1998年』

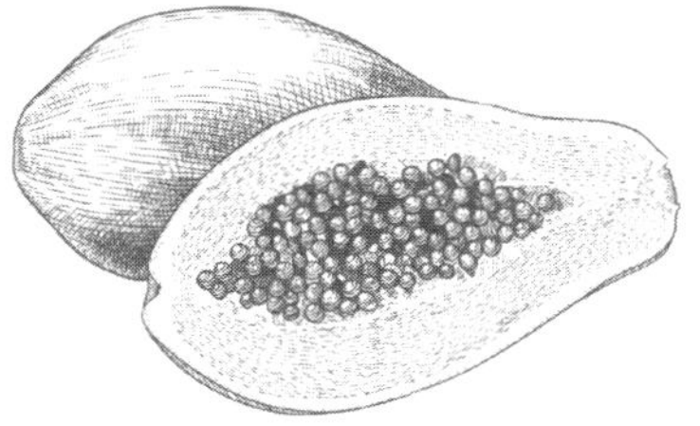

パパイヤ Papaye（パパーユ）

ラテンアメリカ生まれ

熱帯のメロンともよばれるこのオレンジ色の果肉をもった果物は、アジアではなく、熱帯アメリカ、おそらくメキシコの出身である。パパイヤの木は高温と豊かな雨を必要とする。パパイヤは、またたくまに、ポルトガルの仲介で、アフリカからアジアへかけての赤道地帯で保護を受けることになった。

世界一周

ブラジルでは、パパイヤは、よく太った青い（緑色の）ものを好んで使い、ニンニク、タマネギ、トマトといっしょにとろ火で煮こんだ庶民的な料理を作る。インドネシアでは、青いパパイヤをポタージュにするが、たいていは香辛料をよく効かせる。タヒチでは、パパイヤを裏ごしにして、それに砂糖、キャッサバの粉、バニラを混ぜる。オーブンで焼いた後、ココナツミルクをかけ、砂糖をふる。ポリネシアでは、このクレープのような平たい菓子は、Po'epapayeとよばれる。ベトナムでは、パパイヤは果樹園ではなく野菜畑に植えられる。なぜならタイやラオスと同様、青いパパイヤを野菜としてサラダで食べるからだ。もっと軟らかく、甘く熟したものは、果物として食べる。

学名：*Carica papaya* パパイヤ科

ブラジル・ポルトガル語Mamao（マモン）、インドネシア語pepaya（ペパヤ）アメリカインディアンの言語papali、マレー語でkepaya、ベトナム語でdu du（ドゥードゥー）、アメリカ先住民のグアラニ語で papaya は「母乳でいっぱいの乳房に似た果物」という意味。

インドとブラジル

世界における主要な生産国がこの２国で、インドネシア、ナイジェリア、メキシコがそれに続く。

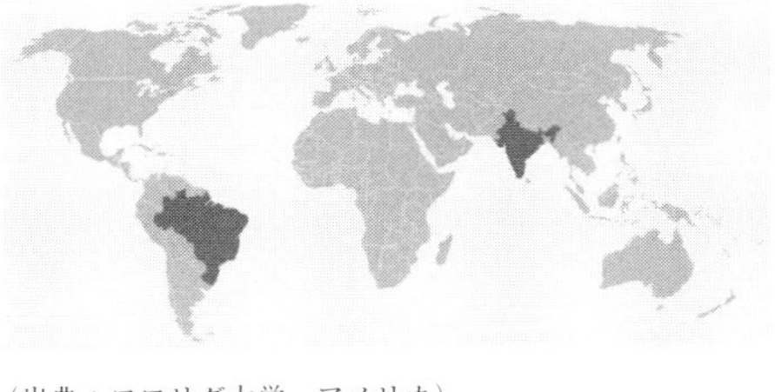

（出典：フロリダ大学、アメリカ）

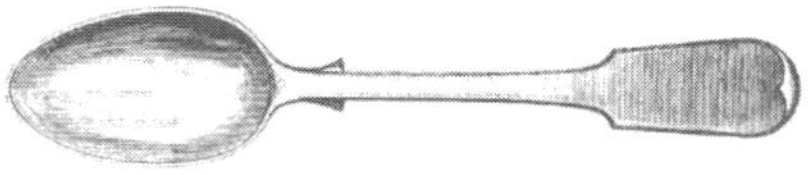

青いパパイヤ香り（Mùi du du xanh）ムイドゥードゥーサン

映画監督トラン・アン・ユンのこのはじめての作品は、1993年に制作され、官能的で、美食的な光のプリズムのもとに、ベトナム女性の先祖伝来の仕草をよび起こしている。なかでも、パパイヤの皮をむき、指を果肉のなかに隠れている白い種のところにさし入れ、「静かに」薄切りにする仕草が印象的だ。サイゴンの2つのブルジョワの家庭の閉ざされた空間に立ちのぼる料理の甘い香りから、1950年代の女性の状況が明かされる。

ヒツジ Mouton（ムトン）

AGNEAU BÊLENT DU SAIGNEUR
神ならぬ屠殺屋の子羊はメーと鳴く

［アルベール・コーエンの小説Belle（ベル） du（デュ） Seigneur（セニャール）『選ばれた女（邦題）』との語呂合わせ］

古代

ローマ帝国で、羊肉は軍隊の駐屯地の食事だった。彼らは週に5回まで食べることができたが、一方でアピキウスは子羊（乳離れする前に屠殺する）あるいは子ヤギをベースにした非常に手のこんだ調理を作り、裕福な邸宅で熱烈にもてはやされた。

アニュス・デイ　神の小羊

「ヨハネによる福音書」のなかで、洗礼者ヨハネは、イエスが自分のほうへ来られるのを見て言った。「見よ、世の罪を取り除く神の小羊だ」。そのためキリスト教の伝統では、宗教的いけにえの動物が、汚れなさとやさしさのシンボル、キリストのイメージとなった。これは692年のコンスタンティノープルの公会議まで続く。そこではキリスト教の図像で、「神の子」を、もはや小羊としてではなく人間の姿で表現し、キリストの受肉に明白なリアリティーをもたせることに決まったのだ。イスラム教では、犠牲祭Aïd el-Kebirイード・アル・カビールで、イスマイル（イサク）をいけにえになることから救ったイブラヒム（アブラハム）の行為をたたえる。啓典の民は、子羊あるいは若い羊を祝いの席に用いる。

語源： この語の起源は、ブルトン語maout、ガリア（ゴール）語multo、ウェールズ語のmollt、あるいはmoltという去勢されたオスを意味するアイルランド語から来ている。

moutonは食肉にするために飼育される動物で、特性なしのたんなるヒツジである。この語で牡も牝も表す。agneauアニョー（子羊）（牝の子羊はagnelleアニェル）は1歳未満の若いヒツジで、牝羊brebisブルビと牡羊bélierベリエの子どもである。

肥沃な三角地帯の一神教

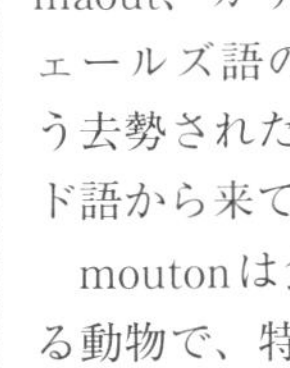

聖書にくりかえし登場するヒツジは、いつも悲劇的な最期を迎える。理由？　純粋無垢だから！　神が、3つの宗教に認められた「信仰の父」アブラハムに、息子をいけにえにするよう命じたとき、この家長はしたがった。神の手が、祭壇の前で直前にそれを止めて、人間には幸運を、小羊あるいは羊には不運、いけにえの犠牲となる不運をもたらした。アブラハムの小羊がイサクを救い、モーセの小羊がヘブライ人を救う。ユダヤ人の出エジプトを記念する過越の祭（ペサハ）では、最初の食事に子羊の骨が供される。肉はそのあとの日々に食べる。[主がエジプト中の初子を撃ったとき、戸口に子羊の血をぬってあったイスラエル（ヘブライ人）の家の前は通りすぎ、ぶじだった]

「ヒツジは牡羊でも牝羊でも冷たいけれど、牛肉よりは温かい。単純で湿っているが、苦味やとげとげしさがなく、その肉は健康な人にも病気の人にも食べられる。もし体がすっかり弱っていて、血管ももろく低体温なら、羊肉のエキスと煮汁をとるといい、それを飲み、肉を少し食べる。体力がついてきて、それで具合がいいようなら、食欲に合わせて食べる。肉は食べていい」**ビンゲンの聖ヒルデガルト**『神の創造の巧みさの書』

イギリスの食肉

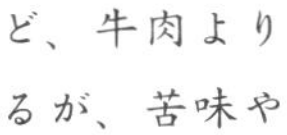

1000万頭以上のヒツジの総頭数をもつウェールズのおかげで、イギリスはヨーロッパ一の羊肉生産国である。すでに中世から、ウェールズの子羊の評判は、その類まれな味わいによって、海を越えて伝わっていた。2003年

以降、海辺の放牧地で塩分をふくんだ牧草を食べて、戸外で育った子羊は、生産地呼称保護PGIの対象となっている。ヴィクトリア女王は、ウェールズ産以外の子羊が食卓に上るのを好まなかった。海の向こう側のアイルランドでは、アイリッシュ・シチューというジャガイモとタマネギを入れて、ブラウンブレッド（フランス語ではパン・コンプレ）をそえたヒツジの煮こみが、もっともよく知られた名物料理である。グレートブリテン島では、フレッシュミントをベースに、白い小タマネギ、砂糖、ワインビネガーまたはシードルで作るソースをそえた、ジゴ・ア・ラングレーズ（子羊のもも肉イギリス風）が、最高の地位を占めている。

ハギス、スコットランドの？ それともヴァイキングの？

好きか嫌いかという大きなグループのなかで、ハギスは特別の地位にある。なにしろこのスコットランドの国民食は、ヒツジの胃、牝羊の腹、牝牛の肺、腸、膵臓、肝臓、心臓、ウシの腎臓の脂肪、タマネギ、塩、香辛料、ゆでたオーツ麦といったものでできているのだ！　そこでは伝統的に非常に有名なバーンズ・サパー――スコットランドの国民詩人ロバート・バーンズ（1759-96）の生涯と作品をたたえて毎年行なわれる祝宴――の際にこれが出される。

伝説によると、何千年も前に狩人たちが穀物と内臓を混ぜたことからハギスの先祖が生まれたという。このタイプの料理にはじめて言及した書物は、ギリシアの劇作家アリストファネスにさかのぼり、紀元前423年のことだ。スコットランドで、ハギスという言葉は、きざむとか切るといった意味のアイスランド語のhoggyaやスェーデン語のhaggaを思わせる。

シルクロードで

中央アジアの人々は、羊肉を有利な立場に立たせている。キルギスタンでは、慣習で、大事な客には頭と目を出すことになっているが、この一皿はイランやアラブの国々でも同様に尊重されている。ステップからやってきて中国の皇帝となったフビライ・ハン（1215-94）は、マンダリンの国に、モンゴル人が大好きなヒツジの肉と雌馬のミルクを導入した。隊商の道は西洋へ向かって伸びて、数世紀ののちイヴァーン雷帝（1530-84）のもとにツァーリの帝国となった国にまでとどいた。このスラヴの地で、モスクワ風ヒツジの肩肉やロシア風コトレータ（カツレツ）が定番料理となっている。ヒンドゥー教徒はベジタリアンであるにもかかわらず、羊肉はインドで、香辛料で煮てカレーにして、あるいはマリネした後焼いてタンドリーにして食べられている。北部の地方では、イスラムの帝国だったムガル王朝の影響下、子羊の腎臓、肩肉がミートボールや串焼きで、ハーブや燃えるように辛いガラムマサラの香りで調理された。カシミールの反対側では、ヒツジはペシャワールの大名物料理だが、子羊のティッカ（ヨーグルトとスパイスに漬けて焼いたもの）や子羊のカラヒ（トマトが入ったカレー）は、パキスタンだけでなくインドにとっても重要な伝統料理である。

ロシアのレシピ

タタールのチェブレキ

ヒツジか子羊の挽肉をつめて油で揚げる、この半月型のパイはソヴィエト連邦の人々の絶好の軽食だった。

皮は、粉と水と塩を混ぜて、1時間半ねかせる。詰めものは、挽肉にタマネギのみじん切り、パセリ、コリアンダー、塩、コショウ、それにブイヨンを少しくわえて混ぜる。生地を伸ばすが、小皿くらいの大きさの丸い形が作れるよう、前もって小さな球にしておく。詰めものを真ん中に置く。半月型になるよう生地を折りたたみ、縁を閉じる。数分揚げる。

ピーマン Poivron（ポワヴロン）

アメリカの友人

アメリカ先住民によってすでに2500年前から栽培されていたピーマンは、野菜として食べられる果物だ。トウガラシの実の兄弟でありながら、丸々と太って、過激な性格を失った。それから何世紀もたつうちに、地中海周辺地域の大定番食材となる。南仏のラタトゥイユ［トマト、ナス、ピーマン、ズッキーニなどの夏野菜をニンニクとオリーブオイルで炒め煮したもの］に、バスク地方のピプラッド［ハム添えトマトとピーマンのスクランブルエッグ］に、スペインのガスパチョ［トマトベースの冷製スープ］に欠かせないだけでなく、アンダルシアやハンガリー、トルコやレバノンの料理にも登場する。ヨーロッパにおけるおもな生産地は、スペイン、イタリア、ギリシア、オランダである。

旅は続く

ガリシアからスペインピレネーの支脈までのサンティアゴ・デ・コンポステーラの巡礼の道の途中、フランシスコ修道会の修道士たちが、このアメリカの植物を修道院の庭に植えたのが最初だった。ピーマンはポルトガル人を介して長い巡礼を続けた。南ヨーロッパから出発して、地球の温暖な地域に入りこんだ。植民地商館をたどってアフリカを征服し、それからインド洋を渡って、アジアに到達した。オスマン帝国のおかげで、北アフリカやバルカンの人々もこれを受け入れ、パプリカ（粉末にしたトウガラシの1変種）と同様に惚れこんだ。

学名：*Capsicum annuum.* ナス科

ドイツ語Paprika-schote（パプリカ＝ショーテ）、イタリア語peperone（ペペローネ）、スペイン語pimiento dulce（ピミエント・ドゥルセ）、英語sweet pepper（スウィートペッパー）または bell pepper（ベルペッパー）、トルコ語biber（ビベル）、日本語では、フランス語のピモンから派生したピーマン

歴史を少し

ピーマンは、南米と中米を原産地として、1493年にクリストファー・コロンブスによってヨーロッパに導入されたといわれている。コロンブスは、カスティーリャ女王イサベル1世に、香辛料の天国であるインドへの新しいルートを見つけることを依頼されたとき、カラベル船の1つに乗りこんだシャンカという名の医者が、キューバで、コロンブスが期待していたコショウではなく、ピーマンとトウガラシを見つけることになろうとは、夢にも思っていなかった。このように、「大西洋大提督」といわれたコロンブスにならった乗組員たちは、かつていわれていたように梅毒だけをヨーロッパに運んできたのではなかった。スペイン王から資金を調達されて、帰路には船倉を未知の食料でいっぱいにした——パイナップル、トマト、トウモロコシ、アボガド、タバコ、カカオ、トウガラシ、ピーマンである。

語源：フランス語のポワヴロンは、その香りからpoivre-long（ポワーヴル＝ロン、長いコショウ）の短縮形。1784年に、啓蒙の世紀の農学者で植物学者で、ジャン＝ジャック・ルソーとも親しかったジャン＝バティスト・フランソワ・ロジエ神父（1734-93）著の『全農業講義』にはじめて現れる。

イタリアでは

『イメージの修辞学』（1964）のなかで、記号学者で作家のロラン・バルトは、パンザニ社のパスタのパッケージ

デザインについて、問題提起をしている。そこにふくまれうるいくつかのメッセージのなかで、『神話作用』も著しているこの著者は、ピーマンとトマトの組みあわせと３色（黄色、緑、赤）に「イタリア性」の記号を見ている。実際、イタリアの国旗は緑、白、赤なのに！　しかしながら、この新世界の野菜は、アルベルト・カパッティとマッシモ・モンタナーリが『食のイタリア文化史』のなかで言っているように、「イタリア料理で頭角を現すのがむずかしかった」。17世紀には、この丸みをおびた野菜についての言及はほんのわずかしかない。１世紀後になると、ヴィンチェンツィオ・コラードの『クオーコ・ギャランテ（優雅な料理人）』のなかで、最初はあまり歓迎されなかったとはいえ、以後多くの人々に気に入られたことは認めつつも、ピーマンを田舎っぽくて俗っぽいと評している。

フランス

フランスでのおもな生産地は、プロヴァンス＝アルプ＝コートダジュール（略してPaca）とヌーヴェル＝アキテーヌ地域圏である。プロヴァンス地方の市場では、マルセイユの小さいピーマン、シャトールナールの早生、カヴァイヨンの大きい角形ピーマンが、果肉の多い黄色いマンモスとかドゥー・デスパーニュと名づけられたいとこたちと味を競っている。

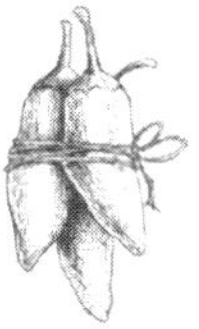

スペイン

ピレネー山脈の向こう側とは、ここでもそら似言葉に注意が必要だ。たとえば、ピミエントス・ピキーリョは、まったくピメント（トウガラシ）ではなく、素敵な、先がとがった、かわいい赤ポワーヴル（ピーマン）で、スペイン北東部のナバラで生産される。軟らかくて甘く、よく缶詰や瓶詰でも売られている。この美味しいピーマンには、中国やペルーから来た偽物があるので、原産地を示すラベルをよく見たほうがよい。

形と色

われわれが今日知っているようなピーマンは、何度もの選択をへた結果である。見かけの違いでもそれとわかるいくつもの食用品種には、角張ってほぼ正方形の、肉厚のものもあれば、角のようなのでコルヌとよばれることもある、先がとがった細長いものもある。完熟になるまでは、形はどうであろうと、どのピーマンも緑色をしている。それが陽光をいっぱいに吸いこむと、種類によって、夏の色を身につける。淡い緑、濃い緑、赤のぼかし模様、朱色、金色に近い黄色、オレンジ色、

白だけでなく、藤色や薄紫まである。色でそれぞれのピーマンの性格が推測できる。

緑色はより苦味があってパリッとしている。

赤は甘いタイプ

黄色は軟らかいタイプ

天気のよい日、その華やかな色調は食欲をかきたてる。ピーマンは、ビタミンCがもっとも豊富な食材の1つで、ほとんどカロリーがなく、記憶力を向上させるといわれている。

バルカン半島では

甘口でスパイシーな、ピーマンを主体に、ニンニク、タマネギ、油などで作るアイバルは、その名前はトルコ語を語源とするが、バルカン半島全域で愛されているセルビアの名物料理である。レシピや地方によってナスやトマトもくわえる。チーズ、肉料理、パスタといっしょに、またアペリティフとして、パンをそえて出されることが多い。

ブタ Cochon（コション）

約束を破るやつ［「約束を破るのは豚だ」は、「約束を破るなよ」とか「かならず守るよ」というときの慣用句］

ブタ（コション）の語源は、そのイメージと同じくはっきりわかっていない。ポークのほうは、飼育されているブタを意味するラテン語のporcusから来ている。

寓意的な食肉

紀元前2世紀、ブタの後ろ脚の塩漬けは、すでにガリアの人々の食習慣の一部となっていた。ローマでは、大プリニウスがその著書『博物学』のなかで、ブタ肉の美味しさについて述べている。「食べすぎることについて、この肉ほど言いわけができ

るものはほかにはない。これには50もの旨味があるところ、ほかのものはたった１つしかない」。ラテン語の最初の偉大な百科事典執筆者であるウァロは、とりわけその著書『ラテン語論』のなかで、豚肉に数章をあてていて、そこにはソーセージやハムについての詳細な記述がふくまれる。アピキウスはその著書『料理法』［古代ローマの料理書］で、20近くの子豚の調理を紹介している。９世紀のキリスト教的ヨーロッパにおいて、ブタは暦上、冬の数か月を意味した。なぜならブタが屠殺されて、食肉加工の技術が発揮されるのが、この季節だからである。

ポークそれともブタ（コション）？

フランス語でいうポーク（ポール porc）とコションは、同じ動物のことである。ポールはどちらかというと肉をさすのに使うが、乳離れしていない子ブタをコション・ド・レ、豚肉加工品や豚肉料理をコショヌリといい、スネ肉とスペアリブを別として、耳や足、鼻面のような部位をいうときにはコションを使う。フランス語の古語のプルソー pourceau という言葉は、長いあいだこの人間のつれである動物を示すのに使われていた。だが17世紀に、フランス学士院のメンバーは、その辞典のなかで決着をつけた。「コションとプルソーには、コションがあらゆる年齢のブタをいうが、プルソーは大人のブタだけをいう、という違いがある。したがってコション・ド・レは幼いコションだが、幼いプルソーもプルソー・ド・レもない」。プルソーは、ゴレ goret ともよばれる子ブタを表すラテン語の porcellus から来ているのだが。

パルマのハム

比類ないパルマのハム、プロシュート・ディ・パルマ prosciutto di Parma は、イタリアのアペニン山脈とポー平原のあいだにあるエミリア・ロマーニャ州で作られる。2500年以上前から、ブタはこの地域で選りぬきの地位を保っていた。住民たちは、第２次ポエニ戦争（前219-202）のときローマ帝国を相手に戦った、どう猛な指導者カルタゴのハンニバルを、壺のなかからブタのモモ肉の塩漬けを出して賞賛したといわれている。ローマの人々もこの宴会をそれほど根にもつこともなく、のちにパルマのハムとなるこの食物を大いに楽しんだ。もともと、肉に塩をくわえて保存するこの処理法は、ケルトやガリアで行なわれていたものだった。ラテン語で「乾燥させた」を意味する praeexsuctus から来ているプロシュートはパルマで、繊細なまろやかさという特徴をそなえるようになった。熟練の塩漬け職人が肉に唯一の自然の保存料である塩をふるのだ。このハムにブタの脂をぬり、ときには小麦粉やコショウをまぶし、それから乾燥室につるす。こ

の方法による豚肉加工には、添加物や人工保存料をいっさい使わない。

苦悩するブタ

食い意地が張っていて、がつがつ食べることや、無知、エゴイズム、淫乱のシンボルとして、ブタはよく排水溝の汚水のなかを歩く姿で表され、決してよいイメージやよい評判はない。ギリシア神話では美しい魔術師キルケが、オデュッセウスの仲間たちの何人かを、また、彼女に言い寄ったが気に入ってもらえなかった男たちをブタに変える。またゼウスが牝ブタに育てられたともいわれる！　中世にはブタは、悪を具現する一方で、豊かさの象徴だった。エジプトでは古代から、その肉はハンセン病を起こす可能性があるとの風聞があった。誘惑を体現するものだったporcus diabolicus悪魔のブタは、伝説によって、のちに食肉加工食品や食肉業者の守護聖人となる聖アントワーヌの忠実な伴侶とされた。ユダヤ教徒とイスラム教徒はブタ肉を食べない。不浄な動物だと考えるからだ。たしかにブタ肉は暑い国々ではあまり長もちしない。ブタは解剖学的にも生理学的にもわれわれ人間に似ているところが多い。あるアメリカの科学研究が、そのことを確認している。さらには古代史ギリシアの著名な医者の１人ガレノス（131頃-201頃）によると、この動物の肉は人間の肉の味がするという。食物史家のマグロンヌ・トゥーサン＝サマは、その著書『博物史と食物のモラル』［邦題『世界食物百科』、原書房、1998年］のなかで、それを引きあいに出してこう言う。「オセアニアの人食い人種は搾取者たちを、ブタ肉よりさらに美味しいと言って喜んで食べたようである。確かめるまでもなく証言は一致している」

ブタの裁判

中世においては、動物たちにも非常に謹厳な裁判を受ける権利があった。逮捕、勾留、起訴、証拠、そして、彼らに善悪の観念がないにもかかわらず、審理の結果、たいていはその行為につき有罪とされた。被告人となった動物には国選弁護士がついた。ブタの仲間はcochonsもtruiesもpourceauxもみな、大犯罪の犯人として法廷に立つ主要な動物だった。とくに彼らがむさぼり食おうとして子どもを襲ったときだ。この哺乳類動物が雑食だということが証拠だ。人間の裁判に召喚される動物の10頭に９頭がブタだった。この時代、動物たちは自由に街のなかを徘徊していて、それと同時に責任ある存在と考えられていた。死刑が宣告されると、その所有者とほかのブタたちは、極刑の公開執行に立ち会わなければならなかった。宣告を受けたブタは、罰を受けるために人間のように服を着ることも多かった。絞首刑、火刑、どんな刑でもよい、なぜってブタの中身はすべて…

ウエルバ（スペイン南西部の州、港）のハム

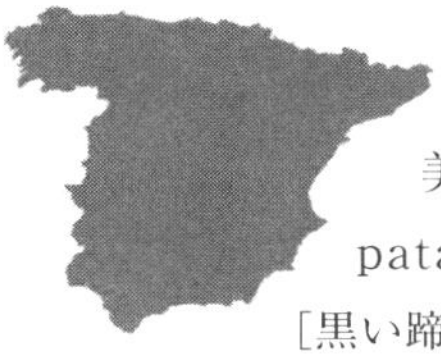

イベリア半島の美食の誇りであるpatanegraパタネグラ［黒い蹄の意味］というブタは、現地産のイベリコ豚（cerdo iberico）で、そのハムと肩肉で名高い。アンダルシアのウェルバ地方で、放し飼いされているこのブタは、ナラ、カシワ、クヌギ、カシなどブナ科コナラ属のさまざまな木々から落ちるどんぐり（bellota）を食べて育つ。１頭が４か月のあいだに800キロ近くも平らげるのだ。黒いスネの霜降り肉は、塩をふって自然乾燥され、ハムのスターであるイタリアのプロシュート・ディ・パルマ、プロシュート・ディ・サン・ダニエーレ、そしてスペックという燻製ハムに肩をならべている。

フィリピンとバリ島で

フィリピンのレチョンは子ブタの丸焼きで、シンプルに塩、コショウで味つけされるが、レモングラスなどをつめることもある。国民的料理として、祝い事や式典の際、供される。だが今日ではクリスチャンとイスラム教徒のあいだの宗教的緊張が、この象徴的料理に対する異議を生んでいる。

この東南アジアにあって、世界一のムスリム大国であるインドネシアの、ヒンドゥー教の島であるバリ島の名物料理は、子ブタを串に刺して丸焼きにしたバビグリンだ。ベジタリアンであるインド連邦のヒンドゥー教徒と違って、バリの人々はブタの血をベースにした料理ラワールのようにブタを使った料理を祝儀や式典の際に用意する。とりわけ善の勝利を祝い、神々や祖先をたたえるガルンガンのときには欠かせない。

ブタ年

日本では12の干支の１つがイノシシであるところ、中国ではブタである。ブタは家族の繁栄を現し、おちつき、誠実、正直、忠実、粘り強い性格をもつと考えられている。また、中国やベトナムの社会では、富裕や豊富を象徴する。

ブドウ Raisin（レザン）

UN PLANT SUR LA PLANÈTE 地上の１本の苗

学名：*Vitis vinifera* ブドウ科

語源：ブドウなどの房を示す古典ラテン語racemusから派生した口語（俗）ラテン語racimusから。

ワインの土台となるブドウ、デザート用のブドウ、干しブドウ、ブドウは酔いをひき起こすだけでなく、議論もひき起こす。実際、その原産地ははっきりと確かめられていない。生まれ故郷はジョージア、アルメニア、ペルシア、あるいはカフカスでありそうだ。旧石器時代の化石化した葉と種が、それらの地域で、また西ヨーロッパでも発見されている。聖書では、ノアが洪水の後、神の恩寵と富のしるしとして、ブドウを植える。ギリシア人とフェニキア人がわれらの海（マーレ・ノストルム）地中海の周辺に貴重なブドウの苗を根づかせた。ローマ人がヨーロッパにワインの作り方を教えた。コリントのブドウ、ダマスカスのブドウ、マラガのブドウ、スミルナ［トルコ、現在のイズミール］のブドウ…は、旅情を誘うだけでなく、快い酔いへの誘いでもある。

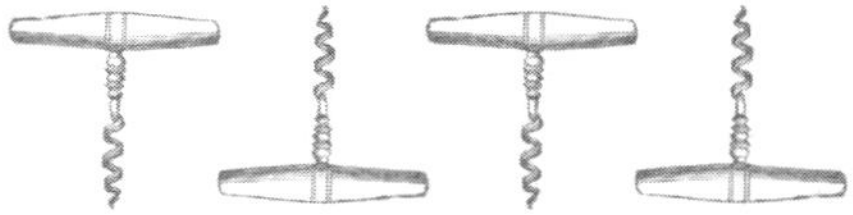

ディオニュソスに乾杯

ブドウとワインの神、ゼウスとテーベの王女との息子であるディオニュソスは、神聖と世俗の両面性を体現するとともに、自然の人を酔わせる力を体現している。聖なる酒飲みの伝説のずっと前に、「人に元気を、老人に若さをとりもどさせてくれるこの善き神」とモンテーニュが『エッセー』で形容しているように、バッコス［またはバックス、バッカスは英語読み］とよばれ、ラテンの伝承の神リーベル［イタリアの古い神、植物の繁栄をつかさどる］と同一視されていた。

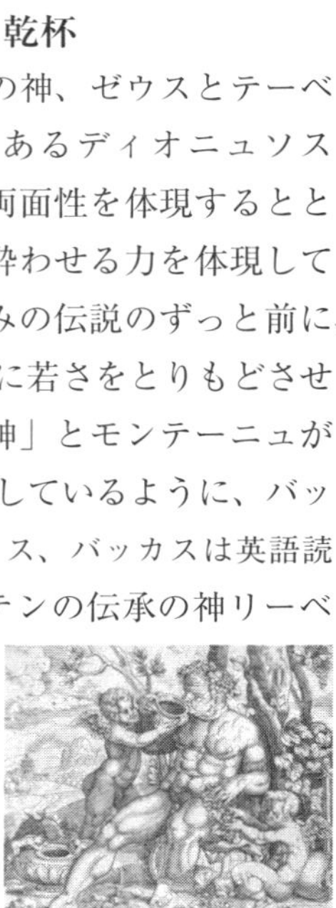

パリのカルメル修道会

「ある朝、彼女たちはアビラの小修道院の食べ物を一新し、夕食に庭のぶどうの葉を揚げさせた。修練期の見習いたちを指導する修道女は、ひどい近視だったため、この葉っぱをヒラメだと思い、驚いてこの思わぬ幸運はなんのしるしだろうと考えた。だが彼女のフォークがふれたとたん、幻想と魚はこなごなにくずれたので、ほかの修道女たちと同じようにふたたび断食を続けることになった」

ジョリス＝カルル・ユイスマンス

『あらゆることについて』

富士山の麓

日本では、大昔からブドウ畑が水田と隣りあっている。16世紀の日本に来た宣教師やポルトガル商人が、ブドウとワインの存在を証言している。島国の帝国が西洋世界に向けて門を開いた明治時代（1868-1912）、ブドウ、イチゴ、モモ、プラム、カキ、ラズベリーの生産で、果物王国と考えられていた山間の町勝沼に、日本で最初のワイン醸造所が創設された。何世紀も前からそのまま食べるブドウとして評判がよかった、甲州という日本の品種を使って山梨県の富士山の麓で白ワインが造られるようになった。ブドウは棚からぶら下がるように実るため、房が湿った地面から離れているし、夏は葉が暑さから守っている。ナチュラルでデリケートな、富士山の白ワインは、その場で味わうことができるが、土地の野菜、ゆっくり煮たタケノコなどの春野菜、グリーンアスパラガス、レンコンとよく合う。

ウイグル族の国で

紀元前2世紀、中国の武帝は、ブドウを手に入れるために異郷へ密使を送った。唐王朝の頃（618-907）、ワインは大量にあった。中国北西部の、シルクロードに沿ったトルファン付近は、かつて仏教の中心地であり商業の要所だったところで、今日もなおブドウ畑が残っている。名高い種なしの白ブドウをふくむ600を超える品種が、この新疆砂漠のオアシスで育っている。輸入した灌漑システムのおかげで、良質の果物と地元産のワインをつくることができるのだ。

映画「怒りの葡萄」

映画監督ジョン・フォードは、1940年、本国で論争をまきおこしたジョン・スタインベックの作品をもとに傑作映画を制作した。1929年にアメリカで起こった金融危機、ついで経済危機による貧困に直面したアメリカの家族の、日常にひそむ真実を糾弾するドラマだ。彼らは遠い希望として、果樹園で果実を摘む仕事に就こうと、カリフォルニアへ向かう。

レシピ

マスカットのポルトガル風ポタージュ

「アーモンドをすりつぶして、水といっしょにこし布でこす。これを煮て、シナモン、塩、砂糖少々で調味する。盛りつけるとき、マスカットの粒を入れる。種をとってマカロンの上にのせ、砂糖漬けにしたマスカットもそえて、レモン汁をかけ、赤スグリのジュースでマーブル模様をつける」

ピエール・ド・リュンヌ『料理人』

ラヴォー——シャスラ種ブドウのスイスにおける領地

モントローとローザンヌのあいだに位置する、アルプスが眺望できるブドウ畑が、レマン湖にせり出している。険しく傾斜した丘には、いくつもの段々がある。このテラス状の土地の景観は、この地の比類ない地理的歴史的施設全体を保護するため、2007年6月28日に、ユネスコの世界遺産に登録された。湖の岸には、すでにローマ時代にもブドウが植えられてはいた。

だが12世紀になって、シトー派の修道士たちがこの土地を変身させた。ローザンヌの司教の依頼でブルゴーニュからやってきた彼らは、まず雑草木を刈ってから、デザレーとよばれる土地を造成した。低い石垣で土を抑えて、ブドウ栽培のできる土地を確保した。修道士たちは、この不規則な地形から高い価値を生じさせたのだった。この用地の地理の特徴を十分に生かしたのだ。凸凹があることや露出しているおかげで、ブドウの木はより十分な陽光を浴びられることになった。傾斜の向きが理想的で、ラヴォーは「3つの太陽の土地」といわれる。空の太陽、湖が反射する太陽、熱を貯める石垣の太陽である。

18世紀、ラヴォーのワインは、「スイスの真ん中にあって、基準となる産品として知られ、イタリアやオランダ、ドイツに向けて輸出された」。白い品種、シャスラはスイス・ロマンド地域で好まれ、ヴァレー州ではファンダン、ジュネーヴではペルランともよばれる。「ワインのなかに地方がある」と、スイスの詩人で小説家のシャルル＝フェルディナン・ラミュ（1878-1947）が書いている。この言葉のとおりに、生産者たちは地元のワイン作りに励んでいる。

南アフリカのブドウ

苦難をのりこえた国、南アフリカの、アフリカの南端に位置するケープタウンの地域の空を風がたえまなく洗う。地球のこちら側では、南半球なので必然的に、ブドウの収穫が２月か３月にはじまる。南アフリカにおけるブドウ栽培の中心地とされている地域を抜けて、観光ルートが通っている。すでに1655年、最初の植民地総督だったヤン・ファン・リーベックがそこにブドウの木を植えている。良い方向を向いた傾斜した土地と、穏やかな気候、そして日照に恵まれていることがブドウ栽培に適している。とくに、ピノタージュに良いが、これはピノ＝ノワールとサンソー［旧名エルミタージュ］の、この地での交配から生まれた赤いブドウの品種で、キイチゴなどの赤色をした果物とバナナの香りがする。ケープタウンから50キロメートル東の田園都市ステレンボッシュでは、72の生産者がワイン造りのノウハウを継承している。ルイ14世の治世下の1685年にナントの勅令が廃止された後、200近いフランスプロテスタント（ユグノー）の家族が、フランス王国を血で染めた迫害からのがれるためにオランダへ亡命し、そこから未知の土地へと船で旅立った。そしてオランダの東インド会社がアジアへ向けての航路の補給施設を置いていたケープタウンに到着する。彼らはブドウの苗が入った荷物とともに、ステレンボッシュやパールやフランシュフック（アフリカーンス語で「フランス人の街のかたすみ」という意味）の谷に住み着いた。

セパージュ

セパージュとはブドウの品種のことをいう。これは何1000種もある。どの品種にも好みの土地と、それぞれの色がある。赤ワインの品種としてもっとも広く知られているのは、カベルネ＝ソーヴィニョン、メルロ、グルナッシュ、ガメ、ピノ・ノワール、カベルネ・フラン、シラーなど。白ワインでは、シャルドネ、ソーヴィニョン、シャスラ、ミュスカデ、リースリングなどがある。

「ある夕べ、ワインの魂が瓶のなかで歌った。男よ、不運な者よ、君に向けて、わたしのガラスの牢獄と、わたしの緋色の封蝋のなかにある、光と兄弟愛に満ちた歌を歌おう」
シャルル・ボードレール『悪の華』

高価な日本のブドウ

2015年7月、日本の1房のブドウが100万円、約7700ユーロで売られた。赤い26粒で、金沢市でその年最初の競りに出されたものだった。1粒1粒が、ピンポン球くらいの大きさで、地元の農協によると最低でも20グラムはある。どうしてこのような値段なのか？　購入者によると、北陸新幹線が開通したこともあって、金沢にスポットライトをあてるためという。

イタリア・サラゴサの助祭、聖ヴィセンテ

1月22日というブドウの剪定に適した時期に祝われる聖ヴィセンテは、ブドウ栽培者やワイン醸造者の守護神である。304年に殉教したこの聖人が選ばれたのは、無謀な意味論を試みるなら、彼の名前をフランス語読みにすれば、Vincent［ヴァンサン］のなかにワインを意味するvin［ヴァン］があるうえ、試練の際に流された彼のcent、いや、sang［血、いずれも発音はサン］の神話的イメージが、キリストの血を思わせ、聖餐式のブドウ酒にも関係するからだろう。伝説によると、天国で喉が渇いた聖ヴィセンテは、よいワインをまた飲めるよう、地上に戻してほしいと頼んだという！

小話

ある家の女主人が食事のあと、デザートのブドウをすすめると、客の美食家ブリア＝サヴァランは、ワインを丸薬で飲む習慣がありませんので、と言ってそれを断わった。

地中海の料理

ブドウの葉

トルコやギリシアやレバノンの料理では、ブドウの軟らかい若葉をコメや挽き肉を包むのに使う。この料理は、トルコ語でドルマといって、「つめる」という意味の動詞ドルマックから来ている。あるいは「巻く」という意味のサルマクという動詞から、サルマともいう。ブドウの新芽は、オスマン帝国の料理に欠かせない食材だった、北アフリカのクスクスやインドのコメやヒヨコマメを主体にした料理にもよく入っている。

プルーン、プラム（セイヨウスモモなどの総称）

Prune（プリュンヌ）

シルクロードからカリフォルニアへ

サクラ、モモ、アーモンドの木のいとこにあたるセイヨウスモモの木は、おそらく人間によって栽培されたもっとも古い果樹で、とりわけアジアと中東においてはそうだった。中国原産で、そこからシルクロードに沿って、アナトリアとペルシアとカフカスに根を下ろしたといわれている。エトルリア人はこれを自分たちの土地に適応させた。エジプト人、ギリシア人、ローマ人は、生より乾燥させたものを好んだ。大プリニウスが、『博物学』のなかに書いている。「プルーンの木の葉を煎じて口をすすぐと、扁桃、歯茎、喉びこ［口蓋垂］を健康に保つ。ワインで煎じるとより効果があり、さらにそれで何度も口をゆすぐようにするともっとよい。果実そのものは、腹痛を起こさせる。しかし胃が痛くなっても、少しのあいだだけである」。ルネサンスから21世紀まで、プラムは大きく発展したので、選択の種類は多い。ニューフェイスが果樹園の景色を変えている。カリフォルニアで1970年代にアジアの変種の交配から生まれた日米混血のスモモ［学名*prunus salicina*］は、イタリア、チリに続いてフランスにも地歩を築いた。プラム戦争が起こるだろうか？

「庭の奥へ来て、いとこはプルーンに目をつけた。
そしてちょっと食べたくなった、庭の奥へ来て。
木は低い、苦労もなく、いくつかその実を落とす。
庭の奥へ来て、いとこはプルーンを欲しがる」

アルフォンス・ドーデ『恋する女たち』

学名：*Prunus insitiata*または*domestica*
バラ科

俳句

「盛りなる梅に
す手引く風もがな」

松尾芭蕉

アジャンのプリュノー

「なんでも生える場所」といわれるロット＝エ＝ガロンヌの、干しプルーン（プリュノー）の産地アジャンで、十字軍の際中東から運ばれたとされるアント種のプルーンが、乾燥され、煮られている。フランス南西部の生産の３分の２がこの地域である。アジャンのプリュノーが有名になる前は、16世紀から評判が高かったのは、トゥールのプリュノーだ。ところで、消化をうながす効果があることで知られているというのに、泥棒仲間の隠語では、プリュノーといえば、ピストルの弾のことを意味する。

Pour des prunes プルーンのために
→むだに、つまらないことのために

ドイツ語Pflaume（プフラウメ）、英語plum（プラム）、イタリア語prugna（プルーニャ）、スペイン語ciruela（シルエラ）、ロシア語sliva（スリーヴァ）、ハンガリー語szilva（シルヴァ）

上記の慣用句の起源は十字軍の時代にある。不幸で成果がなかった第２次遠征から、キリスト教徒たちはダマスカスから来たプルーンだけをもち帰った。したがって、この軍事遠征は、「プルーンのため」でなかったとしたら、むだだったということになる。

語源：ラテン語のprunumからprunaに

日本のソースで

最初のウメの木は、6世紀に中国から輸入された。その壊れやすい美しさをもった白やピンクの花は、何代にもわたって、芭蕉や広重をはじめとする詩人や画家にインスピレーションをあたえた。ユーラシア大陸の反対側では、ジャポニズムの影響下、フィンセント・ファン・ゴッホ、カミーユ・ピサロ、クロード・モネらが花咲くウメの木を描いた。早咲きのウメは、2月になるとすぐ、サクラの花に先立って冬の終わりを告げる。果実のほうは、塩で漬けることで、和食の宝である梅干しにみごと変身する。塩漬けの後乾燥させたすっぱい梅干は、白いご飯を主食とした和食を引き立てる薬味のようなものとしても使われる。

ダマッソン、無色の蒸留酒になる小さなスイスの赤い果実

スイスのジュラ州アジョワの果樹園の赤い小粒のプルーン、ダマッソンは、蒸留するとよい香りの酒ダマッソンヌになる。スイス連邦の谷間の町々でいまだに語られている伝説によると、今日タルトやジャムにもなっているこの小さな果実もまた、十字軍から戻ったキリスト教徒が、ダマスカスから運んで来たという。

クエッチ quetsche

東の娘

ドイツ語Zwetsche（ツヴェッチェ）

全身紫色で、細長く、果肉たっぷりで、白い粉が表面を保護しているこのアルザス産のやわらかい果物は「ダマスカスのプラム」とよばれることもある。ギリシア語のdamaskênonから来ていて、そのため英語ではdamsonダムズン（ダムソン）という。このプラムを、もっと大き

くてデリケートさで劣る普通の青いプラムと混同してはいけない。一方は西ヨーロッパから自然に入ってきたらしいのに対し、もう一方はオリエントから十字軍がもち帰ったものだ。

クエッチは、ヨーロッパでもっとも多く栽培されているプラムで、おもな生産地は、ドイツ、スイス、オーストリア、東欧である。

オーストリアのStanzer Zwetschgeシュタンツァー・ツヴェッチェ（シュタンツのクエッチという意味）はクエッチの昔からの品種で、チロルの名産品であり、チロル州ランデックの山地の果樹園で生産されている。小さなシュタンツの町には今日、この果実からクエッチまたはシュナップスという有名な蒸留酒を作る60以上の製造所がある。ジャガイモから作る同じ名前の蒸留酒と混同しないこと。

ミラベル mirabelle

エレガントなロレーヌの黄色くて小さいスモモの一種

ミラベルは16世紀からこの地方にみられて、毎年8月の第2週から、食卓に上り、タルトを飾ったり、ジャムに入ったり、香り高い蒸留酒になったりする。この小さなスモモの名前について仮説がいくつかある。ある説では、「見て美しい」という意味のラテン語のmirabilisから来た名前だと推測する。ほかの説では、地方司法官だったミラベル・ド・メッツからだという。良王ルネといわれたプロヴァンス伯、ルネ・ダンジュー（1409-80）が、第5次十字軍からの帰還の際、フランスとイタリアにもたらしたとされている。

「ミラベル（女性名詞）は、一般に信じられているように、信じられないほどすばらしいという意味のイタリア語mirobolanoが変化したmirabellaからの借用（1628）なのではなく、プロヴァンス地方のMirabelという地名から来ているようだ。これはmirer（なにかに映して見る）とbel、beau（美しい）を組みあわせた、南仏の遠くまでかなり広がった景色が見わたせる高い土地（ドローム、アルデシュ、タルン＝エ＝ガロンヌ）にだけ使われる名前であり、この果実はそうした土地で最初栽培されていたらしい。実際1649年に、ミラベルのプラムという言葉が書きとめられている」

アラン・レイ編纂
『ロベール、フランス語歴史辞典』

レーヌ＝クロード

La reine-claude

プルーンの華、レーヌ＝クロードは、医者で博物学者のピエール・ブロン（1517-64）によって東方からもちこまれた。「アンズのようなプルーン」と記述しているが、フランソワ１世の最初の妃であるクロード・ド・フランスに敬意を表してこの名がつけられた。王妃は「カシの木のような王によりそう謙虚な花」になぞらえられた、果実のように善良でやさしい女性だった。

ヘーゼルナッツ（ハシバミの実）

Noisette（ノワゼット）

信じがたい野生児

学名：*Corylus avellana* カバノキ科

ドイツ語Haselnuss（ハーゼルヌス）、英語hazelnut（ヘイゼルナット）、スペイン語avellana（アベヤナ）、イタリア語nocciola（ノッチョーラ）

森のなかの美味しいもの

すでに新石器時代の人類が、この森の恵みを食べていた。はじめて採集から栽培に移行したのは、小アジアの人々だ。ヘーゼルナッツへの熱意は古代ギリシアに、ついでローマ帝国に広がった。白内障予防効果があるといわれていただけでなく、心臓血管の疾病、さらには脱毛症にさえ効くということで、古代ローマの料理人たちはこったレシピのなかにとりいれた。中世、この野生の果実は農村地帯において、補完食料として貴重な存在だった。ハシバミ、もっと正確にはその実であるヘーゼルナッツは、粉にすると、ケーキやパン、チョコレート、糖菓を作るときの材料としてたいへんよい。たとえば、イタリアのピエモンテの名産品ジャンドゥーヤはカカオベースに砂糖、くだいてから挽いたヘーゼルナッツをくわえたペーストだが、これがパンにぬる有名な「ヌテラ」の祖先だ。ヘーゼルナッツは、ジビエのテリーヌや家禽類のガランティーヌ［詰めものをした肉を煮た冷製料理］の詰めものに、また子牛やトリなどの白身の肉の上にちらすと、比類ない森の趣をもたらしてくれる。

ケルトの世界では魔法の果実と木…

学問と知恵の果実として、かつてドルイド僧に用いられていたヘーゼルナッツは、忍耐を象徴する。アイルランドの神話の王の1人、Mac Guil［またはColl］は「ハシバミの息子」とよばれた。ヨーロッパの森のどこにもあって、魔法の性質をもつハシバミは神秘的な体験へ誘う。「いとも賢く、博識な」僧侶たちがこれに呪文の儀式的役割を割りあてた。豊饒と不可分のため、ケルト、ゲルマン、北欧の伝統において、特別の地位を占める。アイスランドの伝説は、ハシバミの森のなかで、子に恵まれないある美しい貴族の女性が、神々に相談したところ、たくさんの子が生まれたと語る。ヘーゼルナッツは、スカンディナヴィアやギリシアの古代社会において、結婚の儀式や夫婦の幸福と結びつけられていた。ローマでは、ヘーゼルナッツは平和のシンボルだった。

ことわざ

「ハシバミ（ノワゼット）の年
は、凶作（ディゼット）の年」

➽アドバイス

買うときは、殻をよく見て、しっかりした茶色か赤茶色で、リスの毛なみのような縞模様があり、ほんのりツヤのあるものを選び、穴やシミがあったり、ひびが入ったものは避けること。木から収穫した場合は、冷たい水に漬けてみると、ダメなものは浮かび、よいものは底に沈む。

悪魔が宿っている

ハシバミの木noisetierノワズティエは、かつてcoudrierクードリエとかavelinierアヴリニエとかよばれたが、フランス南西部のジロンド県からスイス・ロマンドにかけての南の地で、中世には、悪魔の木となる。しなやかで力強い枝が、水脈占い師や金を探

す人、魔法使いになくてはならない、あの「のろわしい」杖を作るのに使われるから、というのが理由だった。

明るい展望

ハシバミは丈夫な性質で、ほとんどどんな気候にも順応する。多くの種類がある。長いあいだ野生のままだったこの小低木がフランスで果樹園に植えられるようになったのは、やっと20世紀になってからだ。このことは、フランスで生産者が少なく、300未満であることを部分的に説明する。ヘーゼルナッツは将来性のある作物だ。木を育てるのに水以外特別必要なものもないし、手入れの手間も非常に少ない。大粒の変種は食卓用だが、袋づめにして、おもに北欧やドイツの市場にも出される。もっと小粒のものは、殻をとって粉砕され、チョコレート製造用や農作物加工用になる。

トルコのことわざ

「ひとにぎりのヘーゼルナッツで、山ほどの健康」

子ども時代の宝物と動物たち

ヘーゼルナッツを食べる動物のなかで、まずリス、ノネズミやハタネズミたちが殻を壊す。鳥たちも遠い昔から厳しい競争、ここでは人間との競争だが、にもかかわらず、こりずにもっとほしがっている。明るい緑色のギザギザの総包があるこの非常に固い殻の、油分の多い実は、どこでも人気である。フルーティーな香りは秋の最初の冷気をやわらげる。その微妙に木の香りが混じった植物性の匂い、そのカリカリした舌触り、なんとなしに甘い風味で、この木の実は好まれている。

トルコでの栽培

ユーラシアの中央部の人々は、採集をやめてこの実のなる木を植えて栽培したが、それはまずトルコ人がいちばん先だった。紀元前3世紀、国の北部、おもに黒海沿岸で農園はすでに大規模になっていて、地中海周辺全体に名をはせた。今日もなお、トルコはヘーゼルナッツ生産の世界一で、世界生産のおよそ4分の3を占めている。それにイタリア、スペイン、そしてもちろんアメリカ（オレゴン州）が続く。

くるみ割り人形（フランス語ではCasse-Noisetteヘーゼルナッツ割り）（原題：「Chtchelkountchikシェルクンチク」）

ロシアロマン派の作曲家ペートル・イリーチ・チャイコフスキーの音楽によるこのバレーは、フランスのバレエダンサーで振付家のマリウス・プ

ティパとの協力により、1892年にサンクトペテルブルクで創られた、ホフマンの童話が原作の、子ども時代の国への旅である。クリスマスの夜、ある少女が叔父からのプレゼントとして、くるみ割り人形をもらうが、それはおかしな人物で…。そこからおとぎ話の冒険がはじまる。

ヘーゼルナッツの歌

ヘーゼルナッツを選ぶには、聴くことができなければいけない。ほんとうだ。ゆすってみると、なかの実が殻にあたってカタカタ音を立てることがある。そんなのは見かぎること。実がスカスカで古いか痩せている証拠だから。

ヘーゼルナッツオイル

デリケートで、悪玉コレステロールを減らす働きがあるなど、健康によい。どんな場合にも熱しないで、ルッコラ、リーフレタス、ジャガイモ、ホウレンソウ、サヤインゲンまたは千切りのニンジンなどのサラダに使う。ちょっとたらすだけで十分。口あたりがなめらかになり、香りもよくなる。脂質（60％）とタンパク質（14％）が豊富なため高カロリーで、きわめて栄養価が高く、無機塩、微量元素、ビタミンも多くふくむ。リスたちはどうも生まれつき優秀な栄養士のようだ！

ホウレンソウ

Épinard（エピナール）

「胃の箒（ほうき）」

「ホウレンソウとポロネギで、肌は白ユリ」

ルネサンスのことわざ

ホウレンソウの原産地は小アジア、古代ペルシアで、ギリシアと古代ローマの野菜畑にはなかった。シャルルマーニュの時代の西洋にはまったく形跡が残っていないが、一方で7世紀には中国征服に旅立ち、「ペルシャの草」という名前を得た。インド人、韓国人、日本人はこれが大好きだ。ヨーロッパにはアラブ人によってアンダルシア経由でもちこまれた。11世紀にはセビーリャの庭で育てられている。まさしく次の世紀にその地で、土地っ子で、『農書』の著者である大農学者のイブン・アルアッワームが、この「野菜のプリンス」について、おもに利尿と緩下の薬効を評価している。十字軍参加者たちが、もう少し後に聖地でホウレンソウを知り興味をもつ。フランスでは16世紀、カトリーヌ・ド・メディシスが、1000年ごろムーア人によってシチリアに入っていて「四旬節（断食）の草」との異名があったホウレンソウを普及させた。ルネサンス期のイタリアもこの断食用の食材に感謝し、たとえば、トスカーナの首都では、ホワイトソースとパルメザンをベースとしたフィレンツェ風ホウレンソウなどを考案してたたえた。

学名：*Spinacia oleracea* アカザ科

語源：ペルシア語のispanâkから来ているアンダルシアのアラビア語isbinah、アラビア語isfinâhから借用された中世ラテン語spinargiaあるいはspinarchiaに由来する。

成句

この葉野菜は、腸の働きをよくするので、「胃の箒（ほうき）」という別名があるが、そのほかに、いかがわしい界隈で、売春婦に金を貢がせることを意味する「aller aux épinards」という俗語や、緑色でぬりたくったような風景画を「ホウレンソウの皿」という表現があるが、これらはホウレンソウとなんの関係もない。

タイプの打ちまちがい［フォールト］による強さ［フォート］

「おいらはポパイ、セーラーマン。おいらがこんなに強いのは、ホウレンソウを食べるから！」

アメリカ漫画の有名なキャラクターは、ホウレンソウの缶詰を食べると力が10倍になるという伝説を広めたが、実際には、この野菜の鉄の含有量はレンズマメやカキなどほど多くない。これは秘書が分析を書き写すとき、不注意で1桁まちがえて鉄の含有量を10倍にしてしまったせいだといわれている。

ニュージーランドのホウレンソウ

この肉厚の葉野菜は、遠く太平洋の島で、ジェームズ・クック船長とともに世界一周の旅に出ていた植物学者ジョーゼフ・バンクスによって、1770年に発見された。これは厳密にいえばホウレンソウではなく、ツルナで、「貧乏人のホウレンソウ」とよばれたり、ポルトガルで「野蛮なホウレンソウ」とさえよばれたりしているものである。

ポロネギ（リーキ）

poireau（ポワロー）

FAIRE LE POIREAU「ネギをする」

［長時間待つこと。ネギのようにじっと動かないことから］

ネギの歴史は長く、古代にさかのぼる。古代エジプトではさかんに食べられていて、ファラオのケオプス（クフ）は、この「東方のニンニク」を優秀な兵士にあたえた。墓のフレスコ画には、闇にやどる神性への供物として、ほとんどの場合ポロネギの束が描かれた。ポロネギはギリシア料理にもラテン料理にも用いられた。ヨーロッパ全体へ広めたのはローマ人だ。皇帝ネロには「ネギ食い」というあだ名があったが、そのくらいこの野菜をスープで煮たものを、咳をやわらげ、とくに竪琴を弾きながら朗唱をする前に声帯をなめらかにするため、好んで食べた。

俳句

「ねぎ白く洗ひたてたる寒さかな」

松尾芭蕉（1644-94）

ポロネギは隠語の泉

パリの場末の隠語でポロネギ（ポワロー）は、警官の見張りに立つ人のことをさすが、そのほかにもイボ、農事功労賞［勲章が創設当初ポロネギに似ていた］、クラリネット、男性の性器を意味したり、また1人でテーブルについている人のことを、ビストロの従業員たちがそう言ったりもする（そう言う人はたぶん待ちぼうけをくっているのだろう）。そして、エッフェル塔のことも！

レシピ

ポロネギのスープ

「フランス料理のなかで、素朴さと、なくてはならないという点で、ポロネギのスープに似たものはない。西洋のどこかの地方で、ある冬の夜、まだ若い土地の中産階級の女性によって作り出されたにちがいない。彼女は脂っこいソースが嫌だった――いつもよりずっと――だが、そのことを自覚していただろうか？

体はこのスープを満足げに飲み干した。どんなあいまいさもない。これは脂肪が入った、体を養い温めるためのスープではない。脂肪分のないスッキリさせるスープなのだ。体はこれを多く飲む。これで洗われ、浄化される、最高の野菜、筋肉がこれをたっぷり飲みこむ」
マルグリット・デュラス『アウトサイド』

ポロネギの肖像

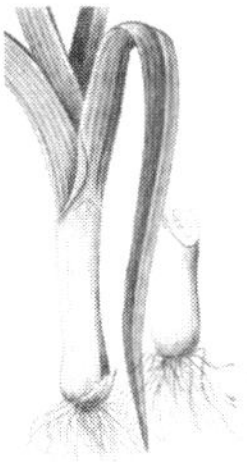

ユリ科に属しているが、ニンニクやタマネギに近く、その形態から数多くのからかいの種となる。たとえば、アンリ・ルクレールというドクターは、1932年に「ぎこちなくて、とんでもなく大きい首に、愚か者の小さな頭がついていて、その頭蓋には白いもじゃもじゃのグロテスクな前髪が逆立っている、青白い道化者」などとあまり科学的でない筆致で書いている。

「ネバネバのアスパラガス」料理人の幸福

中世ではとりわけ人気があって、ふだんの食事によくとりいれられ、いくつかの農村地帯を別として知られていたが、16世紀から18世紀は、忘れられた期間があった。「貧乏人のアスパラガス」あるいはプロヴァンスで「ネバネバのアスパラガス」という不当な呼び名をもらったのは、おそらくこの頃のことだ。家庭菜園のシンボルともいえ、定番中の定番であるネギには力強さとやさしさがある。

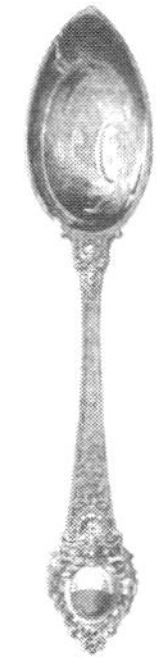

この野菜はふたたび食卓に戻って、繊細でくっきりした味わいが好きな人々に幸せをもたらしている。ヴィネグレットをかけたサラダや、ポロネギとジャガイモのスープといった古典的な料理だけではない。グラタンにして、弱火で蒸し煮（ブレゼ）にして、ゆでるか蒸すかしてベシャメルソースなどのソースをかけて、コンポートにして、ジャムにして、タルトに入れて、コトコト煮て、シンプルにバターで蒸し煮して、ポロネギには多種多様な調理法がある。

季節によってそれぞれの品種があり（9月と10月の収穫がめだつ）、白くて甘く香りのある部分ももっと香りの強い緑色の部分も、ほとんどどんな食材ともよく合う。

極東では

古代中国のネギはもっと長くて細かった。伝統では、ネギの汁と卵を混ぜたものを新生児の頭の上におくとよいとする。道教の始祖と考えられている老子の言葉のなかに、「ネギ」も「知性」もcong（ホン）と、同じようにいわれることを重視する教義があるからだ。日本では、若いネギを生で細く切って、タマネギのかわりに串焼きや豆腐の味噌汁に香りをそえる。この大型のシブール（アサツキのような香味野菜）は、ポロネギより繊細で軟らかい。

イギリスのルール

『カナダの野菜』の著者デレク・B・ミュルノーとアーネスト・スモールによれば、われわれの風変わりなイギリスの隣人たちは、この野菜をノーザンバーランド州（イングランドの北東部）で行なわれる、情け容赦ない競技会に出品する。このコンクールの際、もっとも太ったネギ（2.5キロにもなる）、もっとも長いネギ（約2メートル）を提示した人が賞を受ける。競争する人たちは野菜の大きさにとりつかれて、そのことしか考えていない。本のなかでは、イギリスのユーモアで、コンクール参加者の妻たちを、ネギに夫を奪われた「リーキ・ウィドウ（ポロネギ未亡人）」という。

学名：Allium porrum. ユリ科

ドイツ語Lauch（ラウホ）、英語leek（リーク）、スペイン語puerro（プエロ）、イタリア語porro（ポッロ）、日本語ネギ。

ウェールズの紋章

連合王国ではバラがイングランド、アザミがスコットランド、クローバーがアイルランドのシンボルだが、ウェールズについては、ポロネギ（リーク）と黄ズイセン（ダフォディル）である。その理由は？　640年、ウェールズはサクソン人と戦った。敵同士はともに赤い色を着ていた。そこで戦場で、ウェールズ軍は敵と区別するため、この野菜を人目につくよう兜の上につけることにした。こうしてそのときから、ポロネギはウェールズの紋章となった。

マ

マスタード（辛子）

Moutarde（ムタルド）

鼻にツンとくる種

野生でも、白、茶色、または黒でも、マスタードは世界中のどこであっても、まちがいなく人気がある。その黄色は、もっともうるさ型の口も震えさせる。強いもの、香りをつけたもの、あるいは「ア・ランシエンヌ（昔風の）」でも、力強く繊細に、特有の性格を主張する。

語源：フランス語のmoutardeムタルドという言葉はラテン語のmustum ardens（はなはだ熱い）から派生した。

ドイツ語Mostrich（モストリヒ）またはSenf（ゼンフ）、英語 mustard（マスタード）、イタリア語mostarda（モスタルダ）、スペイン語mostaza（モスタサ）

万能の調味料

マスタードシード、水、塩、スパイス、酢（ビネガー）、ワインあるいはシードルから作ったこの調味料は、牛、豚、羊、鶏、魚、ジビエの何にでも合う。ヴィネグレットソースやマヨネーズソースを作るときにも欠かせない。野生の状態ではカラシナ［シロガラシ］である草本植物の小さな種は、挽くと黄色あるいは茶色の粉になるが、これを酢またはワインと混ぜると、ときにツンと鼻に来る有名なディジョンの宝、ディジョンマスタードとなる。エストラゴン、グリーンペッパー、香草、エシャロット、ハチミツ、オレンジなどで香りづけしたマスタードは、繊細でピリッとした個性できわだっている。

アブラナ科

学名：*Brassica alba*（ホワイトマスタード、シロガラシ、イエローマスタードの原料となる）、*Brassica nigra*（ブラックマスタード、クロガラシ）、*Brassica juncea*（ブラウンマスタード、カラシナ）

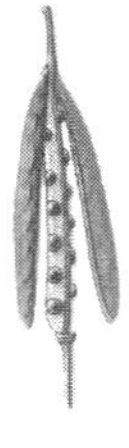

ブルゴーニュ公国の首都

ラブレーのガルガンチュア［『ガルガンチュア物語』の登場人物］は、ごちそうを食べるとき、この恩恵を日々楽しんでいた。マスタードの世界の中心地であるディジョンのマスタード職人の親方の技量は、17世紀から美食家たちの舌を征服していた。ディジョンマスタードは、ブルゴーニュ公国の宮廷の豪華さ、この地方のブドウの豊富さ、そしてその時代の炭焼き［森林におおわれたブルゴーニュには木炭職人が多かったうえ、木炭をまいた土地がマスタードシードの栽培に適していたため］による植物栽培によって、名声を保った。1634年、ディジョンのヴィネガー職人とマスタード職人の同業組合に、自分たちの製品の品質を保証する厳格な法規を守るべきだとする24人が集まった。なぜなら「ディジョンマスタード」という名称は、地域ではなく製法と結びついたものだったからだ。

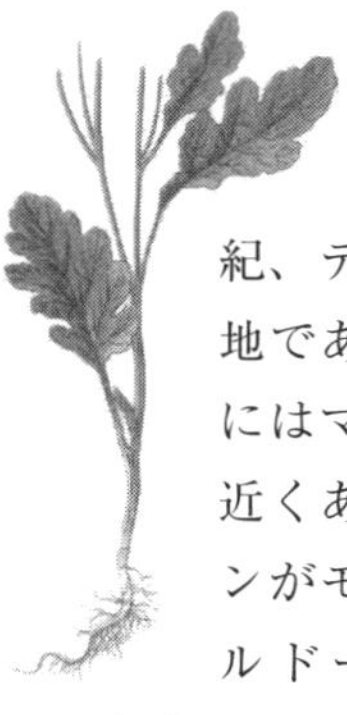

今日では、栽培はおもにカナダで行なわれている。19世紀、ディジョンが県庁所在地であるコート＝ドール県にはマスタード製造所が40近くあった。だがディジョンがモー、オルレアン、ボルドー、アルザスのマスタードを忘れさせるわけではない。マスタード好きは幸運だ！　経営のほうもそうだ。代々のマスタード瓶の伝統にくわえて、1932年、販売と広告に熟達したレーモン・サショはイラストつきグラスに入れることを考え出し、これを確かなマーケティングのテクニックによって売り出した。カメのニンジャやゾウのバリバールや恐竜の絵が子どもたちをそそる。その結果、イラストつきの瓶の毎年900万本の売り上げのうち、２つに１つは子どもたちが買ってほしいと言ったおかげである。

アテナイからインドへ

古代ローマ人はマスタードをシナーピス(sinapisあるいはsinapi)、アテナイ人はnapyとよび、大プリニウスによると「たいへん体によい」と考えていた。当時はエジプト産が最高で、とくにアレクサンドリアのマスタードの評価が高かった。紀元前６世紀、ギリシアの天才的哲学者で数学者だったピタゴラスは、サソリに刺されたらマスタードのハップ剤を貼るとよいと勧めていた。西洋医学の父ヒッポクラテスも、治療効果と殺菌効果を認めていた。また聖書も、マルコ、ルカ、ヨハネ、マタイによる福音書のなかで、「天国は一粒のからし種のようなもの」とイエスがたとえたと何度もくりかえしている。

辛子は、中国では3000年前から知ら

れていて、粒の状態で食べられていた。エジプトでは、消化を助ける効果があるとして喜ばれた。ビザンティンの人々は酢を使ったソースに用いた。ヨーロッパでは、中世から、殿様も貧しい臣民もこれを食べていた。マスタード（辛子）はすでにどの食卓にもあり、以後、次々にどんな美食革命が起ころうと、決してそこを去ることがなかった。インドでは、昔も今も、カラシの粒（ヒンディー語でサラソンまたはsarsap）が知性を磨き、性格を穏やかにするということで、料理によく使われている

マンゴー Mangue（マング）

ウルシ科

語源： タミル語のmankayあるいはmangayから派生したポルトガル語のmanga（マンガ）から。

最初にマンゴーを発見したのはポルトガル人で、16世紀のことだった。インド（生産量世界一）、中国（第２位）、タイ（第３位）、ビルマ、東南アジアでもっとも評価の高い果物の１つで、原産地はインドからインドシナ半島である。アジアだけで世界の生産の77％をカバーしている。今日、このパラダイスの味は、アジアほど多くはないが、南米でもおもにメキシコとブラジルで13％が、アフリカでは10％が主としてナイジェリアとエジプトで生産されている。

西洋では1970年代まで、マンゴーは壊れやすく、冷気に弱く、傷みやすいためぜいたくな果物だと考えられていた。植物学者によると、マンゴーには何百もの変種があるが、そのなかには食用に向かないものもある。インドとパキスタンだけでも500種類あるといわれている。

あらゆるソースに

ねっとりした果肉と甘くはっきりとした香りは、塩味の料理にも、甘味のものにもよく調和する。まだ熟していない場合は鍋に入れて煮て、カレー、チャツネの材料として、またピクルスやジャムにしたり、生でサラダに入れたり、あるいはそのままデザートとして食べたりできる。栄養士によれば、マンゴーには肌をより丈夫にするための成分がふくまれている。

ヒンドゥー教のシンボルと伝説

インドの地で、マンゴーは神話の木で、愛のシンボルである。葉がガネーシュ神を飾っていることもよくある。ガネーシュ神は人間の体でゾウの頭をもつ、慈悲心に富んだ神で、ヒンドゥー教の神々のなかでもとくに崇拝されている。おそれを消滅させ、障害をとりのぞき、信者を悪の力から守る。ヒンドゥーの伝説は、呪術師の怒りをのがれようと、太陽の娘が、魔法の果実だと考えられていたマンゴーの芯に隠れたと語る。

世界のマンゴー生産		
アジア	77%	インド 中国 タイ
中南米	13%	メキシコ ブラジル
アフリカ	10%	ナイジェリア エジプト

メロン Melon（ムロン）

メロンみたいにかっこいい［皮肉で男性についていう］

南アジアあるいは赤道アフリカ［1910年から1959年までフランス領、現在のガボン、コンゴ共和国、中央アフリカ共和国］を原産地とする。メロンはカボチャ（クールジュ）の遠いいとこにあたり、中国やインドよりずっと早く、古代から南ヨーロッパで高く評価された。紀元前1000年からアジアの人々は、メロンを愛し、メロンで喉の渇きを潤してきた。マハラジャの国では、メロンはいいことずくめだ。果肉をサラダに入れるだけでなく、さわやかなジュースも飲めるし、タネは焼いてスナックとして食べる。さらには皮の内側はおろして、メロンのパンを作るのに使われる。このパンは、ブリオッシュ風のパン生地にサクサクした皮をかぶせた日本のパン屋の特製である「メロンパン」とは別のものである。こちらは形が似ているだけで、一般にメロンは入っていない。アジアには、この日本のパンによく似た「パイナップルパン」ともよばれるパンもある。

学名：*Cucumis melo* ウリ科

語源：メロペポンmelopepon（peponは太陽に焼かれること）の短縮形であるギリシア語のメロンmêlonから、リンゴあるいは果物を意味するラテン語のマールムmalumを経由して。

フランスの情熱

メロンは15世紀末、イタリアを経由してフランスを征服した。国王シャルル８世（1470–98）がナポリ王国からもち帰ったといわれている［シャルル８世はナポリ王国の継承権を主張してイタリア戦争を起こし、一度は王位につくが、追放される］。アンリ２世の王妃カトリーヌ・ド・メディシス（1519–89）はお腹をこわすほど食べたという。思想家で大旅行家だったミシェル・ド・モンテーニュ（1533–92）は、メロンの果肉も丸さも大好きだった。啓蒙主義の時代、ヴォルテールはメロンを食べるためにわざわざスペインへ行く、と言うのを好んだ。

命とりとなったメロン

教権と王権の歴史において、美食家の無上の喜びであるメロンが、消化不良による死をまねいた。1358年にオーストリア皇帝アルバート２世、1471年にパウロ２世、1605年にクレメンス８世が命を落としている。食いしん坊は死に値する罪、ということの証拠だろうか？

「欲望が考えつき選ぶことができるすべての食べ物のなかで、
愛する女性がみずから進んでするキスも
クレタ島がその海で養った葦から引きぬいたものも
わたしの好きな愛しいアンズも
クリームをかけたイチゴも
天から授かったマナも
純粋なハチミツも
トゥールのすばらしいナシも
甘い緑色のイチジクも
デリケートな果汁のプラムも
マスカットでさえも
わたしにとっては奇妙な言葉
すべてが苦味と泥でしかない
アンジューの風土の栄光、この神々しいメロンに比べれば」

マルク＝アントワーヌ・ジラール・ド・サン＝タマン［1594-1661］『メロン』

文献のなかの旅

「カヴァイヨンの町当局がわたしの著書を評価してくださるように、わたしもカヴァイヨンのメロンをたいへん評価しております。そこで、わたしの著書300冊か400冊を喜んで寄付いたしますかわりに、終身年金として年にカヴァイヨンのメロン12個を認定するとの首長命令（アレテ）をお出しいただければ幸いです！」

アレクサンドル・デュマ『カヴァイヨンの図書館長への手紙』（1864）

メンドリ Poule（プール）& Co.

飼育場にいるよく知られたキジ目（もく）のニワトリは、ときに鶏小屋を食料庫と思っているキツネを喜ばせることもあるが、プール（雌鶏）、プーレ（若い雄鶏）、プーレット（若い雌鶏）、プーラルド（食用雌鶏）、シャポン（去勢した若鶏）、コック（雄鶏）などの違いがある。

アジアの原産で、4000年以上前すでに、インドのインダス川流域で家畜化されていた。祖先はマレー半島あたりにいた渡り鳥だったようだ。ペルシア人が紀元前５世紀から７世紀のあいだごろに、これをギリシアに導入した。ローマ人は鶏肉を愛し、シャポンを作り出したのは彼らだったといわれている。シャポンは最低35週間［８か月程度と、シャポンはふつうのニワトリより飼育期間が３か月ほど長い］で丸々と太り、鍋で蒸し煮にされる用意ができる。彼らはまた、近年の産業養鶏よりずっと前に、バタリーケージでの飼育法［とくに卵の生産性を上げるため、鶏を金網でできたケージに閉じこめて集約的に育てる装置］を発明していた。

豆知識

育ちのよい若鶏

ラベルや呼称は、最低でも81日間、自然光を浴びながら飼育されたことの保障になる。それに対してブロイラー（大量生産される若鶏）は、ケージに閉じこめられて人工照明しか知らないし、生涯は非常に短く、1か月より少し長い［40〜50日］だけだ。肉をつけるには十分かもしれないが、鶏にとってはあんまりだ。

めんどり（1728）

作曲家ジャン＝フィリップ・ラモー（1683-1764）は、9曲で構成されるト調の組曲のなかの一曲として、この有名になったチェンバロのための作品を書いた。楽譜はめんどりのクワックワッという鳴き声や、くちばしでつつく音を彷彿させる。冒頭の2小節はco cocococo, cocodaiという文字をともなっている。

「家禽類は料理にとって、絵画にとってのキャンバスのようなものだ」

ジャン・アンテルム・ブリア＝サヴァラン（1755-1826）

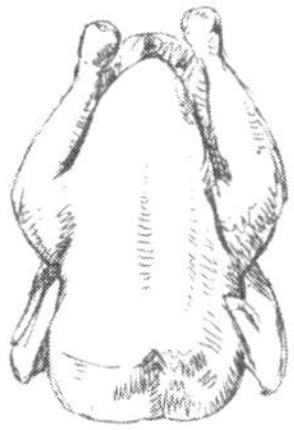

栄光のブレス鶏

ゴーロワーズ種で、「家禽の女王、王の家禽」とブリア＝サヴァランが言っているこの鶏は、すでに1591年に、ブール＝カン＝ブレスの記録簿に存在する。ブルゴーニュとジュラ山脈の中間の、ボカージュ［境界を林や生垣で区切った囲い地］で自由に育てられたブレス鶏は、青い脚、白い羽、赤いとさかで、それとわかる。出荷時には、原産地呼称統制（AOC）を受けているこの名高い鶏を識別するため、左脚に足輪をつけ、首にトリコロール（三色）のラベルをつける。品評会が毎年クリスマス前にブール＝カン＝ブレス、ルーアン［ブルゴーニュ地方の］、モントルヴェル＝アン＝ブレス、ポン＝ド＝ヴォーで催され、もっともすばらしい鶏を育てた生産者が報償される。生産者と美食家が集う世界で唯一の大イベントである。

アンリ4世のプーロポ［鶏の土鍋煮］（1553-1610）

中世には、牛豚羊などの肉や家禽類の調理といえば、まだローストではなくゆ

で肉だった。スープ（ブイヨン）とゆで肉（ブイィ）と少しの酒が調理の時間にリズムをつけた。宗教戦争の数十年の後、国はやせ細り、良王アンリはフランス王国とナヴァール王国の統一に力をつくすことになる。18世紀なかば頃、王が「わが王国の労働者のだれもが、日曜日には鶏（プール）を鍋で煮ることができるように」と宣言したというユートピアの神話が作り上げられたが、実際そうした政策はアンリ４世の廷臣シュリー公によってじっくりと用意されていた。農民を熱心に擁護していた公は「耕作と放牧がフランスの２つの乳房だ」と言っている。ジャン＝ジャック・ルソーにだいぶ先立つ社会契約論だ。だが、ニワトリがプールと認められるためには、卵を産んで、それを温めなければならない。卵を産むだけなら、プールではなくプーレットである。

映画「手羽肉かもも肉か」？

［邦題「手羽先とモモ」］

コルネイユの悲劇のような悩ましい板ばさみ状態のタイトルで、大ヒットとなったこの笑劇（ファルス）［ファルスは鶏料理などの詰めものの意味もある］は、映画監督クロード・ジディが念入りに調理した1976年制作の映画である。このルイ・ド・フュネスとコルーシュ主演のコメディーは、ある有名なレストランガイドブックの社主と、ジャンクフード［マルブッフェ：製造や流通の安全性と品質が確保されていない食品］を生産する実業家を対決させる。

トゥーレーヌの高級なメンドリ、ジェリーヌ

トゥーレーヌの黒いメンドリと、アジア原産でイギリスを経由して中国から輸入されたランシャンの交配によって生まれた。このエレガントな羽色の小型のメンドリは、つねに貴族の食卓に君臨していたが、軽くヘーゼルナッツの風味のある白い肉は極上である。トゥーレーヌのジェリーヌの故郷はトゥール南東のロッシュで、そこはジャンヌ・ダルクが訪れたこともあるので有名な、中世の歴史に名の残る町である。フランソワ・ラブレーは1532年に出版された『パンタグリュエル』のなかで、トゥーレーヌのメンドリに何度も言及している。「パンタグリュエルは舌を半分だけ出して、ジェリーヌがヒナたちにするように、彼らを包み隠した」

「若鶏は雄鶏と雌鶏の息子だが、親より子のほうが好まれる。というのも雌鶏は、とくにある程度の年齢になると、鍋のなかで、スープにコクをくわえるくらいのことしかできない。そして雄鶏は童貞のとき以外食卓に上らない。その場合は非常に上等な食べ物で、特別の風味

がある。そのうえ、腕ききの医者の言うことを信じるなら、その肉にはたいへん性欲を高める効果がある。その証拠には、鳥が死んでも、この鳥のなかにある垂涎の的である好色な性分は少しも消えるどころか、その力はこうしたすぐれた性質を食べる人にも伝えるほど強い」
ロラン・グリモ・ド・ラ・レニエール『美食年鑑、美味しいものを食べるためのガイドブック』

オルフェーヴル河岸36（パリ警視庁）の若鶏

こんなふざけたあだ名が制服警官たちについたのは、1871年にシテ島の建物の1つがパリ警視庁にあたえられたときだった。その建物が、パリの家禽類市場の跡地に建てられたものだったからだ。

世界を征服する若い雌鶏

プーラルド［日本では肥鶏］は1度も卵を産んだことのない、そして幼い時代から太らされた雌鶏である。その美味しそうな姿は、どの国の料理人の意欲もかきたてる。

アンダルシア風：ゆでて、ピーマンバターをかけ、ナスとコメを詰めた（ファルシ）ピーマンを付けあわせる。

イギリス風：ゆでて、ベシャメルソースをかけ、赤い牛舌肉［ラング・ド・ブフ・ア・レカルラート、硝石をくわえて塩水に漬けて美しい赤い色を出したもの］、ニンジン、セロリ、カブ、グリーンピースをそえる。

ドイツ風：ゆでて、卵を使ったクリームソースをかける。

スコットランド風：詰めものをしてゆで、ホワイトソースをかけ、クリームソースであえたサヤインゲンをそえる。

スペイン風：コメと赤ピーマンをつめて、ブタの背脂の薄切りを巻き、蒸し焼きにしてトマトをそえる。

インド風：鶏などの肉とカレーで調味したタマネギをつめ、ゆでて、インド風［カレー］ソースをかけ、バスマティ米をそえる。

オリエンタル：辛いサフランライスをつめて、バターで蒸し煮する。

パリ風：クリームまたはファルス・フィーヌ［鶏のひき肉や香草などをなめらかなペースト状にした詰めもの］をつめ、ゆでて冷ます。ゼラチンを入れたソース［ショー・フロワ］をぬり、トリュフと赤い牛舌肉の薄切りを飾って、3、4ミリの角切りにした野菜［マセドワーヌ］とともに冷たくして供する。

ピエモンテ風：リゾットをつめて、バターで蒸し焼きにする。

ポルトガル風：コメとトマトをつめて、バターで蒸し焼きにし、ピラフをつめたトマトをそえる。

シチリア風：アーモンドミルクで煮て、サルシフィ［和名はバラモンジンまたはセイヨウゴボウ］をそえる。

ヴェネツィア風：ゆでてシュプレームソース［鶏やキノコなどのだし汁に生クリームをくわえたホワイトソース］をかけ、鶏のとさか、ゆでて薄切りにした子牛の脳とキノコを付けあわせる。

金の卵を産むメンドリ（1668）

「強欲な者は、すべてを手に入れようとしてすべてを失う。それを証明するのに、飼っているめんどりが、寓話の言うところには、金の卵を毎日1個ずつ生んでいたという男のことを話せば足りるだろう。その男はめんどりの体のなかに金塊があるのだと思った。そこで殺して開いてみると、ふつうの卵しか生まないめんどりとなにも変わるところはなかった。自分の財産のなかでもっともよいものを自分からなくしてしまったのだ。ケチな人間にはよい教訓だ。最近でも、あまりに急いで金持ちになろうとして、ひと晩ですっかり貧乏になってしまった人を何人見たことだろう？」

ジャン・ド・ラ・フォンテーヌ
『イソップにもとづいて』

モモ Pêcher（ペッシェ）

食いしん坊

東から西へ

中国があいかわらず好調である。中国を原産地として、この果樹はシルクロードを通り、古代のペルシアに根づいた。そこからローマ人がmalum persicum（ペルシアの果物）と名づけ、それがのちにpersicaになる。紀元前４世紀、アレクサンドロス大王はペルシアの地を征服したとき、この果実を見つけた。ネロの統治下では、モモはローマ帝国の市場で、高額で売られた。しかし、ギリシアの医学者ガレノスとその同僚のアラブ人らによれば、これは効用よりも害が多い

嫌悪すべき果実である。ドイツのベネディクト派女子大修道院長ビンゲンの聖ヒルデガルト（1098-1179）は、モモをイチゴやプラムと同様の理由で毒であると考えていた！　逆に、モモの葉には薬効、とくに虫くだしとしての効力があることは認めていた。文人ジャン・ド・ラ・ブリュイエール（1645-96）もまたこの果実に用心していた。モモは、ヴェルサイユの野菜畑を作ったラ・カンティニが人気を挽回させてくれる太陽王の時代まで待たなければならなかった。カンティニによるモモの第一の長所は、「果肉が少し固いがきめ細かいことだ、それは皮をむくとすぐにわかる」

学名：*Prunus persica.* バラ科

ドイツ語Pfirsiche（プフィルズィヒ）、英語peach（ピーチ）、イタリア語pesca（ペスカ）、スペイン語melocotón（メロコトン）、ロシア語piersik（ピエルシク）

中国では不死のシンボル

モモは道教の伝統において神話的な木だ。開花はめぐる季節の新しいサイクルのはじまりを告げるもので、たいていの場合中国の新年と一致する。早咲きの花は、処女性と多産を表象する。儒教の伝統では、モモは先祖の祭壇の供物となる。白、赤あるいは黄色のビロードのような皮と果汁たっぷりの果肉は、中国の詩人たちにとって青春と同義語であるほど、美と若さを具現化している。霧

と水の世捨て人を意味する煙水散人というペンネームで書かれた、17世紀中国の官能小説があるが、才能と美しさが幸福に導くと訴え、文人である主人公は、情熱的で美しい魂の持ち主である女性たちを全身全霊をこめて抱擁する。女たちは不死の理想郷まで、おしみなく愛する。

語源：モモの木を意味するラテン語persicaより。

花咲くモモの陰に（桃花咲（タオホアイン））

「春にはすべての植物が花開き
あそこにここに蝶がしのびこんで
行ったり来たり、恥ずかしがり屋の
花から
蜜を吸う
恋人がやさしく抱きしめるように」
（フランス語訳＝サン・ホアン／ブーリッシュ・アワデュー）

「モモの第2の長所は、この果肉が口に入れるとすぐ溶けることである。そして実際、モモの果肉はまさしくゼリー状になった水分でしかなく、歯やその他のもので少し押せば、水に戻る。3つめに、この溶ける水がなめらかで甘くなくてはいけない。その風味が濃く、ワインのように香り、さらにいくつかは麝香（じゃこう）のようでなくてはいけない」
ジャン＝バティスト・ラ・カンティニ
『果樹園と野菜畑の手引き』

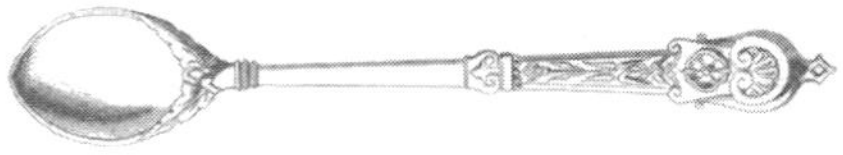

ピーチ・メルバ

有名なシェフで音楽好きのジョルジュ・オーギュスト・エスコフィエ（1846-1935）が、1893年に、ロンドンのカールトンホテルで、オーストラリアの歌手ネリー・メルバのためにこのデザートを創作した。コヴェントガーデンでの、彼女がエルサ・フォン・ブラバントを演じた、リヒャ

ルト・ワーグナーのオペラ「ローエングリン」の上演を聴いたあと、「料理人の王にして王の料理人」は、真の「究極のプリマドンナ」であるソプラノ歌手に対し、オーケストラ席をプレゼントしてくれたお礼に、それまでは皇太子妃に敬意を評して、ピーチ・アレクサンドラとよばれていたデザートの１つを、新たに改良した。

本物のピーチ・メルバの作りかた：バニラアイスクリームと、バニラのシロップで煮た白くて軟らかいモモに冷たいキイチゴの裏ごしをかける。

「すばらしい魅力のすべてを、
彼女だけがかねそなえていて
その色香が見るものをうっとりさせる
そして皆がその味をほめそやす
ひんやりしたビロードの肌を、
いつもユリにバラをくわえて
それはピュリス［スモモに変えられたトラキアの王女］かもしれない
もしモモでないなら」
ヴィクトール・ユゴー『わが愛するもの』

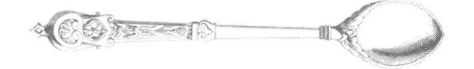

ヤ

ヤク Yack

世界の屋根のエンブレム

語源：チベット語gyakから。

ヒマラヤの高原で家畜として飼われている、ウシ科の毛の長い動物ヤクは、その肉がこの地域における貴重な食材であるばかりではない。皮が鞄や靴底に使われ、毛で織物、糞さえも燃料として使われて、遊牧民や農民の生活とともにある。

「チベットの人々が新鮮なバターより、酸っぱくなったバターのほうを好むと考えてはならないだろう。バターが遠方から運ばれる国では、道の途中で酸敗することが多いのだ。そして新鮮なバターがないので、酸っぱいバターを食べることになる。しかしこのバターは腐ってはいない。カビが生えて、緑色になってほん

とうに腐敗したバターは、寺院の祭壇、あるいは個人の礼拝堂のランプに用いられる」
アレクサンドラ・デヴィッド＝ニール『雪の国のガルガンチュア』

ヤクのバター

チベットの人がノルマンディで牛（ブフ）の乳、しかも牡牛（トロ）の乳を1杯所望したと想像してほしい！　まちがいなく、大笑いされるだろう。ヤクの有塩バターというものも、ヒマラヤの高原に存在しない。ヤクの牝、dri（ドリ）の乳といわなければいけない。driの乳製品は、チベットの食物の重要な基本を構成している。有塩バターを入れた茶はチベットの国民的飲み物である。その地方の医師たちによると、その乳は牛乳よりリッチで脂肪分が多く、脊椎や骨の病気によく効くという。

チーズ、ヨーグルト、バターも山地の人々を喜ばせている。たいへん美味で、栄養価が高いchura（チュラ）はハードタイプのチーズで、歯よりも固く、小さなかけらが糸で数珠のようにつながれている。かもうとせずに、数時間かけてなめるほうがいい。Dzomo（ゾモ）はヤクと牝牛の交配種の牝で、その乳はより甘みがある。

ヨウナシ poire!（ポワール）

なんてお人好し！

学名：*Pyrus communis* バラ科

語源：俗ラテン語のpira

セイヨウナシ（ヨウナシ）はアジアの原産である、これは確かだ。しかしながら、最初の野生のセイヨウナシについての仮説は分かれる。黒海とカスピ海の地域だろうか？　ウラル山脈の向こう側だろうか？　あるいは中央アジアだろうか？　謎がいまだに残っている。栽培は紀元前4000年より前に中国ではじまった。ヨーロッパへの導入については、正確な答えがないままだ。セイヨウナシには古代から言及がある。ギリシアの詩人ホメロスは、これを「神々からの贈り物」と形容した。ラテン語詩人ウェルギリウスは、紀元のはじまった頃、これをすでに古くからある果実と考えていた。大プリニウスは41変種をあげている。『博物学』のなかで「すばらしい（スペルブ）」という異名のあるナシは、小ぶりでかつ早熟である、と書き、さらにくわえる。「もっとも評価が高いのは、果汁がたっぷりしているため（これはミルクとよばれた）飲めるものである。同じタイプで別のものは、黒くて、シリアから伝えられた。その他は産地によって異なる名前で示される」

好色なミューズ

ジューシーでさわやか、とろけるようなのもサクサクしたのも、セイヨウナシはそのデリケートな肌の後ろに、繊細な美味しい果肉があることを推察させる。その甘い風味、豊かな果汁、真珠のような色、絹のようなあるいはざらざらした肌触り、さらにはその形の曲線と丸みがこの果物に強い色気のようなものをあたえている。13世紀、宮廷風恋愛が支配的であったとき、

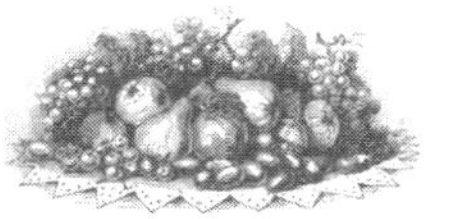

ナシは寓意的な詩に、恋人たちだけが悟るあいさつの形で、インスピレーションをあたえた。ティボー作の『ロマンス・ド・ラ・ポワール』では、「ある貴婦人が1つのナシを恋人と分けあうのだが、それは彼女が自分の歯でむいたもので、ナシには相手を夢中にさせる驚異的な性質がある」。この作品は国立古文書学校刊行の資料集レヴュ・エリュディシオンで読むことができる。よりユーモラスなものでは、作曲家エリック・サティ（1866-1925）は、「ナシの形をした3つの小品」と題された皮肉たっぷりの、ピアノ連弾曲を書いている。

セイヨウナシの女王

セイヨウナシのなかで、ヨーロッパとアメリカ北東部でもっとも広く知られているのはウィリアムズ（バートレット）だ。この品種は18世紀末にイギリスで生まれて、とろけるようなよい香りの白い果肉で、ナシを生で食べる、つまりあらかじめなんらかの処理をしないで食べるのが好きな人々を魅惑した。この金色でずっしりしたナシは、蒸留酒としても名高い。ほかにも美味しそうなセイヨウナシがある。フランスでもっとも知られているのは、丸くて美味しいドワイエネ・デュ・コミス、皮が厚くて繊細な果肉のブーレ＝アルディ、早生でさわやかなギヨ、しっかりして小ぶりで、煮くずれしないルイーズ＝ボンヌ・ダヴランシュ、うっとりする香りのイギリス原産のコンファレンス、そしてわずかに酸味があって、オーブンで焼いたり、鍋で蒸し焼きにしたりして肉やジビエにそえるのにぴったりのパス＝クラサーヌである。

パラドックス

ナシの花も見事なのと同時にすぐ散ってしまうので、極東では存在のはかなさを象徴している。ところが、果樹のほうはなみはずれて長命で、250歳くらいまで生きるので「ナシの木は来るのに100年、生み出すのに100年、去るのに100年」といわれるほどだ。その証拠に、19世紀末、トゥーロンあたりでナシの木が大風で倒れたことがあったが、その木はなんと樹齢600年近かった！

「デザートは素敵だった。紳士がたは浮かれて、自分から手を伸ばしてとった。しかしサタンはナシをむいて、それを食べに、お気に入りの女の後ろに来ていた。彼女は彼の肩にもたれかかり、彼が首のところでなにかささやくと、声高に笑う。それから、彼女はナシの最後のひと切れを分けあおうとして、それを歯のあいだにくわえて彼に差し出した。そこで2人は唇をついばみあうことになり、果物は接吻のなかに消えた」
エミール・ゾラ『ナナ』

➽ナシとチーズのあいだ（食事の終わり頃、くつろいで話がはずんできたときにという意味）

中世には、この果実はオードブルかスープの後で肉料理の前のアントレとして、あるいはチーズの前で肉やジビエ料理の後に出された。口をすすいで、肉料理の強い味を忘れさせせようというものだ。「ナシとチーズのあいだ」という言い回しはそこから来ている。

よいセイヨウナシはなんでもする

生でも熱を通しても、焼いても煮ても、かじって食べてもデザートにしても、セイヨウナシは塩味の料理にも甘い菓子にも使うことができる。チョコレートとも美味しく調和する。水分が多く（80％以上）、甘い味にもかかわらず糖質は12％しかふくまない。おもにフルクトース（果糖）で、吸収が速く、あまりカロリーが高くない。セイヨウナシは摘みとられた後も成熟が進み、衝撃や暑さを好まない。今日では、2万以上の変種がリストに上がっているが、栽培されているのは数十品種だけである。

ベレレーヌ（麗しきエレーヌ）

作曲家ジャック・オッフェンバック（1819-80）のオペラブーフ（喜歌劇）の題名からこのように名づけられたこのデザートは、それまでポワール・エレーヌの名で知られていた。ベレレーヌは、ウィリアムズ種のセイヨウナシを軟らかく香りをつけて煮たものを、バニラアイスクリームの上にのせ、熱いチョコレートをかける。

小さなスイスっ子

フリブール州の果樹園で栽培された、秋に収穫される小粒のポワール・ア・ボツィはAOCを獲得しているが、たいへん甘く、その味はスイス中によく知られている。このナシからできる蒸留酒も有名である。ボツィとは、フリブールの方言で「ナシの房」のことである。原産地ははっきりしていない。400年近く前、イタリアから戻ってきた傭兵たちが、この品種の果樹を（フリブールの）グリュイエール地方に植えたのではないかともいわれている。

静かな朝の国、韓国で

日本のナシは丸く茶褐色で、果肉はしまって透きとおっている。韓国ナシのシンゴペ（日本の新高）は朝鮮半島を表彰する果物で、リンゴとセイヨウナシのあいだくらいの歯ごたえをもつ、国民の自慢の種である。チョルラナム＝ド（全羅南道）地方には、ナシの博物館が1992年にオープンした。歴史と栽培、さまざまな変種を網羅するものだが、それはここがナジュ（羅州）という有名な韓国ナシの原産地だからで、李氏朝鮮（1392-1910）の時代、君主へ献上品として贈られていた。太陰暦の元日や、故人の命日には、韓国の人々は祖先をたたえるため、富のシンボルであるナシとリンゴ、健康と知識の同義語であるカキをそなえる。

ラ

ラディッシュ、ハツカダイコン

Radis（ラディ）

小ぶりのピンクから大型の白まで

学名：*Raphanus sativus* アブラナ科［*Raphanus*でダイコン属］

語源：イタリア語のradiceから、ラテン語radix は根を意味する。

紀元前1000年頃、中国と日本では、何種類かのダイコンを栽培していた。それ以来、弱火で蒸し煮にしたり、炒めたり、乾燥させたりしている。ベトナム人はこれをニョクマムと酢でマリネにする。エジプト古代の、Nounとよばれる長くて太い黒ダイコン、または冬ダイコンはすでに、カルナック神殿やKaoumの墓のなかの古代ヒエログリフの上に描かれている。それほど栄養はないが、ダイコンはタマネギと同様に、ピラミッドの建設にたずさわる人々に配られていた。ギリシア人はこれを食事の後、消化をよくするために食べた。ローマ人は、帝国中に黒ダイコンを植えた。奇妙なことに、ずっと後になってからイギリス人はこのダイコンをスペインダイコンと名づけた。800年頃、ラディッシュはカブやワサビダイコン（ホースラディッシュ）とともに、シャルルマーニュ大帝の法令、御料地令（De villis）の西ローマ帝国領地で栽培されるべき薬用・食用の植物94のリストに姿を現している。中世になると、黒ダイコンはどの野菜畑でもみられた。

小さくて赤いラディッシュ

小さくて球形あるいは円錐形の、外皮がピンクや赤と白のラディッシュは、選択交配の結果、16世紀のヨーロッパに出現した。塩をつけてかじると、ピリッとしてさわやかな味がするので、用心深い人はパンとバターでそれをやわらげるようにする。葉や茎は、有機農法のものであれば、油と酢を混ぜたドレッシングをかけるか、蒸し煮、スープなどにすると美味である。

日本のダイコン

大きくて長くて白いダイコンは、日本でもっとも昔からある、もっとも親しまれている野菜だ。早くも9世紀にはもう作られていた。そして4000品種もあるという。ゆでて汁に入れたり、とろ火でゆっくり煮たり、鍋ものにしたり、すりおろして醤油とともに魚や天ぷらにそえたり、薄切りにしてサラダ、あるいは漬物にして、「大きい根」と書かれるダイコンは、シンプルな白い米飯にさわやかなアクセントをつけるに十分だ。

ラディッシュの夜（「ノチェ・デ・ラバノス noche de Ràbanos」）
オアハカ・デ・ホゥアレスの大根祭り

メキシコのこの町では、毎年クリスマスが来ると、ダイコンは1世紀以上前から愉快な彫刻に変身するようになった。12月23日、才能ある住民たちが「ラディッシュの夜」で腕を競うのだ。この大衆的な祭りのために、大きなサイズのラディッシュが有名人やキリスト生誕にちなんだ人形に変身する。

バラモンの国のラディッシュ

ヒンドゥー教の神話のなかで、ガナパティの名もあるガネーシャは、体が人間で頭が象の姿をした神だが、しるし（アトリビュート）として大地のエッセンスである白いラディッシュをもっている。インド亜大陸の古代の版画では、右手にラディッシュの葉を3枚、事物の性質のシンボルとしてもっている。

リンゴ Pomme

POMME D'ADAM アダムのリンゴは喉仏

イギリスのことわざ

「1日にリンゴ1個で医者いらず」

なんてまぬけ（リンゴ）だ！

金のリンゴ（不死の果実）か、不和の原因か？［不和の女神ディスコルディアが、のちにトロイア戦争の原因となった黄金のリンゴを神々のあいだに投げたことから］どちらであろうと、強い象徴性があり、豊かさと同義語である。聖書では、ときに禁じられ、ときに命の木に実る善い果実とされた。リンゴは知識を象徴する。ケルトの人々は、天国を大きな果樹園のようなものだと想像し、この果物を学問と魔術の果実と考えた。アーサー王伝説は、予言者で魔術師のマーリンがリンゴの木の下で教えを説いた、と語る。かつて、聖ジョヴァンニの日に、シチリアの娘たちは、リンゴを窓から投げてだれか男性がひろってくれるのを期待した。もし実現すれば、その年のうちに結婚できると信じられていた。運悪く聖職者にひろわれてしまうと、一生結婚できないかもしれない。数多くの文明圏でみられるように、リンゴが多産を象徴することによる。

学名：*Malus communis.* バラ科

ドイツ語Apfel（アプフェル）、英語apple（アップル）、イタリア語mela（メーラ）、スペイン語manzana（マンサーナ）

語源：果実を意味する俗ラテン語pomaから。

赤、うす緑、黄色、栗色、そしてグリーズ（灰色）とよばれる冴えない色のものもあるが、リンゴは生活に彩りをそえる。小アジアが原産で、世界でもっとも多く栽培されている果物だ。西暦がはじまってすぐの時代に、ローマ人はすでに30ほどの異なる品種を認識していた。リンゴの魅力はつきないので、甘いものも塩味のものも、非常に多くの料理に使われている。たとえば、アングロサクソンの人々は、やや酸っぱいリンゴをチーズといっしょに食べるのを好む。

ノルマンディ産、オランダ産、オーストラリア産…　用途によって

中世、リンゴは食事の最初に食べるものだった。今日、味気ないゴールデンが支配的だとはいえ、いくつかの品種はぜひ味わってみる価値がある。それぞれのリンゴにはそれに適した使い道があるが、カナダのレネット種は、フランスのノルマンディあるいはアンジェの原産で、ジャム、衣揚げ、あるいはちょっとフライパンで焼くのに最適だ。ひなびてずんぐりしたオランダのボスコプは、家禽類やブーダンというブタの血と脂身で作る腸詰めによく合う。アイスティーにはグラニー・スミスにまさるものはない。これはオーストラリアで開発された品種で、皮が緑で果肉は白い。フランスに上陸してやっと20年、最近になってフランス国内でも生産されるようになった小さな新顔ピンク・レディーは、オーストラリア出身で、ピンク色がかった赤い皮と、甘いと同時に軽く酸味がある味でわれわれを魅惑する。

➡アドバイス
見かけにだまされないようにしよう

いちばんよいものがかならずしもいちばんきれい、というわけではない。だがたしかに、表皮がなめらかでしみのないものを選ばなければならない。

目をひく大きさで、ボディービルダーのように完璧で色鮮やかなリンゴは、摘みとられるまでに多くの処置を受けているおそれがある。むしろ実際虐待を受けた、ともいうべきで、その回数は30回にものぼる。有機栽培でできたリンゴをかじってみれば、ドーピングをほどこされた哀れな新種と明らかな味の違いがある。

「リンゴよ、おまえを称えたい
おまえの名で口をいっぱいにして
おまえを果てしなく食べながら
なによりも誰よりも新しく
いつも天国から落ちたばかり
満たされて、純粋に
頬を朝焼けに染めて」
パブロ・ネルーダ『リンゴによせるオード』

ポール・セザンヌ（1839-1906）

「1個のリンゴで、パリを驚かせたい！」あらゆる色彩でリンゴを描いた芸術家はそう言った。彼はこのタイプのモデルを評価していた、というのも果物は嫌がることもなく、ポーズ

をとりつづけるからだ。彼は「林檎とオレンジ」「林檎のある静物」「林檎とビスケット」などを描いている。1891年、美術評論家のジョリス＝カルル・ユイスマンスは、これらの絵に「乱暴で、欲求不満のパレットナイフでぬりたくられた、親指で逆なでされた、たけり狂う鮮紅色、黄色、緑、青の林檎」を見た。

日本リンゴの女王

ふじは、味がよく、果汁たっぷりの日本の国光とデリシャスの交配種で、おそらく芯までよい香りがするからだろう、愛好者によれば世界一のリンゴの1つということである。

天国で禁じられた果実？

エデンの庭で、善悪を知る知恵の木の禁じられた果実は、リンゴではない！　悩ましいのは、「創世記」にはっきり書かれていないことである。解釈によって、イチジクだったり、一房のブドウだったり、クルミだったり、麦の穂だったりする。ではなぜこれが社会通念になっているのだろう？　現代フランスの女性ラビ、デルフィーヌ・オーヴィユールによると、「有名なリンゴはヘブライ語の聖書にはまったく出てこない」という。「リンゴが聖書に現れるのは、何世紀も後の翻訳を通じた、ラテン文化を待たなければならない。リンゴが出現したのは、ラテン語固有の言葉の語呂合わせによってだった…。ウルガタ聖書は4世紀末になされた、公式のラテン語訳だが、これが善と悪の知恵の樹木を、lignum scientiae boni et maliと訳した。ところが、mali（ラテン語malumの変化形）には悪とリンゴとの両方の意味がある。以後、たまたま都合がよかったこの多義性のおかげで、西洋のキリスト教徒にとって、天国で禁止された木の種類は1つの特定の果実に固まり、もともとのエピソードは、何世紀にもわたってすべてこのイメージで描きつづけられることになる」

フランスでもっとも多く生産されている果物（年間200万トン）であるリンゴは、もっともよく食べられている果物でもある（年間1人あたり20キロ）。空腹を満たすのにすぐれていて、栄養があり、低カロリーであるうえに、日々必要な多くの無機塩類を供給してくれる。ペクチンと繊維が腸内の食物通過によい効果をもたらすので、規則正しく摂取すれば（日に3個）悪玉コレステロールを減らし、長期的には循環系を保護することになる。

同じことをした。西まわりのインドへの道の途中、２度目に大西洋横断してイスパニョーラ島（サント＝ドミンゴ）におもむいたとき、クリストファー・コロンブスは、ヨーロッパの宮廷の王族や貴族たちに新世界の食糧を発見させるといういつもの習慣と反対に、カラベル船のうちの１艘の船倉にレモンの木の苗と種と…そしてレモンの流行を積んでいた。

レモン Citron（シトロン）

シ・ボン（すごく美味しい）

原産地はインド北部、カシミールの支脈で、そこからメソポタミアを経由して、地中海地域に到達する前に、レモンの木は4000年前に中国に入植した。富と豊饒のシンボルでもあるこの黄色い果皮の柑橘類は、愛における誠実さを表象する。アドニスの死を悲しむウェヌスは、愛する人の体が木に変身することを望んだ。そこで、女神はヘスペリデスの園のなかで、彼の体をレモンと白い花で飾った。

ローマにおいて、果汁が多く酸味の強い「メディア王国のリンゴ」は非常に高く評価されていて、ウェルギリウスにも歌われた。９世紀から11世紀のあいだに、アラビア人たちがレモンをシチリアと北アフリカに根づかせた。聖地を奪回した十字軍が、ヨーロッパの南の地方に

ブッダの手、仏手柑

インド＝ビルマ原産のこの柑橘類は、「指のレモン」ともよばれるが、シトロンの変種の１つで、人間の手を思わせる特殊な形状をしていて果皮は厚い。非常に香りが高い、この「ブシュカン」は、香づけのために料理に使われるが、砂糖漬けなどにしないと食べられない。幸福のお守りとして贈られたり、住居をよい香りで満たすために用いられたりする。

レモンの皮はありふれた皮ではない

レモンの香りを作っているリモネンがあるのは、果肉のなかではなく外皮である。そこでケーキ作りにはレモンの皮が必要となり、有機栽培で殺虫剤や保存料を使っていないことが保証されているレ

モンを選ぶことになる。

学名：*Citrus limon* ミカン科

語源：シトロンの木の果実を意味するラテン語のcitrusから。

ドイツ語Zitrone（ツィトローネ）、英語lemon（レモン）、スペイン語limón（リモン）、イタリア語limone（リモーネ）、アラビア語limun（リームン）、中国語zhi、サンスクリット語のJambharaはブッダの異名である「勝者」の意味もある。

栽培されているレモンの品種は多くない。おもなものとして、南アフリカ、アルゼンチン、オーストラリア、アメリカ、イスラエルの花形であるユーレカ、スペインだけで栽培されているベルナ、そしてレモンとシトロンの交配種でトルコとイタリアで栽培されているインテルドナートがある。

シトロン［フランス語でcitronはレモンをさし、この果実のことはセドラcédraという］**またはメディアのレモン（学名：*Citrus medica*）**

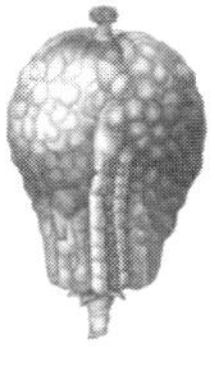

オリエントで広く知られている、レモンより大きい、シトロンの木［フランス語ではcédratier］の果実で、ミカン科ミカン属であり、紀元前4世紀にアレクサンドロス大王の遠征の結果、ヨーロッパに順応した最初の柑橘類である。ユダヤ人にとって、シトロンは純粋性の象徴である。

緑色のレモン（シトロン・ヴェール）またはライム（*Citrus latifolia*）

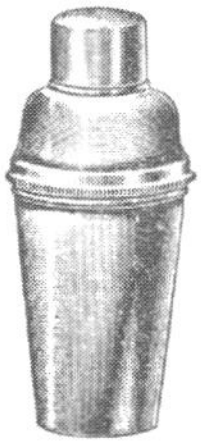

この強い芳香のある果実は、黄色いレモンが熟していないのではなく、ライムの木になる別の種類である。原産地はおそらくインド。アラビア人がアフリカにもちこみ、ポルトガル人がアジアにもたらした。長い航海の際、イギリス船団の乗組員たちは、このライムを壊血病防止のためにたずさえた。果汁は一般にモヒート（ラム酒をベースとしたキューバの飲み物）のようなカクテルにくわえたり、魚やホタテガイを火を使わないで調理するマリネ［ワイン、油、酢などに漬ける］に用いたりする。

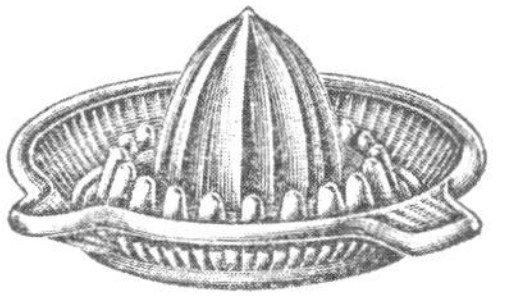

レンズマメ

Lentille（ランティーユ）

可能性に満ちた小さな年寄り

シラオ（レユニオン島）のレンズマメ、エジプトの赤レンズマメ、トルコの珊瑚色のレンズマメ、ベンガルのレンズマメ、オーヴェルニュのレンズマメ…。小粒の豆は国際人で、あらゆる色を見せる。

きっと中央アジアか、あるいはメソポタミアからと、原産地がはっきりしないレンズマメだが、はじめて栽培された植物の１つで、約１万年前のことだ。非常に古くから、北アフリカ、南ヨーロッパ、そしてオリエントの砂地で、このマメ科の穀物は不毛な土地によく適応した。バビロン人、アッシリア人、エジプト人、ヘブライ人がこれを喜んで食べた。旧約聖書の「創世記」によると（25章、30-34節）、イサクとリベカの息子エサウが長子の特権を、ひと皿のレンズマメとひきかえに双子の弟ヤコブに売っている。

肥沃な三日月地帯［ペルシア湾からティグリス川、ユーフラテス川をさかのぼり、シリアをへてパレスティナ、エジプトへといたる半円形の地域］では、レンズマメやほかの豆類のおかげでパンを作ることができた。大プリニウスが書いている。「エジプトには２種類のレンズマメがあって、より丸くて黒いものと、もう１つはlenticulae［ラテン語ヒラマメ］という名前にふさわしい形をしたものだが、この言葉は意味のズレによって赤褐色のそばかすのこともさすようになった」。古代ローマにおいて、貧しい人々の食物だったレンズマメは、その後も長いあいだ、ヨーロッパのスープに入れられる唯一のマメ類だった。

王の愛妾のお気に入り

フランスでは長年冷たい態度をとられていたレンズマメが、18世紀になって、ルイ15世の愛妾デュ・バリー伯爵夫人のおかげで、思いがけなく社会的価値を獲得した。デュ・バリーは王だけでなく「貧乏人のキャビア」のことも憎からず思っていたのだ。以後、小粒で、デンプン質が少ない緑レンズマメは、ベリー産のレンズマメ（赤ラベル（ラベル・ルージュ）と産地呼称保護IGPの対象となっている）やル・ピュイ＝アン＝ヴレ産のレンズマメ（原産地呼称統制AOCの対象）などを筆頭として、その味のよさで評価を高めた。最近になって、サン＝フルール［フランス中部、中央山地］のランティーユブロンドという、カンタル県のオーヴェルニュ娘が話題にのぼるようになった。というのもこのレンズマメはいまや、ピエモンテから生まれた、近くでとれる品質のよいものを再評価しよう、という世界的動向であるスローフードの守護神的農産物であるからだ。

大生産国

近年、カナダが世界一の生産国となって、インドの地位を奪った。3位にはトルコが続く。

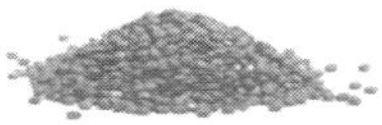

イタリアの伝統

おそらくはコインに似たその形からだろう、幸運と富がもたらされることを祈って、元日にレンズマメの料理をする。これは、かつてこの栄養のある小さなマメでいっぱいにした財布を贈って、それがジャラジャラと本物のお金に変わるのを期待した、という風習に由来するらしい。恋人が見つかるよう、この食事のときは赤い下着をつけるという慣習もある、だがこれは別の話…

「女中部屋、10。
料理人のアンリ・フレネルは1919年6月にこの部屋に住みに来た。メランコリックな南仏人で、年齢は25くらい、小柄でやせぎすで、細い黒ひげをたくわえている。この男がかなり甘美な仕方で魚や甲殻類や野菜のオードブルを料理した。塩こしょうだけで食べるアーティチョーク（ポワヴラード）、キュウリのディル風味、ズッキーニのターメリック風味、ミントをそえた冷たいラタトゥイユ、クリームとチャービルのラディッシュ、ピーマンのピストゥー［バジリコとニンニクをすりつぶしてオリーブオイルと混ぜたプロヴァンス地方のペースト］、フラングール［タイムに似たハーブ］で香りづけしたオリーブェット［ケシの種から作るポピーオイル］。薄型のレンズを発明した同名の物理学者フレネルに敬意を表して、レンズマメの料理もそれにくわえた。シードルで煮て、パン・バニャ［オリーブオイルをたっぷりかけたニースのサンドイッチ］に使う丸いパンの薄切りをトーストした上にのせ、オリーブオイルとサフランをかけて冷たくして供するというものだ」
ジョルジュ・ペレック『人生使用法』

学名：*Lens culinaris* または *Ervum lens*
マメ科

インドで避けて通れないもの

レンズマメには非常に多くの品種があるが、とりわけインドに多い。そこでは、ダールdal（レンズマメ、または類似の乾燥マメを使った伝統的な料理）の味が日々の食事に浸透している。インドに多いベジタリアンの人々にとって、レンズマメは貴重なタンパク源で、調理法は地方によってじつにさまざまだ。淡黄色で厚いアルハールダール（トゥールダール）、もっとも大粒でヘーゼルナッツの風味を特徴とする赤色または珊瑚色のマスールダール、北部地方の主要な食糧で、パンジャブのお祝いの料理、ピュレやスープにぴったりの茶色いレンズマメ（ウラッドダール）、ベンガルのレンズマメ（チャナダール）、インドでもっとも多く栽培されているが、実際は小粒のヒヨコマメ、そして希少な黒レンズマメまたはベルーガ・レンズマメはアズキとともに、クリームとバターと香辛料で濃厚なカレー、ダール・マッカーニーにする。

ワ

ワサビ Wasabi

ピリッとした根っこ

学名：*Wasabia japonica* アブラナ科

和食が世界規模で、猛烈な勢いで広がるのにともなって、ワサビはあらゆる料理に用いられるようになった。「山葵」という文字が示すように、ワサビは山地の水の流れのなかで、野生の状態で生育する。この地下茎は学名が示すとおり、すぐれて日本的だが、台湾、中国またニュージーランドでも栽培されている。日本の象徴的な農産物であるこの香辛料は、セイヨウワサビ（ホースラディッシュ、レフォール）ともグリーンマスタードとも違う。非常に強烈で刺激的な味で、多年生であり、ラディッシュやカブと同じ科に属する。ワサビにはビタミンC がたっぷりと凝縮されているうえ、消化を助ける作用がある。醤油とともに、寿司や刺身はもちろん、蕎麦のつゆにもそえられる。アボガドや小エビのサラダのような一皿にもよく合う。ジャガイモのピュレに混ぜこむことを考えついたフランス人シェフもいる。日本では、葉や茎をサラダや揚げ物にすることもある。

国際的な偽物

アメリカでは、ずる賢い商人たちが美味しい商売ということで、ふつうのカラシに着色剤をくわえたまがいものをワサビだといって提供している！　ヨーロッパとアジアでも同様に多くの偽物が出まわっていて、ホースラディッシュとカラシを混ぜたものであることも多い。呼称統制というものがないことを言っておくべきだろう。そして本物を生産しているのがおもに静岡県、とくに伊豆半島、そして長野県や岩手県と、かぎられている。クレソンと同じで、ワサビを生育させるには、清流と細心の注意が必要だからだ。

イギリス産のワサビ

日本の特産のワサビがはじめてヨーロッパで栽培されたのは、イギリスの田園地帯、ドーセット州のかつてのクレソン畑だった。局地的に細々と作られているのを除いて、ヨーロッパでは「ワサビカンパニー」だけが、大きな挑戦をしている。イギリスのワサビの品質を、食材の貴族の地位に高めること。熱心な愛好家や高級食料品店が、これを奪いあうようになってきている。

➻豆知識

新鮮なワサビが店頭で手に入ることもある。香りをそこなわないために、食べる直前に小さなおろし金でおろす。このときためにサメの皮を貼りつけた小さな木の板があるが、それを使うと最高である。

涙

寿司屋には独特の言葉がいくつかあるが、客が「ナミダ」と投げかければ、寿司職人はワサビを通常よりも多くのせてほしいということだと理解する。客の涙腺がワサビの強い刺激にくすぐられて涙がでるからだ。

参考文献

L'Amandier, Anne-Sophie Rondeau, Nathalie Locoste, Actes Sud, 1998.

L'Art culinaire, Apicius, Les Belles Lettres, 2013. アピーキウス『古代ローマの料理書』、ミュラ＝ヨコタ・宣子訳、三省堂、1987年

La Bonne Cuisine italienne des Carluccio, Antonio et Priscilla Carluccio, Hachette, 1997.

Le Cochon, Histoire d'un cousin mal aimé, Michel Pastoureau, Gallimard, 2009.

La Colère des aubergines, Bulbul Sharma, éditions Philippe Picquier, 1999.

Couleur canelle, une plantation de canelle à Ceylan, Nicole-Lise Bernheim, Arléa, 2002.

La Cuisine arménienne, Nathalie Maryam Baravian, Actes Sud, 2007.

Dictionnaire littéraire et érotique des fruits et légumes, Jean-Luc Hennig, Albin Michel, 1994.

Les Épices, Jean-Marie Pelt, Fayard, 2002.

Les Épices de A à Z, Betina Matthaei, Delachaux et Niestlé, 2014.

Le Figuier, Alain Pontoppidan, Jean-Marc Pariselle, Actes Sud, 1997.

Le Goût de l'Asie, Encyclopédie de la cuisine asiatique, Maït Foulkes, éditions Philippe Picquier, 2001.

Le Goût des fleurs, Thierry Thorens, Actes Sud, 2009.

Grand Guide des plantes potagères, Valérie Garnaudet Odile Koenig, Delachaux et Niestlé, 2015.

Les Herbes aromatiques de A à Z, Katrin Wittmann, Delachaux et Niestlé, 2014.

Histoire naturelle, Pline l'Ancien, texte traduit du latin, présenté et commenté par Stéphane Schmitt, Gallimard, 2013.『プリニウスの博物誌』、中野定雄・中野里美・中野美代訳、雄山閣出版、2012年

Histoire naturelle & morale de la nourriture, Maguelonne Toussaint-Samat, Bordas, 1987. マグロンヌ・トゥーサン＝サマ『世界食物百科』、玉村豊男監訳、原書房、1998年

Du lait d'amande à la purée de noisette, Geneviève Hervé, éditions La Plage, 2003.

Légumes d'ailleurs et d'autrefois, Jean-Marie Pelt, Fayard, 2015.

Légumes d'hier et d'aujourd'hui, Marie-Pierre Arvy et François Gallouin, Belin, 2007.

Merveilleux Crabes, Catherine Vadon, Belin, 2013.

Mythologie des arbres, Jacques Brosse, Petite Bibliothèque Payot, 1993. ジャック・ブロス『世界樹木神話』、藤井史郎・藤田尊潮・善本孝訳、八坂書房、1995年

Le Noisetier, Michel Roussillat, Thierry Desailly, Actes Sud, 1996.

Ce que nous devons savoir sur l'œuf, Pierre Attenont, Plon, 2008.

Pommes, Andrew Mikolajski, Delachaux et Niestlé, 2013.

Le Riz dans tous ses états, encyclopédie culinaire, Claudine Rabaa et Thierry Thorens, Actes Sud, 2002.

L'Encyclopédie du potager, ouvrage collectif, Actes Sud, 2003.

Petite Bibliothèque... du gourmand, Sylvie Le Bihan, Flammarion, 2013.

Steak (R)évolution, Franck Ribière et Vérane Frédiani, La Martinière, 2014. 映画「ステーキ・レボリューション」、原作は未翻訳

Tomates d'hier et d'aujourd'hui, Louis-Albert de Broglie, Dominique Guéroult, photographies de Marc Dantan, Hoëbeke, 2005.

Une orchidée qu'on appela vanille, description véritable de l'histoire, des tribulations & vertus d'une plante aromatique, 1535-1998, Nicolas Bouvier, Métropolis, 1998.

図版出典

プライベートコレクションは除く

p. 1-3	andrey oleynik/Shutterstock ; NYPL ; andrey oleynik/Shutterstock ; boreala/Shutterstock.
p. 4-5(左)	NYPL ; andrey oleynik/Shutterstock.
p. 5(右)-7	beats1/Shutterstock ; NYPL ; MarianaDa/Shutterstock.
p. 8-9(左)	NYPL , photomaster/Shutterstock.
p. 9(右)-12(左)	NYPL ; Hayati Kayhan/Shutterstock.
p. 12(右)-15(左)	NYPL ; Morphart Creation/Shutterstock.
p. 15(右)-17	NYPL ; Pogaryts'kyy/Shutterstock ; Hein Nouwens/Shutterstock ; JMixs/Shutterstock.
p. 18-23(左)	NYPL ; Bukhavets Mikail/Shutterstock ; Seita/Shutterstock.
p. 23(右)-26(左)	Marzolino/Shutterstock ; NYPL ; steamroller_blues/Shutterstock.
p. 26(右)-29(左)	NYPL ; Pogaryts'kyy/Shutterstock ; Iraidaart/Shutterstock ; Andris Tkacenko/Shutterstock ; Destiny Nur/Shutterstock.
p. 29(右)-32(左)	NYPL ; Pim/Shutterstock.
p. 32(右)-35(左)	NYPL ; geraria/Shutterstock.
p. 35(右)-37(左)	Morphart Creation/Shutterstock ; holbox/Shutterstock; Jiang Zhongyan/Shutterstock ; Helena-art/Shutterstock.
p. 37(右)-49	Catherine Glazkova/Shutterstock ; KPG_Payless/Shutterstock ; NYPL ; Alex Staroseltsev/Shutterstock ; iralu/Shutterstock ; Vectorphoto/Shutterstock ; Marzolino/Shutterstock ; IADA/Shutterstock.
p. 50-53	adehoidar/Shutterstock ; NYPL.
p. 54-56	NYPL ; xpixel/Shutterstock ; Vectorphoto/Shutterstock ; Gringoann/Shutterstock.
p. 57-59(左)	NYPL ; Noppasin/Shutterstock ; margouillat photo/Shutterstock.
p. 59(右)-60	NYPL.
p. 61-64	Alena Kaz/Shutterstock ; lynea/Shutterstock ; NYPL.
p. 65-68(左)	NYPL.
p. 68(右)-70	NYPL ; Morphart Creation/Shutterstock.
p. 71(右)-73(左)	NYPL ; KPG Payless2/Shutterstock.
p. 73(右)-76(左)	MarianaDa/Shutterstock ; NYPL ; predragilievski/Shutterstock.

p. 76(右)*-77*	geraria/Shutterstock.
p. 78-84	Anastasia Panfilova/Shutterstock ; Thumbelina/Shutterstock ; NYPL ; successo images/Shutterstock ; Tatiana Davidova/Shutterstock ; nafania241/Shutterstock ; Rene Martin/Shutterstock.
p. 85-87	Helena-art/Shutterstock ; NYPL.
p. 88-94	NYPL.
p. 95-99(左)	NYPL ; Canicula/Shutterstock.
p. 99(右)*-101*	NYPL.
p. 102-113(左)	NYPL ; Noppasin/Shutterstock ; Binh Thanh Bui/Shutterstock ; Peter Cripps/Shutterstock ; KariDesign/Shutterstock ; Waltraud Oe/Shutterstock ; Helena-art/Shutterstock ; Airin.dizain/Shutterstock.
p. 113(右)*-116*	NYPL ; mama_mia/Shutterstock.
p. 117-118(左)	NYPL ; Morning Glory/Shutterstock.
p. 118(右)*-121*(左)	sbellott/Shutterstock ; NYPL.
p. 121(右)*-125*(左)	kilkavbanke/Shutterstock ; FUN FUN PHOTO/Shutterstock ; NYPL.
p. 125(右)*-127*	NYPL ; Bukhavets Mikail/Shutterstock ; Volodymyr Horbovyy/Shutterstock ; veleknez/Shutterstock.
p. 128-129	NYPL ; Anna Chudinovskykh/Shutterstock.
p. 130-134(左)	Elzbieta Sekowska/Shutterstock ; NYPL ; MoreVector/Shutterstock ; Vectorphoto/Shutterstock ; La puma/Shutterstock ; Bukhavets Mikail/Shutterstock.
p. 134(右)*-135*	NYPL ; Morning Glory/Shutterstock ; Helena-art/Shutterstock.
p. 136-137(左)	andrey oleynik/Shutterstock ; akepong srichaichana/Shutterstock.
p. 137(右)*-140*(左)	Drakonova/Shutterstock ; Noppasin/Shutterstock ; mything/Shutterstock.
p. 140(右)*-145*(左)	La puma/Shutterstock ; NYPL ; Martina Vaculikova/Shutterstock.
p. 145(右)*-147*(左)	NYPL.
p. 147(右)*-152*	NYPL.
p. 153(左)	NYPL ; tarapong srichaiyos/Shutterstock.
p. 153(右)*-157*	Epine/Shutterstock ; NYPL ; Andrey Eremin/Shutterstock ; Rob Hainer/Shutterstock.
p. 158-160	Morphart Creation/Shutterstock ; NYPL ; iprachenko/Shutterstock.
p. 161-163	Victoria Sergeeva/Shutterstock.
p. 164-166	Sketch Master/Shutterstock; MoreVector/Shutterstock ; Maks Narodenko/Shutterstock.
p. 167-168(左)	NYPL.

p. 168(右)*-171*(左)	NYPL ; Sketch Master/Shutterstock.
p. 171(右)*-172*	NYPL.
p. 173-176(左)	NYPL.
p. 176(右)*-178*	Morning Glory/Shutterstock ; NYPL ; leungchopan/Shutterstock ; DiViArt/ Shutterstock.
p. 179-180(左)	NYPL.
p. 180(右)*-182*	NYPL ; MSSA/Shutterstock.
p. 183-184(左)	andrey oleynik/Shutterstock ; NYPL.
p. 184(右)*-187*(左)	Double Bubble/Shutterstock ; NYPL.
p. 187(右)*-190*(左)	Epine/Shutterstock ; NYPL.
p. 190(右)*-193*	DoubleBubble/Shutterstock ; Natalya Levish/Shutterstock ; NYPL ; Bukhavets Mikhail/Shutterstock ; David Petrik/Shutterstock.
p. 194(右)*-199*(左)	NYPL.
p. 199(右)*-203*(左)	NYPL ; Dionisvera/Shutterstock ; GhostArt/Shutterstock ; Gil C/Shutterstock.
p. 203(右)*-206*(左)	NYPL ; MarianaDa/Shutterstock.
p. 206(右)*-207*	Morphart Creation/Shutterstock ; Top Vector Studio/Shutterstock ; NYPL.
p. 208(右)*-210*	NYPL ; Sketch Master/Shutterstock ; Filip Bjorkman/Shutterstock.
p. 211-213(左)	NYPL ; Andrii Gorulko/Shutterstock.
p. 213(右)*-214*	Hein Nouwens/Shutterstock ; Sketch Master/Shutterstock ; An Vino/ Shutterstock.
p. 215-216(左)	Sketch Master/Shutterstock ; NYPL.
p. 216(右)*-220*	La puma/Shutterstock ; NYPL.
p. 221-223(左)	NYPL ; Noppasin/Shutterstock ; Ola Tarakanova/Shutterstock.
p. 223(右)*-224*(左)	NYPL ; D. Pimborough/Shutterstock.
p. 224(右)*-227*(左)	NYPL.
p. 227(右)*-228*	Hein Nouwens/Shutterstock ; An Vino/Shut--terstock.
p. 229-231	NYPL.
p. 232-233	NYPL ; Vectorphoto/Shutterstock ; Jill Battaglia/Shutterstock.
p. 234-236(左)	NYPL ; Nika Novak/Shutterstock.
p. 236(右)*-237*	nld/Shutterstock ; Filip Bjorkman/Shutterstock.

◆著者略歴◆
ジャン＝リュック・トゥラ＝ブレイス（Jean-Luc Toula-Breysse）
文化ジャーナリスト。日本やアジアにおける人々の生活習慣などに詳しく、食文化、旅のスペシャリストでもある。ル・モンド紙、ル・ヌーヴェル・オプセルヴァトゥール誌、エクスプレス誌に多くの探訪記事を書いているが、そのために訪れた世界各地の料理文化の知識を深めた。おもな著書に、Japan Book（La Martinière, 2013）、クセジュ文庫のZen（Presses universitaires de France, 2008）がある。

◆訳者略歴◆
土居佳代子（どい・かよこ）
翻訳家。青山学院大学文学部卒。訳書に、レリス『ぼくは君たちを憎まないことにした』（ポプラ社）、ミニエ『氷結』（ハーパーコリンズ・ジャパン）、ギデール『地政学から読むイスラム・テロ』、ヴァレスキエル『マリー・アントワネットの最期の日々』、アタネほか『地図とデータで見る女性の世界ハンドブック』、レヴィ編『地図で見るフランスハンドブック現代編』、ソルノン『ヴェルサイユ宮殿——39の伝説とその真実』（以上、原書房）などがある。

イラストで見る
世界の食材文化誌百科

2019年 12月 20日　第1刷

著者………ジャン＝リュック・トゥラ＝ブレイス
訳者………土居佳代子
装幀………川島進デザイン室
本文組版・印刷………株式会社ディグ
カバー印刷………株式会社明光社
製本………小高製本工業株式会社

発行者………成瀬雅人
発行所………株式会社原書房
〒160-0022　東京都新宿区新宿1-25-13
電話・代表 03(3354)0685
http://www.harashobo.co.jp
振替・00150-6-151594
ISBN978-4-562-05711-5